首善家风
—陈光标父母的回忆

口述◎陈立胜　高献霞
整理◎胡　溪

中央文献出版社

地杰人灵，物丰家和。一家人，一世情，一辈子。

"中国首善"陈光标

编者语：缘起一份牵挂和关注

2013年5月，因为参加山东电视台一档创业真人秀节目"梦想直达"，我——一个平凡且普通的在校大学生，有幸与中国首善、全国道德模范陈光标先生相识。他是场上的金牌面试官，给每一位创业者很多中肯的意见和切实的帮助。那一期节目，我作为大学生创业者讲述了我的创业故事并阐述了我的创业梦想，引起了场上评委的关注。

我在节目中呼吁全社会应该给空巢老人多一些问候和关注，多一份孝心，多一份关怀。同时，我强调，在中国特有的"4-2-1"家庭模式下，子女往往仅通过对父母经济上的补偿来弥补对他们精神陪伴的缺位。但持传统思想的老一辈往往会因为子女精神上的疏忽而感到非常痛心。从工作上退下来的老人远离社会生活，孩子也都成家立业并忙于自己的生活，空巢期的寂寞和人生秋冬的悲凉很容易引起老人孤独、苦闷、生活满意度低、自信心下降等问题。

"出门一把锁，进门一盏灯"已经成为绝大多数中国老人最真实的写照。所以，我呼唤我们青年一代应该关注到老年人的精神世界，多一些陪伴、多一些倾听，哪怕是一个电话，一句问候，一声关怀都会让独守在家的老人感到温暖与欣慰。

在台上，陈老师对我的倡议非常认同，并给予我很多鼓励，约定在暑假期间，让我们团队为他的父母制作一本回忆录，并承诺给予我们十万元创业启动资金，切实地鼓励青年创业。他说这样做，一来可以替他尽孝，弥补他长年在外工作，少有时间陪伴父母的遗憾。二来是给我们大学生创业提供实实在在的支持，鼓励我们将这条爱老、敬老、孝老的路走下去。就这样，一根爱心绳把我和陈老师以及日后朝夕相处了半个月的陈立胜爷爷和高献霞奶奶紧紧连在一起，我们的缘分也由此开始。

2013年暑期，我和我的团队受邀前往南京，到陈老师位于江苏省泗洪县天岗湖乡的老家，为其父母撰写回忆录。其实，我们团队所有人心里都清楚，以陈老师的知名度和影响力，要为其父母写回忆录的大有人在。相比之下，他们可能更专业、更成熟。但是陈老师为什么会把这个任务交给我们呢？通过和陈老师的几次接触，我们慢慢体会到他的良苦用心。

其一：近年来，陈老师一直都在关心人口老龄化问题，在他的参政议政提案中，就有具体的数字调查，来呼吁社会关注到这个群体。不仅如此，他还切实地为这项事业奔波、劳累，只为能踏踏实实地为老年人做些事。陈老师语重心长地对我们说："现在国家已经把老龄化问题提到重要议程，如何养老，如何科学养老是中国社会亟待解决的问题。你们青年人能把目光放在老年人这个弱势群体上，能想到他们，我真的很开心。我支持你们把这个事业做下去。"

其二：我们知道，一直以来，陈老师都十分关注并鼓励大学生创业，他资助过的大学生更是不计其数，从他亲手写的《致即将毕业的大学生的一封信》中，就能体会到他对青年创业的关注。而前一段时间，他在"中国梦青年创业公益基金"启动仪式上，更是挑着扁担，推着板车把3270万元现金带到台上，宣布会无偿借给青年创业者，鼓励他们把自己的创业梦想付诸实践，并承诺这些借款可以5年免息。对于青年创业，陈老师并不是简单地站在讲台上说教，告诉大家要怎

陈光标与本书执笔人胡溪

么做，而是以实际行动，拿出真金白银鼓励青年人勇敢地进行创业实战。他的做法引起了社会各界的广泛关注，广大青年创业者更是拍手叫好。

就这样，缘起陈老师对于空巢老人的牵挂以及对青年创业的关注，我很幸运的结识了这位仰慕已久的中国首善。坦白讲，过去我对陈老师"中国首善"的认识可能仅限于一张张静止的媒体报告和坊间闲谈。知道是他，在国家有难、地方有灾时，第一个出现，带人带粮带钱去抢险救灾。是他，一次次捐款数额排在首位。

但是，通过与陈老师近距离的接触，与他的父母家人朝夕相

处的生活，我对"中国首善"有了重新的理解。"善"这个字在他身上体现的不仅仅是一个简单的捐款数额，还有他的与人为善，宽厚待人以及"老吾老以及人之老，幼吾幼以及人之幼"的胸怀。这种发自内心的善良与包容是我们可以看得见，摸得着的。感谢这个夏天，让我有幸结识了"中国首善"，认识了一个有血有肉的陈光标。

陈光标简介

陈光标，男，1968年7月生于江苏省泗洪县，祖籍安徽省五河县。

江苏黄埔再生资源利用有限公司董事长，中华慈善总会副会长，中国红十字会常务理事长，中国光彩事业促进会副会长，中国青年志愿者服务基金会副会长，全国抗震救灾英雄模范，全国道德模范，全国劳动模范，全国五一劳动奖章获得者，中国低碳第一人，荣获全国83个市县荣誉市民称号，被聘为全国51个市县高级经济顾问。

1998年开始，陈光标就给企业定下目标，每年拿出净利润的百分之三十用于公益事业。五年后，陈光标每年拿出企业净利润的百分之五十以上用于慈善，他被称为中国最具号召力慈善家，同时也是中国十大优秀志愿者，连续六年荣获中国慈善领域最高政府奖——"中华慈善奖"。陈光标并于2008年、2010年被授予了"中国首善"的称号。

不仅如此，这位"中国首善"的慈善足迹遍布中国大江南北，湖南雪灾、汶川地震、西南抗旱、玉树地震、南方水灾、舟曲泥石流、雅安地震以及2013年甘肃定西地震，陈光标总是第一时间带着现金和物资赶赴灾区参与救援。

在5·12汶川大地震中，陈光标带着员工和二百万元现金于地震发生后24小时率先赶赴灾区，成为抵达灾区的第一支救援队伍。被温总理亲切接见并赞他为"有良知、有感情、心系灾区的企业家。"

序言：我的父亲母亲

很多中国人可能都认识我，却不认识我的父亲母亲。

我的父亲叫陈立胜，今年71岁；母亲叫高献霞，今年70岁。他们是中国大地上千千万万的普通农民之一。但在我眼里，父母却是那么伟大，他们不仅给了我健康的生命，更给了坚强的灵魂，让我在人生旅程中，在用大爱大善筑就的慈善长征道路上，一直无怨无悔，且行且吟。

我出生在苏北一个偏僻的小乡村，那里当时算得上是江苏最贫困的角落。在有些人眼中，出生在偏僻贫穷地区或许是一个人的不幸，但对于我来说，能够降临到这个家庭，则是我最大的幸运。

我时常抚摸父亲粗糙而宽大的手掌，它让我感觉到一种大山般的庄严和力量。在我心目中，父亲就是家里一座大山。尽管这座山并没能给我的童年带来温饱和富足，但在那个积贫积弱的年代，又有多少个农民家庭能吃饱饭、穿暖衣呢。就是在那样经济困难的年代，父亲一直像大山一样撑起我们整个家。特殊的家庭背景，让他受尽冷落和欺负，农田劳动的繁重，赡养老人的责任，哺育儿女的辛苦……这一切，他都选择了默默承受。

记得在家中最困难的时候，没有粮食，老人饿得生了浮肿病，孩子饿得哇哇大哭。也就是在那个时候，一辈子没有低过头的父亲，不得不为谷米折腰，挨家挨户敲门借米。而当外面有人欺负我们兄弟姐妹时，父亲总是第一时间冲出去把我们护住。在我童年的记忆里，尽管我们家没有其他人家生活得富足，但是我感受到的无私而伟大的父爱，却从不比任何人少。

"存善心，做善事。"这是父亲经常教育我的一句话。也正是在他这种质朴的教导之下，我的人生一直都默默坚持着"以善为本"的理念。这也让我在成为一名企业家之后，在有了一定积蓄之后，没有忘本，没有忘记去帮助那些需要帮助的人。

如果说我的父亲是座大山，那我的母亲就是一条涓涓细流。她是一位淳朴善良的乡村妇女，她的一生都在为我们这个家辛苦操劳。

由于家庭困难，母亲没进过学堂，没念过一天书。但如何做人，如何处世的道理，她却用言语和行动给我们讲了许多、示范了许多。"与人为善，乐于助人"，她是这么说的，更是这么做的。

记得在我很小的时候，家里特别穷，几口人守着那么一丁点儿米过日子。可是每当家门口有乞丐来讨饭，母亲总是会走到门口，把他搀进来，拉到家里和我们一起吃饭。一个是这样，两个是这样，再多一些亦是如此。母亲，怀着一颗悲悯的心去同情和帮助那些遇到困难的人，以至于后来乞丐都不好意思来我们家门口讨饭了。

童年时，有一件事让我印象特别深刻。一次，我看到襁褓中的弟弟因为饿而哇哇大哭，而此时母亲却正在给别人家的孩子喂奶。我不解，问母亲为什么要这样做。母亲说："弟弟饿了只是哭几声，而邻居家的阿姨一点奶水都没有，我不帮她一下，孩子会饿死的。"母亲只是个普通的乡村妇女，她没有多少惊天动地的话语，也没有多少感天动地的壮举，但从她这些看似平凡却令人动容的一举一动中，我悟出了很多，也明白了许多。

2013年7月19日，我在南京过了人生中第一个生日。45岁，意味着人生过了一半，站在这一半的里程碑上，回首望去，"全国道德模范"、"全国抗震救灾模范"、"中国首善"等一系列荣誉，记录着我这一路走来的风雨历程，党和国家领导的接见勉励，让我在前行路上更添动力。但当我一个人安安静静坐在书房，回首过去的岁月，我的眼中浮现的不是那些耀眼的光环，而是逝去的岁月剪影，是村头那棵老树，是那座青苔斑驳的小桥，是树下伫立着的两位勤劳善良的双亲。如今的他们，头顶已堆满了白雪，腰已弯成了山梁。

我时常想，我是地地道道贫苦农民家的孩子，没有背景更缺

"粗茶淡饭"中体会到孩子浓浓的爱意。

少机会，而如果没有赶上改革开放好时代，如果当初自己没有走出去，我会不会像我的父亲母亲那样，一辈子面朝黄土背朝天，在农田里辛苦劳作一生而无怨无悔呢？我不敢确定。

人生有太多的"如果"，但唯一不能"如果"的是我们的父亲母亲。可以肯定的是，如果没有父亲母亲从小对我的言传身教，没有他们从小对我潜移默化的影响，我绝不会走到今天，不会形成我把永远做好人，不断做慈善，作为自己一生的追求。

我总想为我的父母做些什么，来回报他们的养育之恩，但又总觉得怎么都做不够。这应该是普天下儿女共同的感受吧。

朋友提醒，作为人子，最大的后悔和遗憾是"子欲养而亲不待"。当我们埋头在社会打拼时，却没有注意到我们的父母正在一天天的老去。为了不留遗憾，我们在父母健在的时候，就该为他们多做一点，多尽尽孝心。

现在，呈现在大家面前的这本回忆录，记录我父母这么多年一路走来的风风雨雨，记录他们与人为善的点点滴滴。没有说不完的故事，只有报不完的恩情。

或许，与那些名人伟人比起来，我的父母是再普通不过的庄稼人，没有耀眼辉煌的成就，亦没有惊天动地的举动，但在我们心里，他们那种豁达向上的心境，不曾不输给任何人。一位哲人曾经说过，即使是最普通的人，也都有丰富的人生。

我想，这本书记录的故事毕竟是有限的，二老的人生注定比纸上来得更精彩、更丰富。

应当说，我父母这一代人，伴随着新中国成长，怀揣着自己的追求和梦想，愿意为了自己的理想而努力拼搏。我想，这种美好的品质应该延续下去。同时，我也希望后来人能够诚实、善良、勤劳、勇敢，老老实实做人，脚踏实地做事。希望这本回忆录，对二老是一种纪念，对他人是一种启迪。作为儿子，我希望父母看到它的时候会有一丝欣慰，感受到儿子的一点孝心；他人读到它的时候也能有所受益，这也算是我对社会的一点贡献吧。

陈光标

环境对爷爷奶奶说：

爷爷奶奶，我是环境。因为高中毕业后，我就在外读书，不能时常陪在你们身边，我真的感到非常愧疚。

我从小就是爷爷奶奶看着长大的，我很感谢你们对我的疼爱和栽培，你们就像两棵大树，为我遮风挡雨，在我遇到困难时给我的鼓励和支持。所以，无论我走到哪儿，心中都无法忘记在你们身边成长的幸福时光。

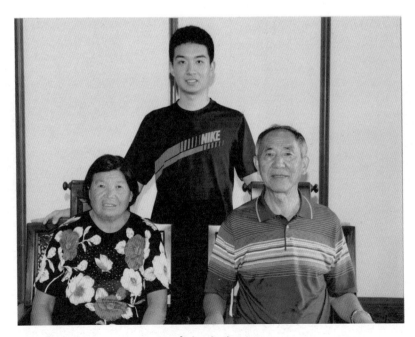

环境与爷爷奶奶

　　听爸爸说要为你们二老写一本回忆录，我非常开心。我知道，这七十年间，你们经历了太多的风风雨雨，也遇到许许多多的磨难。但你们能同甘共苦，相濡以沫，共同战胜生活中的一个又一个挑战，品味了人生的苦辣酸甜。相伴走到今天，你们积累了无数珍贵的人生智慧。你们乐善好施的奉献精神、勤俭朴实的生活态度，真诚待人的处世之道，相敬、相爱、相守的真挚情感，这是留给我们后代最宝贵的财富。

　　作为家里的长孙，我会带着弟弟妹妹继承你们的精神，团结和睦，积极进取，共同续写陈家的辉煌。最后，祝爷爷奶奶，身体健康，幸福到老。孙儿在大洋彼岸送上最诚挚的祝福。

环保对爷爷奶奶说

爷爷奶奶，我是你们的宝贝孙儿嘟嘟。听爸爸说要为你们写回忆录去传承我们陈家的历史，我也要借这个机会跟你们说几句话。爷爷奶奶，谢谢你们给了我一个好爸爸，给了我一个幸福的大家庭。我的幸福来自于你们的呵护和疼爱，我的成绩来自你们的嘱咐和寄托。

我现在的钢琴进步了好多，下次一定多为你们弹奏几曲。我记得，爷爷曾说，爸爸是我们陈氏家谱上的太阳，那我要和哥哥姐姐们努力成为陈家未来的新星。爷爷奶奶你们一定要保重身体，陪着

环保与爷爷奶奶

我们快乐成长。

爸爸总说，家有老，如有宝。爷爷奶奶就是我们的宝贝，我们一定会努力学习，快快长大，等我们长大了，孝敬你们安度晚年，永远幸福、开心。

目　录

中卷　生平自序　高献霞

陈光标：今天我们该如何做个好父亲？

——写给6月17日父亲节

6月17日是父亲节，我查了一下有关资料，父亲节起源于美国，在每年6月的第三个星期日。在父亲节这一天，子女们往往通过佩戴红玫瑰表达对健在父亲的爱戴，通过佩戴白玫瑰表达对已故父亲的悼念。

作为一个父亲，在父亲节即将到来的日子，我非常想跟一些年轻的父母们探讨一个问题——在今天如何做个好父亲？如何教育好自己的孩子？

我听过这么一种说法：孩子是父母的骨肉，母亲给了孩子身上的肉，父亲给孩子身上的骨。可见，父亲应该在孩子心目中拥有坚毅、刚强的形象和品质，应该成为孩子的精神支柱，应该在孩子成长中，帮助孩子增添一些"铁质"和"钙质"。

如果说母爱如水，那么我觉得父爱如山。在我小的时候，一直觉得父亲是家庭的支柱，是我精神的靠山。我记得在经济困难的年代，我的父亲总是像大山一样扛着一个家庭，他干着最难的活，吃着最大的苦，挑着最重的担子。当家里没有粮食时，是父亲出去借口粮，让一家人少挨饿；当外面有人欺负我们时，第一个冲出去的是父亲；当遇到地震、火灾等突难时，是父亲掩护着家人先撤，自己守在最后。这时候，任何一个子女都会感受到父亲就是脊梁，就是责任，就是扛起家庭一切困难的那个人。

有一首歌叫《父亲》，里面有几句话催人泪下：我的老父亲，我最疼爱的人。人间的甘甜有十分，你只尝了三分；生活的苦涩有三分，你却吃了十分，这辈子做你的儿女，我没有做够，央求您下辈子还做我的父亲。

现在，随着改革开放，人们生活水平不断提高，过去那种充满苦难但能磨炼人意志的历史仿佛已经成为一段久远的故事了。那么，今天的父亲该如何树立自己在孩子心目中的形象？如何培养孩子的责任、意志和品质？一些年轻的父亲对此有点淡薄，或者不知道该怎么做了。我觉得，如果说我们上一代、上两代的父亲以吃苦、坚韧，以贫贱不能移，以勇于承担家庭生活重担，在孩子心目中树立了父亲的形象和男人的榜样，那么，进入历史新的阶段，在经济条件好了以后，年轻一代父亲们可能更多以在工作中奋发向上，在学习中不断进步，在社会上乐于助人，在家庭中能够担起责任，树立自己在子女心中的形象。我认为，在对孩子的教育中，家庭、学校、社会，是不可分割的组成部分，而在家庭教育中，更是身教大于言教。

这需要我们用自己的言行，告诉孩子该怎么样，不该怎么样，培养孩子的理想、正义、责任、爱心、能力、智慧，以及国家意识、团队意识、家庭意识、竞争意识、包容意识。帮助孩子形成崇高的品质，强壮的身体，健康的人格。

作为父亲，应该是一个永远充满自信，在任何时候都勇于承担责任的人；应该是一个永远充满爱心、充满智慧，能在黑暗中举着火把将迷茫恐惧的人们带出来的那个人；应该是一个严格要求自己，宽容包容他人，像大山大海一样可靠、广阔的男人。

我认为，一个父亲，首先应该是一个真男人。父亲在孩子人生启蒙期给他们上的第一课，是让孩子知道父亲是家里的脊梁、精神支柱，遇到任何困难，父亲坚实的胸膛都将是孩子依靠的港湾。一个男人能否成为合格的好父亲，不在于他能给孩子买多少玩具、给孩子请多少家教、带孩子去多少地方旅游，关键在于他能否真正地了解孩子想要什么，是否能够站在孩子的立场思考问题，是否能够真正地尊重孩子的选择，是否敢于与孩子分担人生抉择中遭遇的磨难、痛苦，是否能够教给他生活的技能。

相反，作为父亲不应该是另外一个样子：在工作中得过且过，不思学习，不再进取；对家庭观念淡泊，很少关心家人、老人；对社会充满牢骚和消极情绪，经常沉浸在酒桌上，麻将桌上，甚至卡拉OK歌厅。想一想，如果做父亲的每天喝得晕乎乎的，在孩子心目中我们是什么形象？如果做父亲的不懂得履行家庭责任，孝敬老人，爱好妇幼，我们喜欢培养出来的孩子会怎么样？如果做父亲的经常坐在麻将桌前，让麻将的声音不断刺激孩子的耳朵，孩子还安心学得了吗？如果做父亲的在外面养小三，包二奶，孩子又会受到怎样的影响？

为了培养孩子的坚毅性格和爱心，每年寒暑假，我都会带他们去云贵川、甘肃、新疆、西藏等一些偏僻、贫困地区去看一看，无形中让他们形成一种感悟，做一些爱心事业，在和我一起徒步走进山沟沟、踏着厚厚的积雪走进山村校园时，我们见识到那里的孩子如何克服交通不便、气候不佳等艰苦条件发奋读书，这成了我每年教育孩子的"必修课"，孩子也觉得感触颇深；生活中，我经常给孩子讲过去自己曾经忍饥挨饿的苦日子，讲述我的父亲母亲为了家庭条件改善而付出的艰辛，让孩子了解今天的生活来之不易。忙碌之余，我会带孩子到全国大山大海边，让孩子感受祖国是多么美丽，大海是多么广阔；我经常陪孩子一起看第二次世界大战、抗日战争等题材的电影，让孩子知道什么是残酷的战争，让孩子更加珍惜今天的和谐生活，让孩子明白国家落后了就要挨打，而民族自强不息就会让国家强盛的道理。

每一个子女，都是一个家庭的核心，他们可以是一家人的掌上明珠，但这并不是一家人对孩子娇生惯养的理由。

我深知，也许有人会认为我是说教，但对于爱国、爱社会、爱家庭、有理想、有是非、有责任，这些我们社会需要东西，我们多说一说有什么关系呢？更重要的我想应该是发自内心，应该是言行一致。

祖国是美好的，前途是光明的，理想是伟大的，责任是崇高的，爱心是永恒的，我希望每个父亲都能够用大山一样的品格，大海一样胸怀，勇敢而坚定地承担起我们的责任。

主人公信息

姓名：陈立胜

民族：汉

出生年月：1943 年 11 月

出生地：江苏省泗洪县天岗湖乡薛陈嘴村（现联淮村）

家庭成员

   妻 ：高献霞

   长子：陈光标

   长女：陈春华

   次子：陈景标

人物特质：善良、朴实、勤奋、坚强

上卷
生平自序 陈立胜

风风雨雨七十载，走在人生暮年，回顾自己平凡的一生，免不了心生感慨！

我是苏北农村一个普普通通的农民，没有彪炳日月的伟业，也没有撼天动地的故事。与那个时代出生的人一样，我经历了抗战、解放战争、新中国的成立、改革开放等一系列近现代最剧烈的历史变革；与传统的中国人一样，也经历着成长、娶妻、生子的人生历程。细细想来，虽然我的一生没有什么轰轰烈烈的大事，但却也过得丰富充实。

我的祖辈都是农民，尽管没有多少文化，但他们身上传承了中华民族吃苦耐劳、勤俭奋斗、乐善好施的美好品德。他们把这些宝贵的精神财富和在如何在苦难中经营的生活艺术传给了我的父亲母亲，也在我这一支血脉中传承下来了。

少年时代，那个时候的我对于政治还是懵懵懂懂，只是知道，从此我们家就有了一个新的身份——富农。顶着富农子弟的帽子，一路走来，很苦。但是心，却从未被打倒，反而愈加乐观积极。这一辈子没和人起过争执，与跟我一起生活了50多年的妻子也没红过一次脸。我在遇到困难时，总是往乐观方面去想，努力争取最好的结果。正所谓知足者常乐，良好的心态可使人满怀幸福感去度过一生。

与贤妻相识相知，风雨相伴几十年。种种困境中，她不离不弃、勤俭持家，为我养育了让家族骄傲的陈氏子孙。对于妻子的苦乐相随，我一直都感恩于心！执子之手，与之偕老。

正是带着陈家祖祖辈辈对生活的这份真诚和热爱，我才有了今天和美的家庭。而作为一个普通的农民，养育三个自强不息、乐善好施的儿女，是我这一辈子最骄傲的事。不管是作为中国首善的大儿子光标，还是勤勤勉勉的女儿春华，踏实勇敢的小儿子景标。他们靠着自己的韧劲，传承着家族的优良传统：自强不息、艰苦奋斗、乐善好施。

夫妻和美，子孙满堂，在这个含饴弄孙的年纪，我过上了幸福美满的晚年生活。或者跟着孩子们出去旅游，看看外面的山山水水，体验各地的风土人情；或者在自己的小院子里摆弄些花花草草，也怡然自乐……老了老了！虽然身体大不如前，但我的心里总是甜滋滋的。这么好的日子，那可是以前想都不敢想的呀！真是没有共产党，就没有新中国；没有改革开放，就没有我们陈家的今天。

人老了，很多记忆都开始模糊了！幸而有机会留下这本册子写下那些可能会被遗忘的历史。想想，我能留些什么给我的子孙呢？纵使千金，终归尘土，钱财对于他们没有多少意义。也许等到有一天我记忆模糊，口齿不清的时候，希望这本册子能代我把我的故事讲给我的子子孙孙们听……

随着光标在社会上影响力的增大，越来越多的人说我好福气，养了这么争气的好孩子，说实话，我心里特别高兴。但自己的儿子自己心里最清楚，他能走到今天，跟他的努力和付出是分不开的，他吃得苦，遭的罪，尽管他不说，但我这个做父亲的，能懂。

今天，老夫的这本回忆录关于大儿子陈光标为党为人民做的贡献描述的很少，一怕别人说我"老王卖瓜自卖自夸"，二是我觉得功绩应该让后人去评说。这些年社会对光标的误解甚至是曲解一直没有中断过，我不想辩论，清者自清，浊者自浊，公道自在人心。

如果有人说我儿子高调慈善是炒作，那他一次又一次第一时间出现在抗险救灾的前线，又当何伦？世上有见过用生命炒作的人吗？

如果还有人想了解一个真实的陈光标，那请大家来读读老夫这本回忆录吧，这孩子从小就是一路行善，一路欢歌地走过来的，未来的路，我希望他能够继续按照自己的想法走下去，即使前方困难重重，也要坚守本心，脚踏实地，等待阳光明媚，春暖花开。和谐社会需要正能量，希望大家善待光标！

第一章　历史悠久的陈家

　　我叫陈立胜，1943年11月，出生在江苏省泗洪县天岗湖乡薛陈嘴村（今联淮村）。谈到我们陈家，不得不从它的历史说起。时至今日，我还清楚地记得小时候最快乐的时光就是听长辈讲家族变迁的故事。特别是在夏天的傍晚，吃过晚饭，村里的老老少少都提着凳子到堆满稻草的晒谷场纳凉，这是一天劳动之余最悠闲的一段时光。大人们三三两两的凑在一起聊他们关心的话题，而我们这群小孩子最兴奋的就是能够听爷爷奶奶们讲过去的故事。

　　老人们说："我们陈家是江州'义门陈氏'的后代。流淌着义门陈氏的血液，传承着义门陈氏的传统。"小时候，听陈家的长辈们说，我们陈氏家族以前是江州义门的一个名门望族。由于年代久远，口口相传的家族故事已经很难还原那段辉煌的历史，从老爷爷的口中只能听说陈氏家族曾经是历史上的显贵，只可惜那些辉煌的场面已经难以再现。即便如此，当时年龄还小的我们仍为这份曾经的家族荣耀而自豪。

（一）江州"义门陈氏"的今古奇观

　　根据陈氏家谱的记载，南北朝时期的陈朝灭亡后，陈氏子孙大量南迁。后主陈叔宝五弟陈叔明的后裔，唐代中期的陈伯宣举家迁至江西德安县常乐里永清村（今德安车桥乡义门陈村）。其后裔在这里大建旧庄，并逐步修建完善了规模宏大的义门宅邸。在这一支就出现了"义门陈氏"的历史奇观。这个情况也为当今学者所证实。

义门陈氏，万方和谐——《陈氏家谱》

我的祖上作为陈氏的一条支脉从江州分家，先后辗转多地。到了明朝洪武十四年（1381），在祖先九公谧、十公旺的带领下，由苏州板桥迁到安徽五河县，并在这里定居下来，这一住就是七百年。祖先们在这里建祠堂、办学校、勤耕苦读，建立家园，繁衍生息二十四代。由此，陈氏家族的人丁增至数万，成为五河县一大旺族。

"义门陈氏"初创时，只不过父子几人，到了宋朝初期已经有700多口人。等到仁宗时期，已多达3700多人。这一门为什么能发展得这么快、这么好呢？我听长辈们说，是因为我们当时，陈氏家族没有分过家。3700多个陈家姓的人同灶同食，生活在一起。

　　有人专门负责做饭，每当吃饭的时候，整个家族坐下来就是300多桌，我想这可能是中国历史上最早的大食堂了。在当时，义门陈氏的家风是令人羡慕和向往的。除此外，吃饭还有家规。按照辈分，长幼有序，座位也是安排好的。还有就是，每次吃饭要等人全部到齐了，才可以开始吃，3000多人的"饭局"，要靠打鼓才能召集。吃饭要求"异席同餐"，分开坐，一起吃。不同人的饭餐不同，老人稀饭多一些，青壮男子则肉多一些，因人而异。这个习惯一直传承着，使得我们陈家人感情很好，凝聚力非常强。

　　后来，我看资料，当年在义门陈家，还出现了"百犬同槽"的景象。到吃饭的时候，只要听到鼓响，庄上所有的狗都会跑到一起，"一犬不至，众犬不食"，成为千古一绝。相传有一年，皇帝御驾亲临，带来100只米粑要试验一下"百犬同槽"的传闻，果然群犬呼而相聚，各衔一只米粑，唯独一只白犬衔了两只。原来它是给一只拐腿黄犬"带饭"，这不仅印证了传闻，更成为义门陈孝道治家的美谈。

　　在"义门陈氏"，没有你的我的，你家的我家的说法。农忙时，壮劳力全部出动，一起下地。衣服脏了随意往地上一扔，家族的妇女就会主动帮你捡起来，洗干净，晾晒好。这一些行为看起来，陈氏家族的人非常符合中国传统文化里的仁义之说，所以人称"义门陈氏"。"义门陈氏"延续了整整19代，跨越300多个春秋。宋太宗都曾经为之赞叹："萃居三千口人间第一，合居五百年天下无双"。

（二）分家与搬迁的故事

到了1062年，义门陈氏人口发展很快，对当地造成了很大的压力，出于抑制"义门陈氏"和封建统治的考虑，宋仁宗下旨让义门陈分庄天下。由于这一次分家很特殊，人口太多，历史悠久，所以丝毫不敢怠慢，朝廷下令由包青天包拯、名臣文彦一组织研究分家的方案，上报皇帝审查。宋仁宗御赐编号，将义门陈氏家族财产分为291庄。

可能大家好奇，为什么平白无故就要分成291个庄。据史料记载，陈氏在讨论分家方案时，决定把祭祀祖宗祠堂里的一口锅吊到大梁上，让它自行落下，摔成几片，就分成几份（庄）。按实行的结果，铁锅摔成大小291份，于是义门陈氏的子孙各持一片分成291家。或许现在听起来有些荒唐，但在当时，这么做是对祖先的尊重。

分家后，陈氏子孙星散于全国72州郡的144个县。这是中国历史上最悲壮也是最恢宏的大分家，据史料记载，背井离乡的陈家人绵延了几十里，持续了几个月才陆续分散。

为了让义门陈氏的后代铭记不忘家训、家风,永远聚族而居的历史，陈氏家族决定铸造纪念义门陈氏分家的纪念钱币。纪念币采用外圆内方的传统钱币形式，全铜铸造。正面铸"义记舍钱"四字，反面铸"离"字和"回"字纹样。睹"离"思亲，遇财思议，不忘"回"家之意。

每次在家谱上翻看这段历史，总会浮现出小时候依偎在爷爷身边听家族故事的情景，爷爷总是津津有味的道来，脸上还挂着些许自豪。现在想想，也许正是在家族历史的传承过程中，每一个家族成员都潜移默化地接受了先辈给我们留下的这一笔的精神财富！就如"睹離思亲、遇财思义、不忘回家"的陈氏祖训一样，陈氏大仁大义、和睦团结的家族历史深深地影响着每一代陈氏子孙……

至于我们又是怎么由安徽人变为江苏人的，这一段历史是我熟悉的。这是新中国成立以后的事了，这一次的变迁与历史上陈氏的举家搬迁不同，只是国家统筹下行政区划的变动。1955年3月，泗洪县由安徽省宿县专区划归江苏省淮阴专区管辖，天岗湖东边的划归江苏，西面的还属于安徽。我们家在天岗湖东面，所以我们家籍贯也就由安徽变成了江苏。而我们那些住在天岗湖西面的亲戚现在也还是隶属于安徽省五河县。

当然，是江苏人还是安徽人都不重要，重要的是环湖而居的陈氏人从未忘记义门陈氏的祖训，也从未忘记身为"义门陈氏"的责任。

（三）记忆中的祖父祖母

在我的记忆中，爷爷奶奶都是勤劳简朴、乐善好施的人。他们都是普普通通的农民，也没读过多少书，但他们给我的影响很大。

自我记事起，爷爷奶奶就在日复一日，年复一年辛苦地劳动着，一面忙活儿地里的农活，一面打理着家里的大事小事。无论多辛苦，多劳累，却从来没有从他们的口中听到过一句埋怨的话。他们身上有我们义门陈氏最宝贵的品质，是堂堂正正的陈家人。我们现在想想，要不是凭着他们吃苦耐劳的毅力和从不抱怨的乐观心态，在那个食不果腹，生计艰难的时代,怎么有能力撑起这个不大不小的家？怎么还有余力去帮助那些吃不上饭的族人？

最宝贵的是，爷爷奶奶把吃苦耐劳，乐善好施的精神和在困难中如何经营的生活艺术遗传给了我的父母，同时也留给了他们这一支血脉。纵使时代不断变迁，贫困的生活也终将会过去。但我坚信，今后陈氏家族繁衍世世代代，我们的家族精神也是永远不会褪色的。

（四）印象故事

小时候，在冬天农闲的时候，孩子们最爱听唱大鼓的，一个老艺人，一张桌子，立一个招牌，围着一群人，凭着一张巧嘴，讲着那一段段的故事。每每听得都是有滋有味，忘记了回家。印象最深的有这么几个故事：垂缰救主、年羹尧、先烈们英勇的爱国事迹等。

1、垂缰救主

末时，汉高祖刘邦被自己的手下雍齿背叛、追杀，后来逃到天岗湖。追兵走后，战马又回来呼唤刘邦，刘邦听出是自己的战马后，也呼唤它，然后战马把缰绳垂下，将刘邦拖出井口。

这就是著名的"垂缰救主"的故事。汉高祖为了纪念自己的战马，在天岗湖边上建了一口"天井亭"，将天岗湖赐名为"天井湖",不过以前的"天井亭"被水淹了,现在也找不见了。后来百姓还是习惯叫这里为天岗湖。

2、清初名将——年羹尧

我们这有个叫"年庄"的地方,听老人们讲那就是清雍正朝时名将年羹尧的故乡。年羹尧是进士出身,官至四川总督、川陕总督、抚远大将军,还被加封太保、一等公,高官显爵集于一身。他运筹帷幄,驰骋疆场,立下赫赫战功。得到雍正帝特殊宠遇。但风云骤变,位高权重的年羹尧被雍正帝削官夺爵,列大罪九十二条,被赐死。

听长辈们说,临死前,年羹尧毫无畏惧,只是思念故里,担心家乡的父老乡亲受到牵连,他遥望家乡的方向,不禁潸然泪下。所幸的是,早有人将凶信通知年羹尧的家乡,亲友乡邻都提前准备,四散而去。所以到现在,年庄也没有一个姓年的人了。听这些故事,不禁感慨真是造化弄人,可悲可叹啊!

3、前仆后继的英烈们

在抗日战争、解放战争,以及抗美援朝战争中,我们泗洪县涌现了无数英烈,他们英勇无畏、前仆后继地投身保卫祖国的伟大事业中。为了缅怀先烈,教育后人,1954年,泗洪县委、县政府决定在县城南郊,拓地500余亩,辟建烈士陵园,将分散在境内的150多座烈士墓先后移入陵园奉葬。

我们天岗湖乡也出了很多抗美援朝的英烈,例如张怀德、王中甫……都参加过抗美援朝战争。每逢清明,学校老师都会组织学生去扫墓,缅怀英烈,传承精神。

我们家小爷——陈华先,也参加过抗美援朝战争,不幸英勇牺牲了。还有很多我们陈家人，都参加过。这些都是值得我们陈家骄傲的，陈家的孩子们从小耳濡目染，听着长辈们抛头颅洒热血、报效祖国的英勇事迹，爱国之情油然而生，心中不禁一阵阵澎湃。

第二章　感恩父母的养育之情

　　我的父亲母亲都是普普通通的农民，和上世纪大部分中国人一样，面朝黄土背朝天，干了一辈子农活。父亲读过书，他深知学知识、有文化的重要性，所以他一直以来都很注重对我的教育，只要还能存下一点钱，都要给我读书用。母亲是一位淳朴的乡村妇女，为人妻、为人母，她都恪守着一个女人应尽的责任。虽然没有文化，但是做人的道理她懂得不比任何人少，一生勤勤恳恳操持着这个家，把全部的爱都给了父母、丈夫、儿女，对自己却极其苛刻，我印象中她好像从没给自己做过一件新衣服，有个伟人说过："父母的心，是爱的太阳"。我就是在父母的阳光下成长的。

（一）勤俭持家、乐善好施的父母

　　我的父亲叫陈先酬，生于1899年。小时候因为家里条件不是很好，所以只读了几年私塾就回家务农了。父亲很擅长读书，而且很有天赋，不仅熟读四书五经，还能写一手漂亮的毛笔字。然而，身处那个年代，人生的轨迹往往由不得自己，一切都不是我们所能掌握的，所谓的理想更像个气泡，在社会残酷的大环境加之窘迫的经济条件下，理想的气泡只有破灭，他最终也只能接受命运的安排，放下书本，走进农田，举起锄头，一干就是一辈子。

不过，就算是务农，父亲也是没有完全听天由命、靠天吃饭。他脑袋聪明，很有生意头脑。农闲的时候，他和母亲在我们庄子上开了家小店，卖点油、盐，火柴等生活必需品。在那个年代，大家都是靠着一亩三分地活着，如果谁家有个副业，肯吃苦，愿意辛苦点，那条件是应该有所好转的。感谢我的父亲，用他的肩膀和头脑努力改变这个家的生活状况，操劳一家老小的衣食。

我的母亲叫陈潘氏，比父亲小一岁，那个时候，农村重男轻女，妇女嫁过来就要从夫姓，嫁夫从夫，成为夫家的人。原来的名字就不用了，连娘家的姓氏都排在第二位，陈潘氏的意思就是陈家娶的潘家的女儿。

和天下所有伟大的母亲一样，她老人家集中华传统女性的美于一身，聪颖、贤惠、善良。我出生前，母亲生了两个姐姐，三个哥哥，但都夭折了。他们有些是饿死的，有些是出生时染了些风寒、肺炎之类的病，但由于当时医疗条件有限，在家养了几天，就遗憾地离开了。那时人命真的要靠天赐，能挺过来，就算是挨过一个坎儿，挺不过来的，就算是又进入了一个轮回。这种情形在庄上是见怪不怪的，所以也就少了许多恐怖的色调，而多了几分凄凉的伤感。

因为感觉到家里的男娃总是留不住，父母听庄上老人说，可以从亲戚家过继个男娃，这样可以保住家里后面的孩子。就这样，父母从大伯家过继了一个男孩子来，也就是我的大哥。那时候，家家户户孩子多，条件又都不好，虽说把孩子送出去会很不舍，但为了让孩子更好的生活，换句话说是可以吃饱饭，大伯家也就同意了。

或许是父母的诚意感动了老天，大哥到家里后，我母亲就再一次怀孕，这一次顺利地生下我。在父母的精心照料下，我没有重复我之前的哥哥姐姐的悲惨命运，而是健康的成长。

父母为了操持这个家受了不少苦，他们不仅要照顾下一代，还有赡养年迈的爷爷奶奶。但是他们能乐观地面对生活的困难，从来没有抱怨过。将一大家的生活料理得井井有条，与邻里也能友善和睦相处，使得陈家在村里的口碑极好。

在我心目中，母亲是一位伟大的女性，她一生无私奉献、辛苦操劳，使得家里的日子在无论多么恶劣的环境下都能过得舒坦、自在。最重要的是母亲有一颗乐观的心，一直鼓励我们要勇敢向前。我一直觉得我有一位世界上最伟大的母亲，她尽到一个母亲应尽的职责，对我们的照顾无微不至，对我们的爱广博深厚。

记忆中的父母，勤劳、善良。对于他们做的善事，父母从不跟我们直接提起。不过父母亲平时的处世之道、为人之道，我们都看在眼里、记在心上。或许他们只是无数中国父母当中最平凡的两位，但在我们儿女心中他们是最伟大的，我对他们二老充满了感恩和敬爱之情。他们把乐善好施、慷慨助人的美好品德传给了我，再经由我传递给光标他们三兄妹，使得他们在很小的时候就愿意主动去帮助他人，不图回报，我想这很大程度是来源于父母的言传身教，这是一种很自然的精神传承。

父母一生都在恪守自己的准则，他们过得辛苦却有价值，有意义。我印象很深刻的是，父母去世后，庄上的人都还念着他们的好，每每看到我们兄弟，总要说起父母过去对他们的恩情。从乡亲们的话语中，我们更加明白父母所做的远远不止我们几姐弟看到的。我一辈子都会牢牢铭记父母的恩情，我的生命是父母给的，我血脉里流着的是父母的血液，我的成长铭记着父母的辛劳，我爱我的父母。

（二）父母的爱心

1、善意小店

我们家在天岗湖畔，现在叫联淮村，过去叫薛陈嘴。大概在我七岁之前，那个时候我们家还和村子里所有普普通通的农户一样，日出而作、日落而息，过着简朴却快乐的日子。我的父亲不仅农活干得好，而且有经商头脑。用家里的积蓄在庄上开了家小店，农闲时，卖点大家需要的油盐、火柴等。这样可以贴补家用，我们家的经济条件也可稍微宽裕些。我的父母继承了义门陈氏的优良传统和家风，不仅勤劳能干而且善良，乐于助人。

父母在经营小店上，有自己的"经商之道"。那时候家家都穷，有些人家连买盐的钱都没有。碰到这些人买东西，其他的小店都是避之不及，可是到了我们家，父母总是热情招呼，从没有另眼相待。有时候，就便宜一点卖给他们，或者直接赊给他们，说什么时候宽裕了，什么时候给。时间长了，有些人可能是忘了，也没有来还账，可是父母也从不主动去要。有的人家凑点钱给送过来，父母看他家里实在困难，也就不要了。

那时候乡邻们总有人笑话我的父母："你们这样做生意肯定是赔本买卖啊！真没见过你们这样的！"我的父母总是淡淡的笑一笑："人都有难处的时候，我们能帮下就帮一下，都不容易。"就这样，独有的经商理念让我们原本宽富的生活在父母"怪异"的举动前显得捉襟见肘。

"我们能帮就帮一下，都不容易"。我开始也不理解父亲的话，但久而久之，看到父母与乡亲们的和睦往来，大家对我们家的肯定和称赞，我们兄弟也就慢慢领会了。人生在世，谁都会有遇到困难的时候，善待他人，其实也是在善待自己。予人玫瑰，手留余香。在帮助他人的过程中其实也是在快乐自己。所以，慢慢地，"能帮就帮一把"，这句话，我们懂了，也记下了。

等我慢慢长大了，又听父亲给我讲了许多关于爷爷的事，我才知道，爷爷对父亲的教育是很严格的，要求他正直做人，宽以待人，乐于助人。我想尽管后辈们也许不明白家谱上"首功任能，惩恶扬善"这几个字的含义，但是字里面隐含的家族精神却一直延续，不曾中断。

这就是我淳朴，善良的父母，不管身后背着多么大的负担与压力，对人对事都是面带微笑。这种乐观的心态与骨子里的善一直在陈家流传，影响着一代代的陈家人。

2、温暖人心的花生粥

小时候，由于父母任劳任怨，勤俭持家，长年积累，家里攒了些土地。加之他们早起晚归，不怕吃苦，所以比起平常人家，家里的粮食、柴火总要收得多一点。我记得，寒冬里，经常有一些家里困难的乡亲到我们家烤火取暖，有的时候一家老小都来了，说家里面冷的实在待不住。遇到这样的情况，父母从来不拒绝，只要到家里来的，都是客人，热情的招呼大家进屋。父母知道这些人家里连柴火都没有，那日子过得肯定不宽裕，总想着办法给他们备点吃的。让他们在烤火的时候，吃上点热乎的东西。虽然我们家也拿不出多么好的东西，可只要是自己家有的，父母总会毫不吝啬的拿出来，哪怕是一碗稀饭，用热水煮煮也可以让大家美美地喝一顿。

我记得，最令我难忘的就是母亲烧的花生稀饭。那个年代不比现在，每天吃豆饼泡水或是野菜熬粥，能在稀饭里加上一些花生，熬得热乎乎的，在那个年代也算得上好东西了！所以烤火的乡亲喝着母亲煮的花生稀饭，不禁连连称赞母亲的厨艺了不得。

后来，我们家遇到困难，也是这些乡亲最先给我们伸出援手，我想这是一种感恩，也是一份难得的情谊。正是这样的雪中送炭帮我们家度过了那段最难熬的历史时期，也坚定了我们"善有善报"的信念。虽然这只是一件普通的小事，可母亲的善举却一直影响着我，让我牢牢记在心上。那时候她总对我说："人家没有吃的，到我们家来了，我们能给大家喝一碗稀饭，也是我们的一份心意。"

现在我们家小孩每次回家，都会去看望过去帮助过我们的那几户人家，送上一些问候和礼物，无论谁家里有什么事，更是能帮就帮。村里的路泥泞难走，也是两个孩子主动提出来给大家修路，装电灯的，乡里的学校，他们都主动去捐钱捐书。他们说，自己是天岗湖生，天岗湖长的，为乡亲们做点实事，心里也高兴，算是回报大家的恩情了。正所谓"滴水之恩，当涌泉相报"，"睹離思亲、遇财思义、不忘回家"，这不仅仅是陈家世代传承下来的优秀品德，更是内心深处人性的呼唤。

3、二斗高粱帮乡邻

现在日子过得好了，孩子们给我们老两口在老家重新盖了房子，我和老伴在院子里种些常吃的蔬菜，再摆弄些花花草草，日子舒服许多。我发现，平时周末的时候，庄上有一个叫陈永明的小学老师总是自己带着修剪工具来我们院子里帮我们打理树枝花草。起初，我们心里都纳闷，这个人怎么无缘无故的跑到我家的院子里帮忙修剪呢？我之前以为他是想来做事，然后挣点钱的。但后来，我给他钱他却推脱，说什么都不肯要。我们请他留下来吃饭也都拒绝了。在好几次推推攘攘下，他给我们讲了一个我都没有听过的故事。

那是上个世纪的事了，我们两家祖上几代关系一直很好，在饥荒年代，他们家遇到了困难，日子过得很辛苦，实在揭不开锅了，向我们家借了二斗高粱米，我的父亲想都没想就给他们装了一袋米。后来，他们家省吃俭用，凑出了二斗米给我们家送回来。但我父亲说什么也没要，他当时讲："你们好不容易攒下点米，还给我们，你们不是还没吃的，咱两家就别客气了，你拿着去吃吧。"后来，他们家好几次特意过来送米，可我父亲都没要。

陈永明还说："我父亲告诉我，有一次，我的二叔生了重病，家里实在没钱医，一家人不知道怎么办。你大哥知道后，把刚刚卖果树换的十几块钱全都给了我们，这才救了我二叔的命。你们家的恩情，是我们家永世难忘的。我父亲一直在告诉我一定要感恩，要回报你们。我知道给你们送钱，送东西，你们肯定也不会要。我就想，平时休息的时候，到你们家，帮你们老两口做点儿事，减轻点负担，我这心里也能舒坦些。"

怀抱生活的善良，走在缘生缘灭的世间，帮助更多的人，也只不过是多些辛苦，多些忙碌而已。但是，你或许没有注意到，你认为平凡的举动，可能会温暖很多人的一生，乃至延续到他们的后代。上一代的恩情，下一代都会铭记在心，父母用他们的善心感染着越来越多的人，接受过父母帮助的乡亲也都把这种美好的品质传递给了他们的子子孙孙，一代代传承下去，把爱撒向人间。

想想这世间的人们能够经受种种磨难能永生不息，那是因为善意是会传递的。善良是个很奇妙的东西，你慷慨地把她播撒出去，她会把你的善意带给很多人，但最后，她又会回到你的身边。与人分享，宽以待人，不仅温暖了别人，也温暖了自己的心。爱是应该传递的，而且也正在传递着。我感谢我的父母不仅给了我一双勤劳的手，给了我一颗淳朴、善良的心。

第三章　悠久故乡情

　　泗洪县的西南岗有一条秀丽的小湖，宛如一颗璀璨耀眼的珍珠，别在洪泽湖的腰带上。这颗珍珠就是天岗湖，她不像洪泽湖那样粗犷，而是富有柔情与妩媚，有着独特的秀丽风光。湖岸周边，芦苇葱郁，绿柳飘飘；东方渐白，透过薄薄雾气，犹如层层细丝白纱；清风拂过，涟漪微泛，张网的渔舟起浮可见……

——题记

秀美的天岗湖，难忘的回忆。

泗洪县天岗湖乡是我的故乡，我在这里生活了70多年，故乡的阳光雨露滋润着我的成长，记录着我人生的苦辣酸甜。现在日子过好了，孩子们都要接我们去城里住，但我和老伴都舍不得。老了老了，越来越发现，哪儿都不如家好，对天岗湖的眷恋把我们留在这里。我想，天岗湖会永远扎根在我的心里，就像母亲存在于儿子的心里一样。这里的一草一木，这里的土地湖泊，包括在家乡呼吸的空气都让我流连忘返。我始终可以感受到，只要能拥入到她的怀抱里，我就会觉得踏实、温暖，那是家的感觉，家的味道。

（一）难忘在天岗湖的童年时光

故乡，是藏在人们心底的一抹温柔，无论你将来离家多远，只要她轻轻泛起涟漪，就能轻易地扰乱我们的心房，时时发作，无法终止。江苏省泗洪县天岗湖乡地处全国四大淡水湖之一的洪泽湖西岸，这里人文荟萃，天华物阜，深藏种类齐全的松林庄古人类化石，流传着汉高祖"垂缰救主"的美丽传说，天岗湖银鱼更以其独特的品种在明代即成为贡品。我就是在这里生，这里长，这里成家，这里生子，在这里度过了我人生中的绝大部分时光，我爱这里的一草一木，我爱我的故乡。

历史上的天岗湖乡属于泗州，泗州自古就是繁盛之地。据地方志记载，泗州不仅是江淮流域一座著名的繁华市镇，且是一个风景秀丽的水上名城。虽然这座灵秀的千年古城历史上曾多次遭受过战争的破坏，但并没有将她毁灭，而是顽强地孕育着一代代泗州城人民。但是天不作美，由于特殊的地理位置，长期的水患给她带来了无穷的压力，甚至是灭顶之灾。就这样，由于长年累月的水害灾难，让这座美丽的古城永远沉睡在静静的湖底。随着历史的变迁，如今的天岗湖还会有许多地方按照旧时的设计建成砖头瓦房，我想，这也是在用另一种方式向世人诉说着她昔日的辉煌。

我的故乡天岗湖，美丽富饶，却又多灾多难。据历史记载，天岗湖也是经常发大水。从我小时候有记忆起，天岗湖就是今年发水，明年缺水，再下一年也许就又平静安详。在她秀丽的外表下，古怪的脾气真是让人捉摸不透。所以，一直以来，我经常听长辈们说，我们是靠天吃饭的，老天爷成全，我们就丰收，老天爷生气，我们可就要遭殃了。长此以往，这里的人们生活自然也就比较困难。但是，我们家还好，因为父母头脑灵活，又肯吃苦。所以，在我出生的时候，家里的经济条件相对不错，小小的家被他们维持的还算很不错了，吃的穿的要比一般人家好一点，与其他的孩子比，我是幸运的。但由于时代、地域所限，我说的好也是相对的，虽说温饱可以保证，也没什么特别贵重的东西，

盛开在天岗湖纯洁的花。

苹果等水果对我来说都是奢侈品，可父母也会倾其所有，把他们最好的东西都留给我。

或许是因为经历过太多的失子之痛，所以父母对我格外怜爱。我的童年，虽然每天要与农活相伴，仅仅在农闲的时候才有机会与伙伴们疯玩，但我能感受到那简单的欢乐。与现在的孩子们相比，尽管他们不需要分担家里的生活压力，玩的方式也花样翻新，但却少了点我们那时的纯真与快乐。几十年过去了，走到今天，我的脑海里还会时常浮现起这样的画面：一群七八岁的男孩子，拿着网蜻蜓的网子，打着闹着往前跑，跑过一片绿油油的高粱地，跑向村外的小河沟，一串串歌谣随着脚步也渐行渐远。

童年是人生的初始阶段，在孩提时代最渴望的东西往往会成为一生的追求，比如一种味道、一件衣服、一个小玩具。我的家人都是纯粹的农民，只有父亲识字，祖祖辈辈过着面朝黄土背朝天的生活，没有出过什么体面有学问的人。不过，小时候父母就告诉我："不识字是不行的，不识字永远要吃亏，人得有文化和知识才能出人头地。"当年读书人在村子里非常受尊敬，村里的干部或者是其他有头有脸的人都是读过书，有文化的人，所以我也一直都希望能上学，将来能像他们一样过上更好的生活。

（二）童年趣事

1、听鼓看戏

我们这"天岗锣鼓"很有名，与凤阳花鼓齐名。逢年过节，或者谁家办喜事，都会打起鼓来。尤其是冬天的时候，我们能玩儿的东西有限，所以赶上谁家办事情，请人唱天岗锣鼓，我们一群伙伴都会跑去他们家里看唱大鼓。咚咚隆隆，好不热闹。"皮影戏"也是小时候最爱看的，俏皮的皮影在老师傅的手里摆动自如，那真是活灵活现，趣味十足。现在我们庄子上还有个玩皮影戏的老人，今年有80多岁了，还是精神矍铄，他是我们那一代人的美好记忆。

2、斗鸡

小时候，我们孩子凑在一起，常玩的游戏是"斗鸡"。斗鸡又分两种，一种是两只真的鸡相互斗，还有一种是两个人单腿斗。第一种两只鸡在斗，我一般是喜欢看的，但自己没有拿过真的鸡去玩儿；至于两个人单腿斗鸡，我玩过，很喜欢，但是也不经常玩，都是爱看人家玩。我们斗鸡都是闹来玩的，没有什么明确的规则、组织，所以比较松散，但也时时伴着爽朗的笑声。现在回想起，也不由得开心起来。

3、逛"骡马大会"

每月逢初十，就会有一次"骡马大会"，因为是一个姓王的人家组织起来的。所以，过去我们这也叫王集街。

"骡马大会"，顾名思义就是卖骡子、卖马、卖牛等。一大堆牲口都赶过来卖，互相交易。在这个大会期间，只要你把牲口赶来卖，不收费用，而且还供饭吃。后来，卖青菜的、卖粮食的、卖布的，什么都有，都到这个市场卖。"骡马大会"慢慢演变成一个大集市，这个"王集街"也就慢慢地走入到我们每个人生活中。

小孩子都比较好热闹，我也不例外。每逢"骡马大会"的时候，我都会跟小伙伴们一起去凑凑热闹。我们也没有钱买，只是图个新鲜。小时候的日子就是这样，简单淳朴，哪怕只是看看，也能乐呵一整天。

（三）记忆中的美食

1、天岗湖的鱼

天岗湖银鱼一寸左右长，通体光滑透明，玲珑剔透，如冰雕玉刻，不见肠骨。头部有两个极小的黑点，那是它的眼睛，眼圈还有一道金色镶边，堪称精美的艺术品！春夏之交时，天岗湖里银鱼成群结队到芦苇和水草茎叶上产卵。五、六月间是银鱼的捕捞期，捕捞后需晒干保存，水分没有后，做成鱼干，或炒或腌，咸鲜可口。

天岗湖银鱼，过去是上贡给皇上吃的，现在基本上没有了，甚为可惜。还有一种叫作墨浪鱼（音），这几个字我写不来了。小时候吃过，很好吃，七岁以前，我们家都是掏钱买的，自己在湖里面是逮不到的。从我记事开始，家里的日子发生了转变，困难起来，劳动力又少，所以之后就再没吃过了。

2、榆钱槐花

一到春天的时候，嫩绿的榆钱就一串串地缀满枝头。榆钱就是榆树的花，花瓣儿造型独特，真有点像成串成串儿的小铜钱。榆钱不但好看，味道也好，不是很甜，而是一种特别的香气。小时候我和小伙伴们经常爬到树上，一枝一枝折下榆钱，然后把榆钱捋下来送到嘴里大口大口地吃，就像吃着可口的水果一样，大家傻傻的笑着，享受这简单的幸福。

槐花菜，就是洋槐树在春天时候开的花。花摘下来晒，晒干后就储存着。家里来客人了，搞点鸡蛋或者鸭蛋来炒，很好吃。那个年代如果谁家晚饭做了槐花菜炒蛋，那一定是来了尊贵的客人，或家里发生了喜事。平常的日子，鸡蛋、鸭蛋都是我们可望而不可及的。所以，现在日子过好了，我们还是愿意吃那一口味道，每年都会在种这种菜，然后摘下来晒，留着以后吃。尽管现在好吃的越来越多，但儿时留下的味道还是最宝贵的。

小时候，榆树钱、槐花菜都是饭桌上的美味小菜，是我儿时快乐的回忆。但是在我七岁之后，由于旱灾、水灾、蝗灾等自然灾害，地里面颗粒无收，别说是榆钱、槐花，就连路边的柳树，都成了我们活下去的救命食物。树叶、果实、甚至树皮都被扒着吃光了。那段日子过得确实苦，人们活下去都要靠自己的精气神、靠意志力。现在想想，还有些后怕。

苦日子过去了，现在不仅能保证温饱，家家户户都能吃上可口的饭菜。但我还是要趁着自己还有力气，在院子里种些榆钱、槐树、柳树……一来是要报答它们当年的"救命之恩"，二来我是想让我的后代记住我们这代人是怎么熬过那段艰苦的岁月，要让他们记住无论到什么时候，都不能骄傲，不能忘本。

3、八大碗

说起八大碗，可能都是我们那一代人的记忆，现在的孩子们很少知道。或许听说过，但是待具体落实的时候，似乎明白，又似乎不明白。八大碗，顾名思义，可以从"八"、"大"、"碗"这三个关键字上下定义。"八"作为一个限定数，说明菜的数量不能少于八碗，而不是绝对的八碗。"大"是"海"，也就是很大的意思，每一碗都要很大的量。"碗"特别指明了承装的容器是"碗"，不管是土碗、瓷碗或陶碗，而绝不是"钵"、"碟"或其他的器皿。八大碗最早都是盛着鱼、肉、鸡、丸子等荤菜。一般只有在家里儿子结婚、闺女出门或者盖新房等大事的时候，才会准备八大碗。但随着日子过得越来越难，赶上家里办事情，虽然还是要摆八大碗，只不过，每个碗里的内容都换成了萝卜、白菜之类的青菜了。

过去的桌子都是方形的，每一边坐两个人，正好是八个人。平时一家人吃饭，都是随意坐的。但如果家里办事情，请了"大宾"，那就要讲究上下位了。大宾一般是男家的主亲，像姑爹爹、舅舅、表兄这些亲戚。举个例子：家里儿子结婚了，来了大宾或其他尊贵的客人，就安排坐在正面，单独坐一排，这样一桌就坐七个人，另外六个就按辈分长幼排座。送嫁妆的人还会另开一桌，不能和大宾坐一起。女方家的主亲也单独坐一桌，家中的大爷、叔叔、哥哥，会坐在一块。

"赊"来的婚宴，真诚的心，就这样相依相守走过一辈子。

我和献霞结婚的时候，就是这样摆的。但那时家里穷，酒席都是赊回来的，等收了礼钱，再拿去还给人家。现在我跟孩子们讲当时的情景，他们都不能想象。是啊，他们生长在新世纪，从小没吃过苦，没遭过罪，从小便是衣来伸手、饭来张口。从来没让他们体验过缺钱的日子，说起来要借钱去结婚，收了礼钱再还回去，让他们听起来都觉得非常不可思议。所以，现在只要有机会，我都会跟他们讲过去的事，让他们懂得感恩，学会珍惜。

第四章　艰苦求学路

（一）"富农"的帽子

1950年，中国社会在变革，土地改革运动在这一年席卷了中国大地，也就是在这一年，我们家也发生了巨大的变化，就此改变了我们几代人的生活。中央下达命令没多久，"风风火火"的土改运动也在我们村掀起，村里老老少少的热情都被这次土改运动点燃了。那时我只有7岁，对于政治，我完全没有概念。那时候小，贪玩，喜欢凑热闹。看着村里的大人们冲进地主的家里，也会跟着去看，他们把地主家里所有的东西都收走，不管是大件家具，还是锅碗瓢盆，能拿走的都抱走了。这还不算，到最后甚至是要掀砖搬瓦，只要是能抬得动的都收了去。这还没有结束，他们还要把地主绑起来。晚上的时候，地主要跪在全村人面前，接受批斗。

那个时候，我不知道什么是地主，更不明白为什么要对他们那么残忍。当我还在疑惑这些问题的时候，我们家也有了一个新的标签——"富农"，虽没有地主严重，但是头上顶起"富农"的帽子也足以让我们的生活一落千丈，家族的命运，父母的命运，我的命运从此改变了方向，前方的路充满了坎坷和艰辛。

在被划为富农后，我们家几代人辛苦攒钱买下来的几亩地都被收了，只剩了最原始的那点田地。我父母因为是富农，是四类分子，便受到歧视，被一些村干部欺负。明明是欺负，我们也不敢吭一声，稍微有点不满情绪，晚上就会被拉过去批斗。同样的劳动挣的工分也会比别人少，发的粮食、布票等等都比别人家少。在最困难的时候甚至一天连一口粥也喝不上。这样的日子过了一段时间，家里人饿得都头昏眼花，几次都险些有危险。还好，当时村里的人们都念着我父母以前的好，他们没有对我们有敌意，而是偷偷给我们家送玉米面、高粱米什么的，这样大家帮忙，我们才挺过难关，没有饿死。

"富农"改变的不只是我们家的经济条件，更摧毁了我们的尊严。自从被划为富农，我们在村子里就低人一等，常常被一些落井下石的人指着脊梁骨骂。父母没事的时候再也不到村子里去走动了，常常待在家里唉声叹气。而我也不再是7岁以前的那个快乐无忧的孩子了，以前经常一起玩的小伙伴们也总是躲着我走。虽然我不知道因为什么，他们也不知道发生了什么，只是单纯的听从父母的教导。但由于出身不同带来的冷漠已经蔓延到纯真的童年。而那些皮影戏、骡马大会等有趣而难忘的童年记忆也只能存留在记忆之中，每当夜深人静之时，泪中回味。父母总是教育我遇到事情要忍耐，我也变得沉默寡言，连走路也变得小心翼翼，以至于后来我做了父亲，也总是教育孩子，做事要小心谨慎，遇事要忍耐。"富农"的帽子把我们家陷入前所未有的困境中，甚至改变了我们几代人的人生。

（二）11岁走进校园

走在人生的路上，经过许多的风风雨雨，可最让我难忘的还是儿童时节。回首一生，童年似乎是最简单，最短暂，但又是最难忘的。因为童年的思想是没有太多的束缚与捆绑，没有偏见与冷漠的。童年是一个梦，梦里有我们的无限想象。童年是一首诗，诗中有我们的神秘心扉。童年是一个收藏匣，装满了我们的趣事、傻事，装满了我们的梦想与未来。我的童年在美丽的天岗湖畔度过，在这个生命蓬勃生长的时期，我尽情的吮吸着来自生命的气息，贴近土地，我感到踏实，感到快乐。乡村为我提供了生长的环境，让我从土地里汲取营养，让我本能地感到自己是大自然的共同体。

小时候给我留下的印象还是挺美好的，每天和小伙伴们在房前屋后玩耍，往往忘却了时间。到了吃饭的时候，母亲会出来喊我们回去，我永远忘不了那简单的幸福。然而造化弄人，在土改风波中，我们家被划为了"富农"。从此那种单纯的快乐再也没有了，取而代之的是要忍受着各种折磨。

被划为"富农"的分子的时候，我还小，还不懂为什么父母辛苦劳动一辈子攒钱买的地，还没来得及好好耕种去改善家里的生活，就被收了上去，还给我们划为"富农"，我成了四类分子子弟，虽然我不知道四类分子有什么含义，但我清楚家里的一切都因为它而改变了。父母的身体也被折腾的一日不如一日，没有了劳力，家里的日子真是一落千丈。到了读书的年纪，由于家里实在拿不出学费，我只能延缓上学。每天早上我会坐在门口，看着一个个曾经的伙伴走在上学的路上。他们也经常疑惑地看着我，和我一样不知道个中缘由，只知道某种东西将我们彼此隔开。这时父母站在院子里，泛着泪光看着我的背影。当我回头的时候，他们马上低下头，装作擦汗来抹去眼眶的泪珠，用更快的劳动来掩饰。我虽然小但也明白父母在回避什么。我也知道他们忍受的痛苦要比我这个天真的孩子要多得多。所以，为了不让父母操心，我拼命帮家里做农活，也许我也想掩饰什么吧。

那个时候在小学里也是要讲阶级斗争的，虽然我没有机会跟同龄伙伴一起上学，但是从他们的聊天中，对小学课堂也知道一些，那个时候上学填表有一栏叫"家庭成分"。如果家里成分不好，孩子都不好意思填。"地主"、"富农"子弟都是要受歧视，受压迫的。在学校里也要受到阶级斗争的教育。记得小学课本里面有一篇课文叫作《贫农张大爷》。几十年过去了，我还能记得课本的内容——

淡泊以明志，宁静以致远，练习毛笔字，让我保守一份内心的纯净。

贫农张大爷，身上有块疤。大爷告诉我，这是仇恨疤。

过去受剥削，扛活地主家。地主心肠狠，把我当牛马。

三顿糠菜粥，饿得眼发花。干着牛马活，常挨皮鞭打。

年底要工钱，地主破口骂。怒火心中起，一拳打倒他。

窜出狗腿子，棍棒一起下。打伤我的身，留下这块疤。

救星毛主席，派来解放军，打倒狗地主，穷人翻了身。

终于，到我11岁的时候，全家人节衣缩食，凑足了学费。我终于可以走进校园，开始读书了，我自然十分珍惜这来之不易的机会。

家里没有壮劳力，再加上我要上学，让原本艰难的日子雪上加霜。为了减轻父母的负担，也减少我心中的愧疚，所以我利用课余时间帮着家里干农活，去挖野菜，割稻子。因此，我的学生时代是非常忙碌的，白天要上课，课余时间要干农活，放学回家要帮着父母做家务。尽管累点，苦点，但是我的心情是愉快的，我不仅可以靠自己微薄的力量帮助家里减轻负担，而且可以如饥似渴地汲取知识的营养。为了能够上学，为了能交上那区区几角钱的学费，我根本不在意生活的质量，只求衣能蔽体，食能果腹就行。

我特别珍惜这难得的学习机会，体会着父母为我筹集学费的心酸，更害怕哪一天就会因为筹不到学费而辍学。每天都早早到校学习，无论刮风下雨还是起雾下雪，我从来没有耽误过一节课，恨不得把一天当成两天、三天来过。当时心里就想，一定好好学习，努力掌握更多的知识，有了知识就会有好的工作，有好的工作才会有好的生活，有好的生活，父母也就不用那么劳累了。虽然还总结不出"知识改变命运"这样的话，但是我已经意识到知识的重要性了。

于是，上课时聚精会神地听课，认真刻苦地做笔记，我勤奋努力地学习着。一旦走进知识的殿堂，就忘记所有的苦难，贪婪地吮吸着知识的营养。付出就有回报，在整个小学阶段，我的成绩总是名列前茅，是公认的好学生。连教我的老师都说："你是个有天赋的好学生，只要认真努力，用心读书，将来一定成大器。"老师的鼓励让我更加有信心，更加刻苦地学习。因为我的家庭成分不好，对于我这种成分的子弟，和贫下中农子弟是不一样的政策，考取同样的分数，优先录取家庭成分好的孩子，我只有比他们更努力，成绩更好才能考取好学校。

父母受尽了艰辛，累断了筋骨，可他们矢志不移，无怨无悔。经济再拮据，只要我上学需要钱，父母总是不遗余力，再苦再累，只要看到我学习上有进步，考试取得好成绩，他们总是那么高兴，那么欣慰。作为穷人家的孩子，我能够深深体会到老人家的一片苦心。勤奋学习，刻苦读书，成绩优秀，这给困苦中的父母亲极大的安慰。

那时候，我们的初中分为公办中学、民办中学还有农中。公办中学教学质量最高，而且有国家补助，学费和生活费都低。民办中学相对就要差很多了，而且学费较高。民中就是半工半读的形式，在那种情况下，在民中是很难学到东西的。农中的教学质量就更跟不上了，几乎学不到东西。我心里清楚，以我家当时的情况，小学毕业后，是很难再供我读初中的。但是我想只要我能考到公办中学，就可以申请困难补助，减轻父母的压力，这样还会有一线希望。为了可以继续读书，我更加刻苦，努力，每天学习到深夜，心中怀有梦想，生活就有动力。终于，皇天不负有心人，我考到了公办中学——峰山中学。

小学毕业，我已经17岁了，按照父母的意思是想我回家帮忙做农活，娶妻生子，不希望我继续读书了，但当学校老师把录取通知书送到家里的时候，他们俩还是开心得不得了，我给家里争了气，再艰苦的环境也改变不了我们向上的斗志。父母决定就是再辛苦，也要让我把书读下去。

（三）多舛的初中

一旦进入课堂，一切生活的苦难都会忘记。我就像是在沙漠中遇到雨水一样，巴不得让身体每一寸肌肤都去汲取知识的雨润。

"行到水穷处，坐看云起时"，淡泊闲适的生活，让我追求更加和谐与积极的生活态度。我喜欢在农田里劳作，让我踏实，快乐。

峰山中学在泗洪县峰山乡，离我家有二十多里，往返要四个多小时。所以，外庄的学生都住校。那时候学校条件不好，宿舍里的床都是一张挨着一张的，一间屋子里要住上几十个学生。后来学校买不起床了，学生就自己从家里拿席子睡在地上。南方冬天虽然没有北方户外那种冰天雪地的寒冷，但刺骨的冷风、潮湿的地面也足以寒彻你的每一寸肌肤。再加上夏天蚊虫的骚扰，有时候真的感觉很难熬。但对于一天疲惫的我根本没有精力去理会，往往是倒头就睡了过去。至于学校伙食，就更没法说了，我记得最清楚的是，我们几乎就没有吃饱的时候，经常晚上饿得睡不着，我和几个同学把粮票凑在一起，到后勤供应社换豆饼吃。那个豆饼特别硬，也没有什么味道，但是我们吃的都特别香，至少那是可以充饥的东西。

在平时的生活上，学校老师对我们家庭条件不好的学生比较照顾。虽然我是富农子弟，在地方受歧视，但是在学校，老师还是一视同仁，会根据每个家庭的实际情况，发放生活补助。老师调查知道我家确实困难，为我申请了困难补助，我享受了两个学期，也就是每个月三块钱的困难补助，用那个钱抵饭票用，这样在每年交生活费的时候，就可以少向家里要点钱。

初中的课程就比较全面了，数学、语文、物理、化学、生物、几何、代数，还有植物学，这么多的学科让我很兴奋。给我印象最深刻的是，我们在初中课程中安排了毛笔课。这是我第一次接触毛笔，特别喜欢，因为写毛笔字是心静的过程，会忘却周围的一切，也是找回自我的过程。所以每节课都认真听讲，下课后刻苦练习，按现在的说法就是爱好吧。然而这个爱好只延续到初中毕业。回家务农后，由于农活繁重，没有时间和精力，三十多年没有再摸过毛笔，这也是我一生的遗憾。直到现在条件好了，我又重新拿起毛笔，重新拾起年少时的爱好。

在峰山中学，我更加如饥似渴地学习，更全面的知识丰富了眼界，拓宽了思维，每一天的学习都是充实的。因为是富农子弟，所以跟那些成分好的学生比起来，我显得格外老实厚道。凡是能忍则忍，能让就让，尊重老师，友爱同学，因此老师们都比较喜欢我，在学习上也尽力帮助我。读初一那年，经老师和同学推荐，我成为一名光荣的共青团员，那天，我佩戴上心仪已久的团员胸章，开心得不得了。回家的时候连蹦带跳，见到父母后，用力扯着衣服将胸章亮在前面。在那个年代，富农子弟能成为共青团员是很不容易的，那种惬意，那种暗喜真是难以言表。

（四）教育与生产劳动相结合

当时的教育方针是：教育为无产阶级政治服务，教育与生产劳动相结合。劳动也是我们的主课。所以，我们每天都要有固定的时间去劳动，周末的休息时间也要先去做劳动，然后才可以回家。对我这样出身的孩子，早已习惯了劳动，所以干活时也更麻利些，这让其他同学既赞叹又佩服。

记得初二那年，有个周末我们可以放假回家。所以周六我们这些家里住得远的学生吃了午饭就开始干活，希望早点结束能尽快往家赶。因此老师也提前给我们这些家住得远的学生安排劳动任务，我和班上的几个同学是去窑厂帮着搬砖。我们卖力地干着，一心想早点回家，可是结束的时候，天也有些黑了，我们一路的五个同学结伴往家走。走到一半的时候，我们要分开了，我和一个同庄的女生一起走，另外三个男生一起走。我记得，刚分开，我和那个女生就看到了"鬼火"，围在我们身边，把我们吓得不行。我们惊慌地大喊，还好那三个男生没有走远，跑回来找我们。看到我们吓得脸色都变了，他们三个就把我和那个女生围在中间，又把我们送回学校去。把情况跟学校老师反映了。当天，我们就没有回家，我去教导主任家住了一晚，那个女生去我们班主任家住了一晚。第二天天亮，我们才又往家赶的。少年时期惊心动魄的经历让我终生难忘，用现在科学的方法解释，其实那就是磷火。

也是在初二那年，我肚子上生了脓疮，特别痛。最开始我坚持在学校上课，后来痛得没办法，在教室里挺不住，老师为我办了休学手续，我回家了。父亲给我请大夫到家里，因为没有钱打麻药，大夫就直接把脓疮捅破了，然后用棉花蘸了碘酒消消毒，这就算是治病了。在家里调养了一段时间，我的病痊愈，父亲没有马上让我回学校接着读书，而是在当年的农历八月二十，为我举行了婚礼。或许现在听起来很荒唐，但在那时是再正常不过的了。婚礼结束后，为了学习，我只有把新婚妻子扔在家里，急着赶回学校读书，直到把初中全部读完。初中毕业后，我的成绩接着读高中是没有问题的，但是家里的情况摆在那里，确实太困难，我不忍心看着父母为我凑学费还要更不要命地劳动。所以，我决定放弃读书，回家务农，从此做一个老老实实的庄稼人。

这几年宝贵的读书时间，让我学会很多，也更加意识到知识的重要性。虽然我放下书本，拿起锄头，开始了不一样的生活，但是我打心底里希望自己依旧还是个孩子：没有被苦难打击后破碎的心，没有历经挫折后痛苦的眼泪，只有一个相信未来、充满希望的眼神，让一切都完美如初。

学生阶段，我不但收获了深厚的师生之情，而且还获得了纯洁的友谊。当时的老师学生，思想都特别单纯、朴实，他们不会戴着有色眼镜看你，没有勾心斗角的心机，只是单纯坦诚相待地互助，所以学生们相处融洽，关系友好。我都把这些当作一种恩情，也让我体会到情义的温暖。现在我还依稀记得老师那句暖暖的话："同学们，放学了。回家吧，别到处乱跑。"

现在的我已深深地体会到，少年时代所遇到的这么多的坎坷，其实就是在为我的人生打磨历练。若没有苦难，我们会变得骄傲；若没有挫折，成功不会有喜悦。因为我清楚地意识到自己所要走的路，为了那些美好的憧憬和梦想，这才使我产生了强大的内动力，奋发图强，微笑着面对生活给我的一切，不抱怨生活的不如意，想办法战胜了它们。所以，这不是屈辱，这也不是苦难，而是我一生中最宝贵的财富。如今我已经走过了这世间的繁华与喧嚣，阅尽世事，我更加深刻的领悟到：人生不会太圆满，再苦再累，也要勇敢的笑一笑，面对生活的每一天。

"挫折是一笔宝贵的财富，苦难是人生最好的试金石。"四季轮回，有春天的葱茏，也就有秋天的叶落。有夏天的热烈，就有冬天的风雪。我们没有理由不接受苦难，唯有懂得如何超越苦难，勇于向上，摆脱桎梏，才会让困难成为你的财富。

陈光标：妈妈永远是天下最美的女人

——写给天下母亲的一封信

大家好！再过几天就是母亲节了。我在这里向天下所有的母亲表示最衷心的感谢和最美好的祝福！

有人研究过，世界上许多国家的语言，婴儿对母亲的发音都是相似的"妈妈"，而且"妈妈"是许多国家婴儿学会的第一个词汇。这是为什么呢？因为母爱是最伟大的，也是最无私的，母亲是儿童一生下来接触的第一个人，也是最亲近的人。是母亲承受十月怀胎之痛将我们带到这个世界，是母亲用乳汁将我们喂养大，往往又是母亲在家庭中默默无闻地承担起繁重的家务。所以，在每个子女心中，母亲都是天下最美的女人！

当母亲节即将到来的时候，我回想着母亲对我的影响、为我做的点点滴滴，心中格外甜蜜，也格外感动。我忘不了，在我很小的时候，妈妈在严寒的冬天为我洗衣服的情景，她的手冻得红肿红肿，可她一直在那里低头搓呀搓；到了夏天，为了让我早点入睡，妈妈时常在我床前，拿着扇子为我扇风，而她自己的额头挂满汗珠。我劝妈妈早点去休息，妈妈却一直在我身边扇呀扇，让我的眼中充满泪水……

对自己的孩子如此，对其他人，妈妈同样充满爱心。我忘不了，弟弟还在吃奶的时候，有一天弟弟饿得在哭，妈妈却用自己奶水喂邻居的孩子。我问妈妈为什么？妈妈平静地说：你弟弟少吃点没关系，邻居家孩子的妈妈没有奶水，不帮助喂奶孩子会饿坏的。有时候，乞丐到我家乞讨，妈妈和爸爸不嫌弃他脏，还把他叫到家里桌上和我们一起吃饭。

可以说，是父母用自己的言行给我上了人生第一堂爱心课。如果没有他们从小对我的影响，从点点滴滴开始，教我如何做人做事，我想我长大后，也不会那么醉心于慈善事业，把帮助他人作为我人生最大的乐趣。而这样的过程，又让我觉得自己的人生非常幸福，非常充实。有一首歌曲中有这样一段歌词：没有天哪有地，没有地哪有家，没有家哪有你，没有你哪有我……所以，一提到父母，我心里往往非常激动，充满感激、感恩之情。

前些日子，我曾经写过一首诗叫《2012年来了》，其中写到：一个人来到这个世界是有了3位母亲的——生养自己的母亲，祖国母亲，还有地球母亲。所以，我希望自己和每一位朋友在母亲节能够为自己的3位母亲分别做点什么？比如，抽时间去陪陪自己的亲生母亲，买一点她最爱吃的东西，送一件她最喜欢的礼物；对祖国母亲，可以给自己孩子讲一点爱国主义道理和故事，带孩子一起走出家门，做一点好事、善事；对地球母亲，我们可以从种一棵树，节约一滴水开始，珍惜我们的环境和资源，这是人类共同的母亲，共同的家园。这也许就是中国传统文化中讲到的大爱，兼爱和推爱。如果我们一起行动起来了，这无疑会使我们的每个家庭更幸福和谐，我们的祖国更有凝聚力更强大，我们的地球可以承载人类更长久更美好的生活。

感谢母亲，记住母亲节，别忘记这一天行动起来，为我们的3位母亲分别做点什么！愿天下所有的母亲健康，美丽，幸福！

主人公信息

姓名：高献霞

民族：汉

出生年月：1944 年 11 月

出生地：江苏省泗洪县天岗湖乡

人物特质：善良、勤劳、孝顺、慧质

中卷
生平自序　高献霞

人的一生注定要经历许多阶段，走过纯真简单的少年时代，努力打拼的青春岁月，相知相伴的中年时期，如今的我已经走入人生暮年。回首过往的岁月，每个阶段都有独特的风景，难忘的记忆。

我叫高献霞，出生在江苏苏北一个普通小村子。我出生时上面有两个哥哥一个姐姐，后来父母又给家里添了六个弟妹。因为在兄弟姐妹间处于中间的尴尬地位，加之农村由来已久的重男轻女的观念，我自然也得不到家里人太多的重视。有什么苦活、累活，也不会因为我是个女娃儿就少做点，真应了那句老话"大的疼，老的娇，挨打受气半当腰。"

我的父母都是地地道道的农民，两个人要靠着家里那几分薄地养活一大家，家里连吃饱肚子都困难，更谈不上花钱供我们孩子读书了。我记得就大哥去读了三年书，当时我们羡慕得不得了，但后来因为条件不好就退下来了，我更是一天学校都没进去过，从来不敢奢求可以读书识字。

那个年代的爱情不比现在，没有花前月下的甜蜜浪漫，也没有卿卿我我的相知相恋。我19岁那年，就在父母的安排下与素未谋面的邻村小伙子结婚了，那是在我14岁懵懵懂懂的时候就被媒人撮合的亲事。在结婚前，我对他的了解仅限于他的名字叫"陈立胜"，比我大一岁，仅此而已。1962年阴历八月二十，在一阵锣鼓声我嫁到陈家，开始了我的另一段人生。陈家是富农，在那个年代是被歧视的，但他家的人品好，明事理，在村里人缘好。虽然日子清贫，我们也能相互谦让，互相扶持，孝敬双方父母，跟他过日子，我感到心里踏实，日子有奔头，有希望。

我一直都说自己是个幸福的人。在我看来，幸福就是找个能给你温暖的人过一辈子。我很幸运，在茫茫人海中遇到对的人。或许我们的爱情不绚烂，但是平淡中不免感动。也许他身上有这样那样的毛病，但是我们都可以知福惜福，用心珍惜。我经常跟孩子们讲，幸福只是一种感觉，它时刻萦绕在我们身边。或许记忆中的很多东西，会因岁月流逝而渐渐地褪去它们生动的颜色，唯有我们保持一颗对幸福孜孜追求的心，才会体验到人生的意义和价值，感受到生命的尊贵和庄严。

都说孩子是妈的心头肉，这辈子，从我身上掉下来五块肉，我把五个孩子带到人世间，却因为那个多难的年代，前两个孩子都饿死，病死了。我时常在想，都怪我不好，太无能了，给了他们生的命，却没能给他们活的命。那两个孩子的降生让我体会到初为人母的喜悦，但过早的死亡，没能让他们过上一天好日子，甚至说，他们还没来得及记清楚爸妈的样子，就走了。这是我一生的遗憾，一生的痛。贫穷把一双儿女从我们身边夺走的痛折磨了全家人好长时间，不仅是我和孩子爸，双方老人的心更是被过早夭折的孩子掏空了。而后，伴随着两儿一女的降生，我们逐渐走出了阴影。我们虽然没给这三个孩子幸福的生活，但他们都乖巧、懂事。现在各自有各自的事业，幸福的小家，我和老伴看到后很欣慰。

三个孩子都成家立业，我也知道他们工作忙，所以平时他们打电话回来，我都告诉他们一切都好，不用惦记家里，可这三个孩子只要有空就会回天岗湖来看我们。逢年过节更是一大家子三代人聚在一块儿，热热闹闹的吃饭、聊天。他们每次回来也都大包小裹的往家带东西，我和老伴的衣服一套一套的买，穿都穿不过来。营养品、保健品更是定时的往家送，我总告诉他们家里什么都有，不要再浪费钱了，可他们谁都"不听话"。

为了孩子上学，他们都在南京买了房，总要接我们到城里去住，但是住不习惯啊。他们也时不时地张罗要带我和他爸去旅游，但毕竟年纪大了，腿脚也不灵活，不想给孩子添麻烦。我在泗洪生，泗洪长，舍不得老家，舍不得家里的地。我总想着趁着自己能干就再干点，哪怕就少种点粮食，种点菜，赶上孩子逢年过节回家的时候，吃到绿色健康的菜。干了一辈子，习惯了，如果一天不让我干活，我就感觉浑身不自在。我这一辈子，苦也受了，罪也遭了，现在日子过好了，没有其他奢求，不求大富大贵，只愿儿女、晚辈平安健康，全家人和和美美，相伴一生。

我的一生没有经历多少大风大浪，没有波澜壮阔、亦没有惊天动地。但是我很知足，很珍惜。这简单平淡的快乐才是最真实，也最踏实的。平平淡淡才是真，平淡的生活就像是一杯茶，只有经过浸泡、品尝，你才能体味到它的芳香。如今，我和老伴享受着儿孙绕膝的快乐，静静地品味平淡生活的芬芳。

第五章 贫穷，是童年留下的唯一记忆

（一）外姓人家受排挤

我是1944年11月出生在江苏苏北一个贫穷的村子，具体日期就不知道了，那个时候家家户户孩子都多，吃饱穿暖都是问题，大家也都不去在意孩子的生日了。我的父亲叫高有明，母亲是高姚氏，我出生时上面有两个哥哥一个姐姐。因为我们是后来从高庄迁到姚庄去的，在这个庄上，大部分都是姓姚的，高姓只有我们一家。我们在这边就是小门小户，再加上我们刚搬到庄上，家里没有土地，自然会受到排挤，遭人歧视。记得我和姐姐出嫁的时候，都不是父母送我们出门的，那个年代什么都要"讲门面"，因为我们家在庄上是没有"地位"的，只能在姚庄上请一位"有头有脸"的姚姓长辈送亲。现在听起来可能很不近人情，但那个时候也没有办法，父母也只有忍痛送女儿上花轿。

特殊的家庭背景，使得家里的孩子从小就特别懂事，从不出去惹是生非，给父母添麻烦。印象中，自己小时候玩的伙伴只有自己的兄弟姐妹，大的带小的。姐姐接过母亲手中的背带，带我出去玩儿，等我大了，我又接过姐姐的背带，带起弟弟。而姐姐开始帮助家里干农活，就这样，我们在传递着。我的父母都是普通的农民，因为是外姓过来的，家里的土地也不多。要养活这么一大家子，不用说每顿都能吃饱饭。在困难年月，想在餐桌上吃一口米糊糊都变成奢求，所以也就更谈不上供孩子们去学堂读书了。当然，我们也都理解家里的困难，即使心里再渴望学习，也从来不主动向父母提起，怕他们伤心。

父母给孩子的爱是世上最伟大，最无私的爱，他们含辛茹苦将孩子抚养长大，一辈子把心血都倾注在自己的儿女身上，每个孩子身上都寄托着父母的希望。所以说父母对儿女的恩情似天高、比海深，这份恩情是儿女永远偿还不了的。

我的父母为人老实本分，都没读过书，没什么文化，对于庄稼人来说，只要能干活就是好的。有句俗语"勤谨勤谨，吃饭把准。懒惰懒惰，必定挨饿。"庄稼人必须得勤快，我的父亲和母亲都是勤快的庄稼人。

那时候庄上人多地少，家家户户都是靠着自己的一亩三分地度日，到了饥荒年有不少人都得出去要饭。家里周围的人就有要过饭的，但是我的父亲从来不允许我们家人出去要饭，他宁愿自己多辛苦，自己多忙碌。每天，他忙完自己就爱的农活后，还会出去找活干，无论多累多脏，他都不嫌弃。我问他累吗，他总说："不累，你们都要吃饭，不干不行。"这就是一个丈夫，一个父亲的责任。

我的母亲是一位传统的农村妇女，她干的活并不比父亲轻松。做饭，照顾老人、孩子，洗衣服，缝缝补补……就算是下地劳动，母亲也一点不含糊，锄地，浇水，甚至比青壮年还能干。每当累了一天的庄稼人闲下来的时候，母亲还是不得清闲，常常看到她在夜里点着煤油灯，为孩子们补衣服。孩子们贪玩，衣服容易磨坏，母亲也不生气，默默地为一家人做着一个家庭妇女能做的一切。

家里穷，没有自己的土地，父母只能到地主家做长工。每天天一亮他们就过去，直到天黑才回来，从早到晚辛苦一天却也只是换口饭吃，没有工钱。父母三餐在地主家吃，白天他们家会给我们兄妹送饭。即便这样老老实实，低头做人，还是处处受排挤。从我记事起，家里就穷，因为姊妹多，吃饭的人多但劳力少，所以经常饿肚子。爷爷奶奶也和我们同住，因为二爷（父亲的弟弟）一直有哮喘，没有好的大夫治，41岁就去世了，所以赡养老人的担子就落在父母身上，这样算起来就是一家八口人要吃饭，日子过得紧巴巴的。逢年过节，别人家都可以吃些鱼肉改善生活，而对于我家来说那是奢望的。有一年过年的时候，父亲让母亲从家里装钱的皱巴巴的手绢中取出两块钱，在集市买了一斤肉，可是把肉提回来一看，一大家子人要吃饭，母亲就在一斤肉里掺了好多野菜，一起煮着吃，这样才勉强度过年关。我永远也忘不了，在那个本应该喜气洋洋的日子里，父母眼神中的无奈与心痛。

吃的尚且如此，穿的就更是没法回想。我们一家人的衣服和鞋子都是缝了又缝，补了又补，真是"新三年，旧三年，缝缝补补又三年。"衣服和鞋子都是自家做的，而且都要做的偏大一些，就是怕孩子长得快，又不合身了，根本就不能像现在一样量体裁衣。等到衣服实在没办法穿了，补也补不上的时候，母亲会把布料改作抹布，或者作为下一件衣服的补料，真是物尽其用，一点都不能浪费。

在家里，我们兄弟姐妹相处的十分融洽，因为知道家里的条件不好，我们从不主动向父母要东西，还相互帮扶，共同为这个家奋斗。

为了减轻家里的负担，我们姊妹都没有读书，想省钱让大哥去读。他成绩很好，每天回来还会给我们这些弟妹绘声绘色地讲学校学到的看到的东西，大哥这么做也是想给我们这些上不起学的孩子带来一丝慰藉。但他也只读到小学三年级，就不肯接着念了，不管家里人怎么劝说，他都执意下来帮着家里干活，我知道，这也是无奈之选。我始终觉得一起共患难的人，感情会格外深厚，也正因为此，我们姊妹的到现在也是相互惦记，逢年过节，姐姐妹妹还会相互走动。妹妹虽已经搬到泗洪县住了，但时不时的也会来我这儿，和我话话家常，还会时不时提起过去苦中作乐的时光，回想起过去的日子，看一看现在各自幸福甜美的生活，我们对现在的日子都特别满足。

虽然家里条件不好，但是母亲都会尽她最大可能为子女创造较好的生活条件，尽量将粗粮做的可口，将旧衣服补得好一些。都说母爱似水，在我看来，母亲的爱不仅体现在对子女的悉心照顾，更表现在她的善良。旧社会天灾人祸，变幻无常，每天都可能有人沿村乞讨。不用说是街坊邻居有困难母亲会鼎力相助，即使是外村来要饭的，母亲都会慷慨解囊。因此，虽然家里条件不好，我们姊妹都读不起书，但是做人的道理我们不比其他孩子懂得的少。更值得珍惜的是，在那样艰苦的环境中，我们没有放弃，而是学会了坚强，学会了忍让，也更加坚定了我们一颗善良的心。我想，如果生活能在痛苦中向上，那么痛苦又何尝不是一种美丽。

（二）背粪箕，挖野菜

童年本应该是五彩缤纷，天真烂漫的。对于现在的孩子们来说，似乎很难理解那个年代的种种事情，对他们来说那就是个遥不可及的天方夜谭。从我的爷爷奶奶那辈，甚至是再往上不知道多少辈起，我们就是本本分分的庄稼人，过着"面朝黄土背朝天"的日子，也没听说过有哪个亲戚是做买卖的或是做大官的。那会儿人们的思想还是挺封建的，婚姻都是父母包办，我的父母自然也不例外。嫁鸡随鸡，嫁狗随狗，女人一旦嫁入夫家，那就是为了丈夫活，为了孩子活，一生都得勤勤恳恳为了这个家。

我小的时候，吃的东西种类很少，无非就是高粱面，窝窝头之类的，根本吃不到别的东西。父母再辛苦的劳动，也很难改变家中贫穷的面貌。看着父母日益消瘦的身体，看着爸爸肩扛背篓越来越弯的脊背，看着妈妈熬夜为家里人缝补衣服布满血丝的眼睛，我知道我不能安然地接受父母无私给予的一切，我得为家里做点事情。爸妈都要去大户人家做工，爷爷奶奶年纪也大了，身体不好，

淡淡的生活，给我们带来了生活的真味道。淡淡的幸福，给我们的生活留下了真诚和美丽。面对生活，我们会始终保持一颗感恩的心。

家里就是哥哥姐姐带着我们这些弟妹。大姐能干，很早就开始帮着父母操持家务，我记得那时候爸妈根本顾不上管我们，大姐她背着妹妹，手拉着我下地去干农活。我挎着个小粪箕，跟着大姐到地里去挖野菜，回家剁碎喂猪和鸡，盼望着鸡能多下些蛋，给奶奶补补身体。可能是受父母的影响，我好像从小就很会干活，别看我个子小，但手脚灵活，我的小粪箕总是能装得满满的。每天回来的时候，手都累得酸疼酸疼的，也会有受伤的时候，不小心被带刺的草划破，满是口子。当时没在意，回家后发现血已经凝固了。冬天刺骨的寒风刮过来，手都会裂开一个个口子。女孩子在年轻时本应细腻的手居然也长了茧。不过，这一切都不重要，只要看着自己的努力能为家里贡献一份力量，心里就很满足了，手上的口子也都不痛了。

真是应了那句老话"穷人的孩子早当家"，我和兄弟姐妹从小就特别懂事，从来不去和别人攀比，还特别心疼父母，都乐意多做点事情减轻家里的负担。在困难环境中长大的孩子，都特别要强。虽然现在生活变好了，吃穿不愁，孩子们跟我们那个年代比真的是幸福多了，但是我也会经常告诉晚辈，时时刻刻都不能忘了本，都要学会独立，不能依赖父母，我会让他们主动承担一些农活。或许听起来有些残忍或者是不近人情，但是我想这对他们的一生都是有意义的。我只是希望他们能明白，生活中难免遇到困难，碰到不如意，怨天尤人，自暴自充，不能解决问题，只是徒增烦恼。我希望他们懂得，即使生活有再多的不如意，你也要有千千万万个理由说服自己坚强地站起来，坦然而乐观地面对。

（三）帮着祖父祖母织网捞鱼

父母在大户人家做长工，只能换来自己和孩子的饭吃，但是在家里住的爷爷奶奶还要自己开火做饭。家里没地，他们就在家拧麻线织网，到湖里去网鱼、捕虾，靠自己捞鱼捕虾的钱买粮食吃。母亲贤惠善良，对爷爷很孝顺，因为二爷早逝，所以爷爷奶奶一直是跟我们过的，爷爷奶奶一直在我们家。那时，家乡经常闹水灾，大水淹了天岗湖，粮食就颗粒无收，所以只有高粱面的窝窝头就着野菜，能熬一顿是一顿，能挺一天是一天。当时有一种说法"窝窝头就辣椒，越吃越添膘"，但那是当时人们一种自嘲的说法，实际上的高粱面窝窝头又黑又硬，难以下咽。再加上苦涩的野菜，连咀嚼的兴趣都没有，只能直接吞下去。

可即便这样，母亲都会尽量想办法给爷爷奶奶做点好吃的吃，她经常说："我们可以苦点，但不能苦了老人。"这样，妈妈和爷爷奶奶的关系一直处得很好，不会发生现在所说的婆媳矛盾。换句话说，在那个艰苦的年代，人们脑子里没有其他的心思，能吃上饭，不被饿死，就已经是全家人的共同目标了。

后来家里靠爷爷奶奶织网的钱买了八亩地，那时候地也便宜，二斗粮食就能买一亩地，这算是我们家从最低谷中走出来看到的一丝曙光。家里有了地，父母就不在地主家做工了，回家在地里种了麦子、稻子、玉米，院子里还种了胡萝卜，这时候靠自己家种地能吃饱饭。后来家里又买了牛，用来耕地，那几年的日子过得还是很舒坦的，因为只要肯吃苦，肯卖力气就能得到收获。

但是好日子没过多久，奶奶就去世了。好像是我七岁那年的一天下午，父母到地里干活去了，就让我在家照看卧床的奶奶。我看奶奶安静地躺着，心想奶奶肯定是累了，像平常一样睡着罢了，就跑出去玩儿了。结果回来的时候，发现奶奶怎么叫也叫不醒，晃晃她，只是眼皮在微微颤动。我吓得不得了，赶快跑到地里喊父母回来，可是等父母到家，也没留住奶奶。就这样，苦了一辈子，累了一辈子，带着满心的牵挂，奶奶走了。现在我回想起来，挺后悔，没有陪着奶奶走过最后的时间。时间就是这样，它永远不会等你，也不会倒退，错过了一瞬间，留下的只有遗憾。

爱护城市环境，是我们每一个人的责任——陈光标推荐母亲担任环卫工形象大使。

后来大姐姐嫁到外庄去，走的时候，母亲哭得特别伤心，因为这一别，不知道什么时候才能再见。两年后，大哥哥也成家立业了，他结婚的时候，家里虽然穷，父母也张罗着尽量让婚礼体面，虽然比不上现在的排场，但是也摆了几桌酒席，让人家挑不出毛病，婚后大哥和嫂子与我们同住。爷爷是在我17岁那年去世的，这一次我们都守在爷爷身边，此时的我对死亡也有了认识，就不怕了。

爷爷去世前看到长孙长孙女都有了归宿，也算是安慰了。

爷爷奶奶一直坚信，贫穷并不是命中注定的，只要我们可以摒弃听天由命的态度就会创造不一样的生活。最初搬到姚庄的时候，我们确实生活得很艰难，不仅要承受种种外界的压力，更要面对自己内心的恐惧。在苦苦挣扎中，如果有人向你投以理解的目光，你会感到一种生命的暖意，如果有人对你持有怀疑的态度，你也要微笑地对自己说："你能行"。正因为有这样的人生信条，我们可以淡然的面对生活的任何坎坷，面对不如意的生活，也可以乐观面对。面对痛苦，不要一味地回避和躲让。因为有了痛苦，人生才变得多姿多彩，意志才变得坚韧不拔。学会迎接痛苦、医治痛苦、化解痛苦，将痛苦看作一种锻炼，它是走向幸福生活的开始。

爷爷奶奶用他们的实际行动鼓舞着这个家艰难地前行，父母也身体力行地为儿女展示奋斗不息的力量。他们都很平凡，很简单。虽然没有什么可歌可泣的惊天事迹，但是在我们晚辈心中是受尊重的。他们一生努力奋斗，吃苦受罪，把最好的一切给予我们。虽然他们没有什么文化，平时对我们也没有那么多苦口婆心的言教，但是他们一直在身体力行，用自己的实际行动教育晚辈，这种潜移默化的影响让我们受益终生。

（四）怀念我的兄弟姐妹

父母一生勤俭持家，孝顺长辈，友善亲邻。但是，老天对这对善良的夫妇太不公平。父母一共生养了10个孩子，本来就由于营养不够身体底子差，再加上那时候医疗条件差，孩子生病就是个很大问题，养活一个孩子在当时是件很不容易的事。我的四个兄弟、一个妹妹过早地夭折了。

现在想想，他们得的都是寻常的小病，要是在现在肯定是死不了人的。但贫穷加之医疗条件差，孩子得了病，就很有可能是生命危险。在我九岁的时候，比我大三岁的二哥哥病了，是白喉，疼得要命，全家人看着心里都难受。但是家里没钱，没能得到及时有效的治疗，二哥就这么离我们而去了。还有我的大弟弟，他六岁那年，突然病了，脸色惨白，家里人把他背到大夫那儿去瞧，可怎么也查不出个问题，就随便开了点药打发我们回去。几天过去了，弟弟的病一点好转的迹象也没有，又找到大夫家，这一次他给我们抓了些"草药"。我现在想，那可能也不是什么正经的药，无非就是把地里的野菜晒干碾碎罢了。但那个年代，人们都很愚昧，自己不懂医，就把命完完全全地交给了乡村大夫。回家后喝了两天，弟弟的病情不但没有好转，反而更重了。我印象特别深刻，当时我看着床上的弟弟难受的咿咿呜呜地叫，心里特别着急。每天早早起来，蹲在地上生火给他熬药，烟熏的我睁不开眼睛，我也不怕，就希望他能快点好起来。结果，老天爷还是无情的把弟弟从我们身边夺走了，因为病痛的折磨，弟弟走的时候已经瘦的不成样子，原本爱说爱笑的他，在人生的最后时刻，变得眉头紧锁，手紧紧的按着肚子。我真的能体会到他的痛苦，真恨不得让老天爷把他的痛苦分给我，我这个做姐姐的替他分担。

后来，我的另外两个兄弟，还有一个妹妹都是因为没有好的大夫治，吃的东西营养不够，过早的去世了。5个孩子相继离开，是父母一生的遗憾，一生的痛。我记得童年时，我时常会在半夜醒来看到父母拿着孩子生前穿的衣服，坐在床边，默默流眼泪。

我12岁那年也差一点病死。那天晚上，全家在门口吃饭，妈妈让哥哥去叫我，哥哥进屋看我趴在床上，脸色惨白，摸下头特别热，叫我几声也没有反应，好像没有气了似的。可是脉搏还在跳，看还有一口气，背起我就跑到大夫那儿去瞧病。那时候没有钱给大夫，家里就拿了四两芝麻油，给我打针，养了几天，那算是把我给救活了。

这次"死里逃生"现在想想是多么的幸运，是上天对我的眷顾，一种恩情。我们总在思考什么是"生活"，我没读过书，讲不出冠冕堂皇的大道理，但我理解的"生活"，就是生下来，活下去。既然我们已经是哭着来到这个世间，难道还要哭着走完短暂的一生吗？生活应该是很美好的，对待她，我们要充满感激之心。即使会遇到不如意，但至少她给了我们生命，给了我们机会去领悟生命的意义。童年阶段经历的至亲离世，给我留下了永远无法磨灭的印记，对于生命，我不仅敬重，更增添了些许畏惧。所以，我在教育孩子们的时候，会努力让他们懂得生命有时真的很脆弱，我们能活下来就是一种恩赐。要报答这份恩情，就要时刻有一颗感恩的心，帮助其他人，更要帮助那些弱势群体，将这份恩情传递下去。

第六章　沉重的豆蔻年华

（一）15岁到生产队干活

有了自己的土地，家里的日子过得舒坦自在些。父母勤劳，平日里天一亮就下地去干活，浇水施肥，尽心呵护这来之不易的田地。农闲时节，他们会去湖里捞鱼，无论寒冬酷暑，都努力为这个家奋斗。父亲母亲始终坚信，只要勤劳就一定能改善生活，这种思想也深深影响着我们兄弟姐妹。在父母的努力下，我们的生活渐趋稳定，后来还买了牲畜帮着犁地，不仅能满足一家老小吃饱饭，家里也渐渐有了一些积蓄，自给自足的日子让全家人过得踏实、安心。可惜，稳定的日子过了没多久，1958年，农村掀起人民公社化的高潮，各家各户自有的土地全部入了合作社，养的牲畜也被收走了，私人从事手工艺也受到限制，家家户户只能靠挣工分生活。

没多久，人民公社化的号角就吹到我们村，那时候我14岁，父母辛辛苦苦种的地，养的牲畜都被公社收走了，他们还要去生产队干活。我就在家照顾弟弟妹妹，帮忙做家务。没多久，开始办公共食堂，我记得当时很多社员都不喜欢在公共食堂吃饭，队里干部们就用两个办法把社员拉到公共食堂。第一是把社员家里的粮食悉数收走。那时候，也有胆子大的农民偷藏粮食，但这种行为是要付出代价的。

第二个办法是收走社员家里的铁锅，不让在家里做饭。那时候搞"大炼钢铁"，每家每户的铁锅都要被收走，成了炼钢的原料。可是，胆大的村民还有偷偷在家里做饭吃，或者偷集体地里的地瓜，萝卜吃。

此时的哥哥姐姐都已成家，我成了家里最大的孩子，要替父母承担起照顾爷爷还有弟弟妹妹的责任。等到15岁，我也到生产队去干活了，希望多为家里赚点工分。那时候因为我还小，只能算是半劳力。加之我家里的特殊情况，在队里也是受歧视的，受尽了委屈，队长安排我干的活是拿着背篓到地里去捡粪、背粪，给地里施肥。后来又让我离开家到外地干活，干的都是又重又累，男人干的活，可是工分依旧还是那样。

1960年，我们这发生了几十年不遇的大水，几十天的暴雨，让大河小河都暴涨。离我们村不远有一条河，我们队长奉命带一批人去守卫那座木桥。半夜一声巨响传来，大桥被洪水冲垮了，断裂成三段，在汹涌洪水的推动下，向下游漂去。队长急忙派人去公社报告，我们所有人都被集合起来，去抗洪。洪水夹着树枝和砖瓦，随着急冲冲的河水向下游漂去。公社要求我们队立刻组织人员，一方面封锁桥梁，禁止行人通行。另一方面要队里成员挖沙子、挖泥，尽快疏通河道。那真是没白天没黑夜地干，感觉累得站着都能睡着。

那时候，队里干这样粗活的就我一个女社员，有什么事连个说话的人都没有，很多次晚上我都一个人偷偷地哭。在队里干活真的是拼命，天亮开始干到天黑，一天下来累得不行。想家的时候，也不能回来，要听队长安排，让我什么时候走，我才能走。虽然我干的是成年男人干的活，但是我年纪不够，所以只能算半劳力。大人是劳力，每天的挣10个工分，像我们这种孩子只能算是半个劳力，只有8个工分。这样在生产队干活，一直到出嫁那天。这让我在本应绚烂的青春年华留下的都是单调的回忆,尤其是那些挥之不去的灰色记忆,现在还会时常出现在我的梦中将我吓醒。现在回忆,那个时候的自己是多么孤苦无助,离开了父母的保护,无论遇到什么困难和委屈,只有自己承担和忍受。这个世界上总会有许许多多的无奈,而这些无奈又是你无法改变的。

人生就是一场艰难的跋涉,总要经历各种各样的苦难。不是有这么一句话"我们都是在自己的眼泪中开始,在别人的眼泪中结束。"说的真贴切,现在我对这句话的理解更深刻了。这一辈子,我经历了太多太多,即使遇到这样那样的挫折和坎坷,我也不想抱怨,而且愿意继续微笑地坚持着。到了这把年龄,我已经学会坦然,学会释怀,人生的路毕竟还很长,我现在生活得这么幸福,儿孙满堂,个个让人骄傲,我知足了。现在的我会说服自己学会忘记,忘记是一种洒脱,是一种福气。人生不如意十之八九,倘若都挂在心上,那不是在"报复"生活,而是在折磨自己。

(二)用房梁换豆饼

家里是外姓,遭排挤,父母亲和我在生产队挣的工分是最少的,分到的粮食自然也就最少,成了老困难户。1960年冬天是最困难的一个冬天,粮食定量标准虽然没变,但质量下降,经常用豆饼、地瓜干充粮食定量,平常供应是玉米面。有时候,我们连玉米糊糊都吃不上,一家人用野菜配着一张豆饼熬一锅,一人分一勺。印象最深刻的是,粮食分到生产队的时候,分到其他人家的粮食多,分到自己家的粮食少,如果收成不好,分到其他人家的粮食少的时候，我家就拿不到了。家里很少有存粮，一到青黄不接的春夏之交，吃饭就成了问题。有很长一段时间，我们家也不可避免的要忍受饥饿，榆树叶、榆树钱、地里的野菜都是我家做饭的食材。

后来赶上自然灾害，我们村子也没能躲得过去。那时候，我在队里干活，我们这儿闹虫灾，漫山遍野都是寸把长的我不知道名字的大青虫子，吃光了山上的绿色植物，就下来开始吃地里的庄稼，吃光了庄稼就开始往城市里挺进，弄得墙上、地上满处都是，簸箕大的地方都能有几十个，一脚下去就能踩死几个。这家伙还能过河，一团一团的。这样严重的虫灾，吃光了所有的庄稼、蔬菜。老百姓都拿它没办法，能想的主意都想了，但是那虫子太多了，繁衍还快，根本除不干净。那两年日子过得真是苦不堪言，公社没有粮食，家里更没有。全家人无论老少只能饿肚子，人们个个饿得面黄肌瘦，什么浮肿病、夜盲症这些因缺乏营养的疾病就都来了。

印象最深的一次，家里实在没粮食了，孩子们饿的个个脸色蜡黄。父亲没办法，把自己盖房子做屋顶用的房梁拿下来，上街去卖，卖了点钱换豆饼吃。可那个年代什么都不值钱，一根房梁也就换几个豆饼。当时家里一共就三间房，父母把两间房的房梁都卖了，只留下一间房住。有了豆饼也舍不得吃，每天只能切下来一点，用水泡泡，和地里刨来的野菜放在一起煮着慢慢吃，一个饼子要吃上好几天，这样才勉强把那段日子挺过去。

当时天灾加上人祸，农民依靠家里的田地根本无法维持生计。灾荒年头百姓只能吃榆树皮，槐树叶充饥，甚至还吃土。不管如何艰难，父母，中国最普通农民，用他们的勤劳，带着家人度过了那段最困难的日子。

下卷
善名传，爱相随

第七章　走在爱情前面的婚姻

（一）六尺金丝蓝的约定

上个世纪六十年代，在我们庄上甚至是周围的村庄，富农的儿子很难能单独找到媳妇的。男大当婚，女大当嫁，这是天经地义的事。富农的儿子们也需要成家立业，也需要繁衍后代，继承香火。父母谁都不忍心看着自己的儿子打一辈子光棍，所以父亲很早就开始帮我谋划婚事了。经过媒人介绍，父亲知道了隔壁庄上的高家，高家是贫农，在当时是好成分了，但是因为他家在姚庄是后搬过去的外姓，所以在庄上、在生产队，也是受歧视，被欺负的。经过媒人的两边撮合，双方父母很快应允了这门亲事，可能在父母和媒人眼中，两家的孩子也算是别样的"门当户对"吧。就这样，在我15岁那年，我知道了我将来的老婆是一个叫作高献霞的邻村姑娘，那一年，她14岁。

后来我常常想，我真的感谢我的父亲。感谢他在我15岁的时候就为我指定了我和献霞的婚事，不然以我家"富农"的家庭成分是很难娶上媳妇的。60年代，人们谈婚论嫁首先考虑的就是家庭成分。那个年代，富农是耻辱的象征，是罪人的代号，是社会的另类……富农的女儿们在谈婚论嫁的时候，要是想跳出富农家这个火坑，一定会慎重选择夫家，就算是找不到身份最好的贫下中农，也得努力找到个中农或上中农，没有一个姑娘家会心甘情愿地嫁到富农家去，以免让人说跟阶级敌人划不清界限，这辈子别想有什么出路了。若非父亲的先见之明，我是很有可能打光棍的。要知道村里的富农以及他的后代是很难能单独靠自己娶上老婆的，每一个娶上媳妇的富农都经历过非同一般的考验与磨难，有去外地买媳妇的，有通过媒人应承大礼的，还有用自己的姐妹"换亲"的……我和献霞，一个是富农的儿子，一个是外姓户的女儿，彼此惺惺相惜，对这得来不易的婚姻格外珍惜，悉心呵护。

我和献霞的婚姻是非常简单而传统的，绝对不像现在的年轻人谈恋爱那样浪漫炽热，没有美丽的邂逅，也没有一见钟情，而是在同甘共苦的基础上，在日常生活中，培养出来的相濡以沫的朴实情感。

"一拜天地，二拜高堂，夫妻对拜，共入洞房。"1962年阴历八月二十，随着司仪一声声喜庆的吆喝，我和此前素未谋面的献霞结婚了。夫妻对拜，这一拜，就是一辈子的缘分，一辈子的相守。从那一刻起，我们俩携手并肩共同度过了五十年的风风雨雨。如今，孩子都成家立业，不用我们操心，现在我只希望我俩能够身体健康，开开心心，一路相伴，共同走下去，去享受上天恩赐我们的缘分。

我现在还清清楚楚记得，因为双方家里都穷，结婚当天，献霞穿着大红棉袄，手上戴着银镯。她带过来唯一像样的东西，是结婚前几天，母亲托人给她带去的六尺金丝蓝布。当时我家穷，也没有什么像样的彩礼，好不容易凑点钱，就买了六尺布，想着给新娘子

结婚，就是一辈子的相依相守。真正的爱，经得起平淡的流年。

做件衣服也好。果真，献霞嫁过来的时候也只带了这一件像样的衣服。现在想想，真的对不起献霞，在花样的年纪嫁给我，在家里吃苦受累。可是过来后，由于我们家成分不好，也没有让她过上好日子，那六尺金丝蓝的衣服也是我为她准备的唯一一件新衣。可惜在当时对于一个女人来说，幸福的瞬间实在太过短暂，婚礼后的第二天就要换上破旧的农装干起活来，操持家务，也再没机会做新衣服了。再往后的日子，要抚育儿女，赡养老人，吃饭都是问题，就更别提买布制衣了。

结婚当天，家里的酒席开了十二桌，每一桌上都有鱼和肉，就是俗称的"八大碗"，这种酒席在当时绝对是高规格。只不过没有人知道开办酒席的钱都是父亲借来的，参加婚礼的亲朋好友很多，每家大概能上两块钱礼金，婚礼结束后，父亲马上还了赊来的肉钱。后来我经常想或许在我迎娶献霞的路上父亲就已经在筹算礼金与债务的平衡了，这样的用心良苦，无非是想给自己的孩子一个看上去体面点的婚礼，家里的成分已经让孩子受尽委屈，好不容易盼到结婚，不能寒酸了。

那天上午，献霞是坐四人抬的轿子来家的，一共请了八个人，路上不好走，弯弯曲曲的，中途换了一拨人。当时有一个规矩，叫作新郎"射轿门"，就是在新娘子下轿前，新郎拿一把弓箭向轿子射去，如果能射中就代表吉祥如意，大吉大利。当时我们就没那么麻烦，随便用手比划了一下，就是那个意思。这个礼数做了后，她就被人搀下了轿，一个大红盖头盖着。紧接着是"跨火盆"，新娘喜轿迎到男方家院子里的时候，要从预先摆好的炭火盆上慢慢跨过去，意思是烧去一切不吉利的东西，夫妻的日子会越过越红火。拜完天地之后，父母就开始招待客人，一切都弄得很简单，但婚礼办得也喜庆。对于当时我们两家的条件来说，这已经让人满意了。我们入洞房之后献霞头上还盖着盖头，我拿一个秤杆把盖头挑开。挑开之后我们两个人也没说什么话，那时候的人都老实腼腆，都觉得挺不好意思的。

（二）婚后坎坷

生产队，现在的年轻人对它已经很陌生了，但它却是中国从上世纪50年代后期到80年代初期二十年间，中国农民安身立命之所在。每一个农村人口，从出生到死亡，都被编组在一个生产队里。二十几年间，五亿多农村人口，在一个个生产队中，演绎了多少悲欢离合的故事，恐怕谁也数不清。随着时光的流逝，一切似乎都被蒙上越来越厚的尘土。只有那时的亲历者，自加磨洗，尚能识得其中的一鳞半爪，留下些许的记忆。将它说出来，于人于己，似乎都不是完全无益的。

我和献霞结婚后的日子并不好过，本期盼着凭借自己的初中文凭寻个稳定点的工作，但在那个年代，家庭成分才是决定命运的关键，因为家里一直扣着"富农"的帽子，别说是找个多好的工作，连个民办教师或小队会计都做不了。不仅如此，就算是我到队里干活，也随意受人摆布。婚后第二年，我就和哥哥分了家，父亲跟着哥哥过，母亲跟着我。分家倒不是因为家里有什么矛盾，实在是为了解决吃饭问题让老人家分开的无奈之举。在当时，生产队分配指标都是按户来，家里人多分配时要吃很大亏，再加上家庭出身不好，会压低指标，那就更是雪上加霜了。那时候家里只有三间房，我和哥哥结婚后一人分到一间，父母住在一间，说是三间房，也只是三间最简陋的茅草房，连结婚用的婚床都是我求人用木头钉的，名义上说是分家，只不过是每天三餐的时候，父母分别到两个儿子家吃饭。

那时候，村里所有的劳动力白天都要去队里干活，计工时，挣工分。一般标准男劳力劳动一天可以记10分，妇女记8分，重活轻活计分不同，由生产队长决定。到年底会根据总收成和总工分计算出工分分值，再分配给个人。另外，口粮也是根据获得的工分多少分配的，按月或季度发放。如果这年收成不好，年底你获得的工分款抵不上你的口粮款，你就欠生产队的钱，而且工分越多欠的越多。

那时，天岗湖的水时涨时落，村子会出现不同程度的粮荒，公社收的粮食少，分摊到我们手中的就更少了。加之我们家是富农，成分不好，分到我们家的那更是少之又少，我记得那时候队里给我家分的粮食，每年全家人四斤蚕豆面，六斤高粱米，先是跟着队里吃，队里做得多就能多吃一点，做得少就吃得少，回家后在地里刨点野菜，配着高粱面吃，吃不饱饭是常有的事。但那个时候不允许个人自谋生路，任何倒买倒卖的行为都会被定义为"投机倒把"，就是犯罪，这也就阻塞了我想从其他门路发家致富的可能。所以，相比寻常百姓，我这个"富农的儿子"要更穷更苦，而且还时不时受人排挤与白眼。而长此以往，我和家人都逐渐变得坚毅、隐忍起来。凡事都要让着他人三分。虽然饱受歧视，父亲母亲也从来不记恨任何人，也教育我们不要记恨别人。而且，如果谁家接济我们家一点粮食，一块布，父母都让我们牢记，长大出息后一定要加倍报答人家。

那个时候，若论日子最好过的，生产队长家应算一个。因为，队长有权力给每家每户安排活，他的一句话，让谁干啥就得去干啥，不能有任何异议。队长的家人还有他的亲戚，或者是平时跟他走得比较近，会溜须拍马的人，一般都能够干上好活。比如，一天队里需要两个人给县里来的干部做饭，那这活基本上是轮不到外人的，准是队长的妻子和母亲去干。这样，不仅可以用公家的柴火烧了自己家的炉子，剩下的饭菜也可以自己家留着吃，最关键的是，这样一天下来，没干多少活，还可以记满分。别人家也想争取，但没法，谁让自己家没有队长呢。当队长在秋季分粮的时候也有权，看到地里的粮食长的好的，社员都惦记，可队长心里早就盘算好了，说从谁家开始分，就从谁家分，大家心里都明白是咋回事，但都不敢说，只有忍了。像我们这样成分不好的，更不敢张扬，只能是分给你哪块，就领哪块，哪怕我们干得比别人多，付出的比别人多，但最后得到的也就是队长一句话的事。

（三）"忍"成了我们一家人的习惯

我和献霞年轻，身体健壮，遭点罪，受点委屈，忍忍也就过去了。但是我最心疼的就是我的父母，他们都上了年纪，身体一日不如一日，但仍然每天要承担繁重的生产队劳动。如果你不能按时按量的完成，不管你是谁，不考虑年龄和性别，都会遭到队长的责骂。有一次，父亲咳嗽了好几天，身体实在是扛不住了。在队里干活时跟不上他们年轻人的节奏，中途坐在旁边想歇一会儿，被队长看见了，马上跑过来让父亲继续干活，此时的父亲难受的脸色都变了，猛地一咳嗽，咳出了一大口血。可尽管这样，也没有唤起队长的一点同情心，依旧是冲他嚷，让他赶快去干活。这些事都是后来听其他人说的，我气得不行，要找他们理论，可是父亲把我拉回来，说什么都不许我去，他总说："忍一忍，忍一忍就过去了。我们家成分不好，即使有理也都会不在理。你跟他们争，跟他们辩都是没用的，还会伤害了你。"

忍一忍，这是父亲在戴上富农帽子后说得最多的一句话，因为我们的身份，所以无论我们做什么，在哪里，跟谁在一起，"忍"这种状态好像成为了我们的习惯。现在想想，父亲的一个"忍"字里包含了多少辛酸，多少无奈啊。忍字心上一把刀，这把刀磨平我们家几代人的棱角，我们难受过、抱怨过，甚至流泪过，但那又能怎么样呢？现在想想，"忍"带给我们的也不全是苦涩的记忆，也有意料外的惊喜。因为"忍"会驱赶懒惰，不断催你向前，时间一到，你便会体会到厚积薄发的幸福。俗话说"将军额头跑得马，宰相肚里能撑船"，别人无意或是过失伤害了自己，没必要一味的计较和追究。因为事情已经发生了，我们不能改变结果，那不妨一笑了之。

（四）吃苦耐劳的陈家好"队长"

后来，中央要求公社更新劳动方式，开始给农户一部分自留地，也就是每家每户以家为单位，会分得一块土地，土地使用权归个人所有，可长期使用，而且收的粮食归自己所有，不用交任何税，农户经营自留地是一项家庭副业。虽然这个时候，每家每户都可以根据人口分到一部分土地，归自己使用，粮食收益自己所有，但由于我家是富农，给我们的土地要比其他人家少，土地质量也是最差的。同时，因为公社还是实行集中管理，经营方式过于单一。另一方面，农村人民公社一直实行"政社合一"的制度，即把基层政权机构（乡人民委员会）和集体经济组织的领导机构（社管理委员会）合为一体，统一管理全乡、全社的各种事务。农户在平时的劳动中还是要受到公社的严格管制，很难调动大家的劳动积极性。

因为不管是干好还是偷懒只要能挣了工分就行。地里庄稼长得好不好，秋天是否能多打粮，跟自己无关。因此，会看到，自己家的土地被收拾得跟绣花一样，队里的大田就做做样子，拾掇拾掇就行了。

终于，我们家也分到些土地。我们是富农的关系，我们的土地是最少的，而且土地质量也是最不好的，但是我和献霞都很高兴，我们一心想着靠我们的努力好好打理土地，只要肯出力气，就一定会有收获。就这样，我和献霞白天到队里干活，早晚就专心伺候自己家的土地，我俩发现虽然有几亩地，但是由于多年不合理耕作，土壤太不好了，一点营养都没有，如果只是把秧苗插进去，到了秋天也收不来多少粮食。所以献霞提出来，说我们俩起早一点到大地里去拾粪，回来给地里施肥，这样增加土地的肥力，稻子长的会好些。

我开始碍于面子不同意，感觉一个大男人要去捡粪，是件很丢脸的事。我不去，也劝她不要去，说大家都是那样的，我们就看天吃饭，老天爷给我们多少，我们就吃多少。但是献霞很倔强，她不理会我的那些"歪理邪说"，她始终坚信：只有靠自己才能改变命运，只要肯吃苦，就一定能有收获，即使我不去，她早上就一个人背着粪箕下地了，回来后就马上给我们家的地施肥。那时候三点，天还没有亮，雾气昭昭，村里万籁寂静，大公鸡还没打鸣，人们还都沉浸在甜蜜的梦乡中。看着她一个人，背影逐渐消失，我心里特别难受，更是担心，一个女人家，一个人下地，她一定很害怕。所以，我决定放下一切杂念，陪着她一起，劳动创富，无可厚非，我们不偷不抢，完全靠自己双手，问心无愧。就这样，我也背起了粪箕，每天和献霞一起，三点多钟起来，到村里头捡粪。虽然每天很累，但是感觉有奔头，有希望。如果没有她那份倔强，我们家会活得更艰难，或许已经挺不过来了。虽然她没有文化，但她的勤劳，她的坚持让这个平凡的农村女人更显伟大。

因为白天要到公社干活，早晚都还要忙活自家的事，所以每个人都感觉非常累，那也是大家都非常穷的时候，几乎所有能吃的东西都上了大家的饭桌。即使这样，还是很多人都吃不饱。白天下工后家家户户一点人气都没有，就连村子里的鸡和狗都饿得不愿意动了。

为了应对饥荒，政府从苏州通过运河运来了几大船粮食，船上有胡萝卜、大白菜、高粱、大米……船来到村子里就停在天岗湖边上，村子里很多人都趁着夜晚去船上偷粮食。有人叫献霞一起去，她都拒绝了，家里没吃的她就去路上捡他们丢掉的白菜叶和萝卜缨

看似平淡如水的生活，却蕴藏着最最真实的感情。相濡以沫的日子里，他们紧紧依偎，相守到老。

子，拿回家洗干净煮着吃……

很快村子里来了很多的乞讨者，他们个个衣衫褴褛，又黑又瘦，到各家各户乞讨，每天家里都来好几拨，我和献霞虽说也困难，但是我们能帮就帮，父亲经常告诉我们"不论何时何地，害人之心不能有，助人之心不能丢。"父亲一直这么做，也一直影响着我。

献霞家里兄弟姊妹多，她从小就帮着家里干活，吃苦太多。刚结婚那会都是她拉着我去地里干活，也是她干活最多，在劳动这件事上她是队长，我是下属。她这个人勤劳、节俭，快过了一辈子了啥都舍不得自己吃，有好吃的总想着留给我，留给孩子。作为我的妻子，献霞付出了太多，跟着我吃了太多的苦，我很感谢父亲为我选定了献霞，也感谢六尺金丝蓝布"换来"的好老婆。

生活关上一道门，就会为你打开一扇窗。虽然我的家庭出身没有其他人光鲜亮丽，但我很幸运，能有缘跟献霞走到一起。所谓缘分，就是在对的时间遇见了你想遇见的人；所谓福分，就是能和那个对的人相依相伴，共享人生的悲欢。我和献霞也算是守得云开见日出了，这对于我们来说，既是缘分，又是福分啊。

（五）献霞挺身相助

那个时候，因为成分原因，我们家是受歧视的，我和献霞去队里干活也会受到不公正的对待。不仅工分少，分的粮食少，在队里还经常被欺负。在队里，献霞，还有前面说的陈永明，他的妈妈、以及另外四个女社员，一起干活，割豆子。那四个女的总是一起欺负陈永明的妈妈，因为她家就一个兄弟，欺负她家庭小，兄弟少，在队里经常对她吆喝，态度特别不好，脏活累活都推给她去做。所以她每天都跟献霞在一起，两个人也好有个照应。

有一次，他们一起干活，不知道什么原因，那四个人开始打起陈永明的妈妈，献霞看到后，赶忙上去把她们拉开，听献霞回来跟我讲，她当时气急了，不知道哪里来的力气，一把就拽开两个，然后又赶紧去拽开另外两个。但是她们还不肯作罢，站起来还要去打，献霞又赶过去拉架，过一会儿有人来了，她们这才肯散去。献霞把永明的妈妈扶起来，两个人搀扶着回了家。

后来，陈永明的父母又特意到我们家来感谢献霞，说当时如果没有献霞的挺身相救，感觉自己就要被打死了，他们夫妻俩还给我们带来些洋油、洋火、肥皂，这些在当时是限制的，他们家有个亲戚在泗洪，能弄到这些，就给我们送过来用。所以，当时很多人家很少能买到这些用品，就我们家不缺这些。那时候，两家人相互有个帮助，有什么好东西都彼此走动，真正的患难见真情。直到现在，他们夫妻俩还经常到我们家，把家里的新鲜菜送给我们，我要给他们钱，他们说什么都不要。他们的孩子在农忙的时候都会主动到我们家来帮我们干干农活，两家人相处的特别融洽，这也坚定了我们感恩的信念。

感动往往发生在一刹那间，一个眼神可能让你忆念一世，一次帮助可能让你感动一生，一句安慰可能给你带来永恒的温暖。

第八章　艰难的养儿育女

（一）痛心夭折的两个孩子

分家后没多久，献霞就怀孕了，全家人乐得不行，有个孩子，生活就多些希望，我们每天数着日子等着孩子的降生。献霞怀着孩子真的很辛苦，本身每天挺着肚子行动就不便，还少不了下地干活，回家后还要房前屋后为一家人的衣食忙活。我记得一次大队里磨面用的唯一一头驴死了，但我想多磨出些口粮，所以，每天晚上吃了饭还会去队里用手推磨，尽可能多的磨粮食。我原本是要一个人去的，可是献霞偏要陪着我一起，我怎么劝她都不听。那个时候献霞怀孕有五六个月了，本来怀孕的人就特别容易感觉累，她每天晚上还要干这么重的体力活，我看着特别的心疼。

那时候条件还不好，根本吃不着什么营养，好不容易盼着家里的老母鸡下几个鸡蛋，她也不舍得自己吃，给两位老人煮了几个后把剩下的攒起来拿到集市上去卖，我这个做丈夫的看着心里特别不是滋味，每次劝她吃点好的，她都固执的不肯，总说："我没事，我们年轻苦着点不怕，不能让辛苦一辈子的爹妈再苦着，我们的生活一定会越来越好的。"每次看到献霞倔强而坚定的眼神，我心里说不出的感动，真幸运能娶到这样的好老婆。

终于，我俩的第一个孩子出生了，是个女孩儿，全家人开心得不得了。大丫头刚出生的时候，可能是因为献霞怀孕的时候严重营养不良，孩子的脸蜡黄蜡黄的，一看体质就不好。无奈这一年赶上天岗湖湖水大涨，湖边庄稼都被淹掉了，公社粮食大减产。大锅饭停办，家里粮食不够吃，好多人都饿着肚子.献霞生大丫头之前已经挨饿有一段时间了，孩子出生后，还是吃不上好东西，所以她奶水一直不足，孩子也跟着饿的哇哇大哭。我没办法，只好煮些玉米糊糊喂她，可是喂一口她就吐一口。赶上这个时候，献霞又高烧不退，我是大人孩子两边忙，还是感觉力不从心，照顾不好。就这样，迷迷糊糊的持续了半个月，大丫头便因为严重营养不良死掉了。

孩子没了后，献霞哭得眼睛都肿了，几次因为伤心过度晕了过去.我心里也难受，这可是我俩的第一个孩子，还没让我们体会到初为人父母的喜悦，老天就无情地把她从我们身边带走。孩子走后，献霞每天不吃不喝，拿着孩子没出生就给她缝好的小被褥，自己默默的流泪，总是在责怪自己不是个称职的妈妈，总是在埋怨自己。看到她那个样子，我暗中告诉自己必须马上从丧子的痛苦中走出来。

大丫头刚出生就不在了，给我们家一个晴天霹雳，全家人郁郁寡欢一年多，母亲也是在这一年去世的。终于，把第二个孩子盼来了，是个男孩儿，冲散了笼罩在全家人心头的阴云，听到孩子的笑声哭声，感觉生活充满了希望。但是，那个时候献霞没有完全从失去女儿的痛苦中缓过来，加上日子过得苦，没有好东西给她补身体，献霞还是没有奶水，孩子每天都会饿的哇哇哭几次，听得我们做父母的心里别提多难受了。没办法，全家人尽全力把好东西省下来给孩子留着，只为了他能好好的健康成长。可是天不遂人愿，孩子三岁那年，重感冒，病的严重，把家里所有的钱都凑起来送去看大夫，可终究没能挽回孩子的命，我和他妈眼睁睁地看着他不行了。

（二）感谢上天恩赐的礼物——光标出生

1968年阴历七月十九，伴随着婴儿的啼哭声，我们又一个孩子出生了，是个男孩儿。洪亮有力的哭声给我们原本平淡的家带来了无限的甜蜜、喜悦和希望。然而，看到瘦小的孩子，我和献霞的心都提到了嗓子眼，生怕再有个闪失。按理说，这个娃应该是我和献霞的第三个孩子，因为前两个孩子都没了，他自然就成了家中的老大。孩子出生抱在手里，我就和他妈说，不管怎么样，不管我俩吃多少苦，遭多少罪，也要把这个孩子养活。两个孩子的相继夭折，让我们家一直笼罩在悲痛中，孩子是父母的心头肉，那时我们夫妻俩真有一种"含在嘴里怕化了，捧在手里怕摔了"的感觉。

我们俩暗暗在心里发誓，这一次无论如何也不能再失去他了。或许是我们的诚意感动了老天，说起来也怪了，孩子出生那年，虽然算不得多么特别的年头，但是天岗湖的水居然退了，地里庄稼难得的丰收，产量上来了，每家每户都能分到些粮食，比起前两年日子要好一点，这个孩子奇迹般的活下来了。看着这个顽强的小生命每天对你晃头晃脑的笑，我们夫妇俩的心像喝了蜜一样。孩子爷爷看着自己的长孙乐得嘴都合不拢。孩子落地的时候，我看我爸眼含热泪，背过去双手合十在祈祷，我不知道他是在感谢上天的仁慈亦或是告慰列祖列宗。我和献霞把所有的食物都先留给孩子吃，让他可劲吃有营养的东西，希望他能健健康康，快乐成长。后来，我给他取名叫光标，希望他能光宗耀祖，成为众人的楷模榜样。

可是，光标出生后没多久，就那年的十一月份，父亲就去世了，父亲年轻的时候是干活的好把式，身体也健壮，可自从被打成富农后，身体上的摧残，心理上的重担，让他原本硬朗的身体也大不如前。可尽管我知道父亲上了年纪后身体不是很好，但也没想到他会这么匆匆的就走了，我和献霞内心的悲伤和痛苦无法言喻。小光标这个新生命降临带来的喜悦很快被巨大的悲痛冲淡，我和献霞忙着操持父亲的丧事，我把父亲葬在离家不远的地方，跟母亲合葬在一起，一是方便日后我和献霞去打理，二是希望父母可以经常看到他们的子子孙孙。经过一番周折后，终于把父亲安葬了，坟地也打理的干净、整洁。我那辛苦了一辈子的父亲终于能在这片他眷恋的和不舍的土地上静静地安眠了，他那佝偻了大半辈子的脊梁也终于能舒展了。

1968年，是我生命中很重要的一年，我既体会到了再为人父的喜悦，也深深感触到失去父亲的难以言喻的伤痛，真是悲喜交加。父亲操劳了一生，在临走前能看到自己长孙一眼，也算了却心愿。时至今日，我也忘不掉，父亲在生命的最后时刻，眼神中流露出的对光标的依依不舍，那是隔代人的情谊，那是一种寄托，那是一份希望。我想他老人家泉下有知，看到现在我们摘掉富农帽子，儿孙都健康、幸福也可以欣慰了。父亲的一生自立、自强、不抱怨、乐于助人，这些品格让我由衷地对父亲感到敬仰和尊重。在我心里，我一直为自己有这样一位了不起的父亲而骄傲。

阳光、自信的笑容是孩子给父母最好的礼物。

（三）期盼"春华秋实""锦上添花"

1970年，我们的第二个孩子出生了，是个女孩儿。孩子出生那年，集体化生产还是没有什么效率，粮食产量低，社员经常挨饿。我给她取名为"春华"，寓意"春华秋实"，希望来年能有一个好收成。这一年，光标三岁了，很机灵很懂事，平时也不给我和他妈惹麻烦，再大一点，还能学着照顾妹妹。光标的成长在很大程度上减轻了我和献霞的负担。光标很疼妹妹，有什么好吃的都想着要留给她吃，谁要是敢欺负自己妹妹，那更是小大人一样，跑出去找人家理论。就这样，两个小家伙，快乐地长大，我和献霞看着也舒心。

1974年，我们的小儿子出生了，给他取名景标，寓意"锦上添花"，希望家里的前景越来越好。作为家中的幼子，自然是最受宠爱的，哥哥姐姐都对他好，让着他。这个时候光标已经到了上学的年纪，也是家中半个顶梁柱了，有什么事都要闯在弟弟妹妹前面，很有做家中长子的样子。春华对弟弟更是疼爱，我和献霞要去地里干活，光标去上学，都是她照顾弟弟。那是景标两岁的时候，春华也才6岁。

一天中午，我和献霞在屋里做饭，春华带着弟弟在外面玩儿，突然听到景标大哭，我俩急急忙忙跑出去，看到景标摔在地上，嘴上还有血，春华吓傻了，赶紧抱起弟弟不知道怎么办。问原因，才知道，是弟弟要让姐姐背，春华蹲下来把他背起来，站起来的时候用力过大，景标从她背上摔了下去，正好嘴磕到地上。献霞急忙抱着景标进屋去处理伤口，看着春华懊恼的样子，眼泪在眼中打转，我把她抱过来安慰她说："知道你不是故意的，知道你疼弟弟，不小心才这样的，你不要难受，我和妈妈都没有怪你。"

可以说，他们三姐弟是在很困苦的环境中相互陪伴着成长的，虽然可能没有同龄小伙伴在吃穿上富足，但是他们的感情很坚固，这也是最让我和献霞感到欣慰。贫穷不但没有击垮我们的斗志，反而让我们全家的心紧紧绑在一起，三个孩子像三朵努力盛开的向日葵，圆圆的脸，满满的果实，茂密的叶子，坚挺的脊梁。不管生活给了他们什么，都无法将他们击垮，他们总是手牵手，昂首挺胸，追逐太阳，心里充满阳光。

（四）"遥望"悬挂的大饼

泗洪县是贫困县，天岗湖乡也是个贫穷的小乡村，我们庄上都是靠天吃饭的，三年自然灾害，让我们本来就不富饶的土地雪上加霜。"富农"的帽子更是让我们家受尽磨难，天灾人祸让整个农村的经济生活受到制约，更让我们家每一步都走得很艰难。在这样一个贫困地区，这样一个特殊家庭出生的孩子自然也不会过上什么好日子，别说是衣食无忧，就算是勉强维持温饱都是困难的。光标出生，虽然我们全家倾尽全力，但是仍然很难保证让他每餐都吃得好，甚至是吃得饱。我记得，光标出生后，我和献霞把所有好吃的都留给他吃，唯一的心愿就是看着孩子健康成长。

因为我和献霞都要去队里干活，早上很早走，中午才回来，只能把小光标一个人留在家里，那时候他也就三四岁的样子。每天早上起来，献霞都会舀出一碗面配着些野菜烙两张饼，早上给光标吃一块，留一块中午吃。我和他妈发现，如果直接给他两块，他总是一口气吃完，到中午又饿的哇哇哭。可是家里的粮食供不起他放开肚子吃，勉强维持就很不容易了。我和他妈就想个办法，最开始是给他吃一块，另一块藏在锅里或碗里等中午回来给他吃，结果发现他很机灵，藏起来的饼都被他翻出来了。后来没办法，我们就早上给他吃一块，剩下那一块用绳子绑住挂在房梁上，他个子小，估计看不到高的地方。结果那天，我和献霞中午干活回来进屋发现小光标发现了挂在房梁上的饼，在地上蹦来蹦去，嘴里还嘟囔着"我要、我要。"想尽一切办法去够那张饼，看着他累的通红的小脸，我和他妈心里难受，因为之前已经眼睁睁的看着自己心爱的一对儿女因为饥饿在自己面前永远地睡去，却无能为力。所以再看到小光标因为饥饿在我们俩面前号啕大哭时，作为父母的我们再一次因为无力保护和养育儿女而感到无奈、绝望。

（五）一个鸡蛋给光标的印记

那个时候家里穷，除了我和他妈种几亩地，唯一的收入就是家里养的几只老母鸡了。每次买了盐、火柴等生活必需品后，几乎没有剩余，有时赶上老人小孩儿生个病，还要向邻居借钱，所以，每天盼望着鸡能够多下蛋，赶在逢年过节前多换些钱尽快把别人家的钱还上。我和献霞都是老实人，不愿意亏欠别人的，总觉得我们欠的不只是钱，更是情。欠人情总不是一件令人舒坦的事，邻里邻居住着，谁家都不宽裕。所以，每当借完钱后，我和他妈就开始念叨："等鸡下蛋后快点卖掉还债。"

那时候，光标四五岁，虽然个子长不少，但是毕竟年纪还小，不能完全理解父母的想法，他只知道自己很饿，饿得难受想吃东西。而家里当时的情况确实揭不开锅了，队里产量不好，发不出粮食，每天大人小孩儿都喊饿，大人还好，实在饿忍一忍就过去了，孩子不懂事，饿的时候就哭闹，怎么说都不行。每天看着孩子蜡黄的小脸，因为吃不饱的哭闹，我和他妈心里特别不是滋味。

我和他妈每天数着日子过，计算着过多少天，鸡蛋够数了，可以换钱还上一家。可是，过段日子，我和他妈发现这鸡蛋的数量不对啊，和过去比一天总是少一两个，开始以为是黄鼠狼偷着吃了，我就连着几天蹲在鸡笼旁边守着，想抓住偷吃的家伙，可守了几天发现没有黄鼠狼，家里鸡蛋的数量也正常，我就没再注意。可是一天中午，我让献霞去取两个鸡蛋煮了给两个孩子改善一下，可没想到，她往鸡窝走的时候发现光标躲在角落里偷偷地吸生鸡蛋。我当时真的是气急了，捡起木棍把光标打了一顿。没想到自己的儿子是那真正的"黄鼠狼"，家里条件再不好，咱也不能偷着吃。打过之后，我和他妈都心疼，自己的心头肉，看着哪能不伤心，那天晚上，我把他叫到屋里，告诉他'勿以善小而不为，勿以恶小而为之。'一个鸡蛋可能算不得什么大事，但是不能从小就养成由着自己性子的坏习惯，想吃鸡蛋可以好好跟父母商量，但万万不能背着父母拿东西。

那次是我和献霞第一次打光标，我俩这辈子都忘不了，打在孩子身上，痛在父母心里，孩子偷吃鸡蛋不完全是他的错，怪就怪我们做父母的对不住孩子，连最起码的温饱都不能保证。现在日子过好了，光标依旧很勤俭，我看他每次吃饭都没有浪费，对粮食非常爱惜，生活也节俭，我和他妈看着很欣慰。孩子在小时候人生观、价值观都不成熟，最需要父母的管教，就像小树，如果枝叶不及时的修剪，任由其胡乱发展，将来一定会把自己压断的，到时候再来挽救就晚了。相反，在他还没有成型的时候，及时修剪，让其正直的蓬勃发展，对于他的还是受用终身的。我始终坚信"思想决定行动，习惯决定品德，品德决定命运。"一个人的命运方向归根到底取决于他心的方向。每个人不能决定自己生时的命运，却可以掌握日后的方向。事实证明，长大后的光标确实做到了。

看到他们吃的饭菜，光标感到非常难受，希望通过自己的努力去做一些改变。

第九章　初见锋芒的小光标

（一）人小鬼大、有骨气的小家伙

　　转眼间，光标到了上学的年纪，我和献霞又开始犯愁了。在那个年代，家庭收入单一，仅仅靠着几亩田地过活，别说是孩子上学，就是想让全家人不挨饿都很难做到。但是我和献霞还是想尽办法让他读书，我知道只有读书才能改变命运。我和他妈这辈子就只能和土地打交道了，我就没有读到高中，这一生都遗憾，所以更不能让孩子不读书，不识字。于是，生活再一次陷入了困境，再一次开始了借债，还债，再借债，再还债的恶性循环张。我和献霞每天更卖力地干活，起早贪黑，就是希望自己的孩子能够出人头地，光宗耀祖。但是，要为光标攒够学费可不是一件轻松的事，他一二年级的时候还好，东挪西凑的，学费、书本费都交上了。可当光标十岁读三年级的暑假，我和他妈怎么办也凑不齐新学期的学费了。那个年代，每个家庭的收入都是有数的，把钱借给别人意味着自己要挨饿，何况家家条件都差不多，真的是没有多余钱可以借给别人了。

　　那个年代，孩子上学对于农村人来说根本就是一种奢望。既然是奢望，就只得回到现实，于是我和他妈只得狠下心来让光标辍学回家，下地去帮家里干农活。可是光标他不愿意，这孩子打小就有想法，不会像其他孩子那样逆来顺受，他自然不甘心就这样回家，他鼓着腮帮子跑回来跟我说，他要上学，他要和同学们在一起，他斩钉截铁的告诉我说，他喜欢课堂，他要去上学，书本里有很多知识他都没有看完，弄懂，不可能去放弃。我跟他妈也无奈，但家里的条件实在不允许他继续读下去，只好让他回家。当时光标眼里含着泪水，小脸憋得通红，转身跑出去，天黑回来一个人躲在墙角，晚饭也不吃，我和她妈心里能不难受吗。但是没办法，我们就是面朝黄土背朝天的农民，吃饭都要看老天的脸色，真的没有多余的钱供他读书了。

过了两天，光标跑到我和他妈面前，非常郑重其事地跟我们进行对话，他说："我知道家里条件不好，将来还有弟弟妹妹要上学，但是我真的想上学。我跟你们做个承诺，如果我能在这个暑假自己赚够我的学费，你们就让我继续上学。"听到孩子这么说，看到他眼神中坚持和恳求，我和他妈都愣住了，做父母的怎么忍心再拒绝，只好暂时答应他，但我们知道，就一个十岁的孩子，个子还没长起来，拿什么去赚学费呢？

在那之后的几天，我发现光标每天都不在家，也不和其他小伙伴玩，总是一个人跑出去，经常到晚上才回来，不知道他的小脑袋瓜里在琢磨些什么。突然，有一天，邻居告诉我说："你家小光标可了不得，学会做生意了，在镇上卖水呢。"我当时还没听懂，没反应过来，跑到镇上一看，那可不是光标吗，在他前面放着家里的两只小木桶，里面乘着清凉的井水，嘴里还吆喝着："喝水，喝水，一分钱随便喝。"那正是盛夏季节，天气特别闷热，很容易使身体脱水。所以清凉的井水是最有效缓解中暑的，他这么一吆喝，有很多人愿意花上一分钱解暑。看着太阳底下暴晒的光标，我心里既欣慰又难受，高兴的是他这么小，脑子活，有想法。但看到小小的年纪在太阳下面晒着，汗从他的小脸往下滑，肩膀因为挑水已经磨出了红印子，做父亲的心里不是滋味。

那天晚上回家，我把他叫过来问他怎么想到去卖水的。光标满脸自豪的跟我讲："你看天气那么热，到中午的时候，大家肯定都口渴难忍，镇上人多，都是赶集买东西的，虽然生活不宽裕，但既然来赶集，身上自然会多多少少带着钱。而且最重要的一点，大家在镇上，离家远，不可能挺到回家再喝，所以我知道我的生意一定会有人光顾的。而且一分钱又不多，就是他们口袋里的零头了，不会太在意，我想'随便喝'一定会有吸引力的，不限量，他们肯定觉得可以把一分钱本钱喝回来，但是对我来说，只要多跑几趟，把水提过就行了，不用花什么钱，大家看是一个小孩儿在卖水，不仅没有抵触心理，反而出于同情心和善心，都很愿意买我的水，喝着也都开心。"听着光标的"生意经"，我真是始料未及，完全没想到，小小的年纪居然能考虑到这么多。他第一天中午趁着镇上集市就赚了两毛多钱，这在当时可是村里一个成年人半天的工钱。我和他妈看着他每天早起兴致勃勃的提着小水桶跑出去"做生意"，晚上自己高高兴兴地数着今天挣了多少钱，告诉我和他妈还差多少就够交学费了。邻居都说光标脑袋灵活，聪明肯干，做父母的看着自己家的孩子这么出色，感到特别欣慰。

就这样，暑假在光标"喝水，一分钱随便喝"的吆喝中很快结束了。他也如愿以偿地交上来自己一块八毛钱的学费、书本费。

不仅如此还有剩余，还剩下两三块钱。我和他妈都没有过问这钱他打算怎么用，让他自己做安排。一天，他跑过来跟我说："爸，我同学薛刚，他家里交不出学费，不让他继续读书了，我还剩下两块多，我可不可以帮他把学费交上，让他接着上学？"看着他渴望的眼神，我感到特别欣慰，特别开心，这么小的年纪，就愿意无私地帮助别人。我对他说："且不说这钱是你自己靠辛苦挣来的，你完全可以自由支配，爹妈不会干涉。更何况你是慷慨的帮助同学，是做好事，我们哪有不同意的道理，我和你妈都支持你。"就这样，光标通过卖水赚的钱，不仅交了自己的学费，把同学薛刚的学费也交了，还帮他领回来上课用的书，现在薛刚成为我们天岗湖中学的教导主任，就在我们乡里，平时也常到我们家来看我们老两口，帮我们干干农活，他总说，要不是光标的那次帮助，自己肯定辍学了，更谈不上现在的教学主任了。

那一年的夏天让我和献霞都印象深刻，看着光标小小的身体就敢扛着水桶去卖水，勇敢而又懂得担当，最关键的是，他有帮助他人的意识并且真正做到，我们俩感到欣慰，日子苦点不要紧，我们能从孩子身上看到希望，我们相信未来的生活一定会越来越好。

（二）小小"放"牛娃

那个时候，没有多余房产、没有多余土地，家里最值钱的就算是那一头老黄牛了，一家人吃饭、孩子上学都盼着用它换钱，所以必定是小心谨慎，不能让它有一点闪失。三个孩子自然也明白其中的道理，每天放学回家都乖乖的先去喂牛，让它"吃好了"，才安心的跑出去玩儿。平时牛都是拴在牛棚里的，可在南方生活过的人或许知道，江南的梅雨季节是很恼人的，进入雨季会一连下雨好几天，更夸张的时候，连着十几天都是淅淅沥沥的。牛棚简陋，漏雨漏得厉害，白天还好，可以把牛迁到大树下面躲着，但晚上就没办法保证了，如果碰巧赶上晚上下大雨，打雷闪电，牛一惊着，会四处乱撞。

我和献霞都担心出问题，就把牛牵到家里十几平米的土房里，绑在柱子上。这可让三个没长大的孩子满是抱怨，他们小小的年纪怎么理解要人和牛一起睡觉的无奈和心酸。他们只知道巴掌大的小屋要住我们一家五口人，地方本身就不宽裕，这又牵进来这么一头摇头晃尾的大家伙，那房间里的拥挤状况可想而知。地方小了倒还好，至少我们一家人克服一下就过去了。但老牛身上散发出刺鼻的气味，是最难挨的。春华是个女孩子，对这些更敏感，所以她晚上吃了饭就干脆跑到小伙伴家去，很晚都不愿回来，或者索性就在那个同学家睡了。我知道这很难让孩子们接受，但当时家里的情况，实在没办法。

记得有一天，我下地干活回来，往家走。看到光标正好放牛回来，牵牛往家回。我看今天的光标很奇怪，边走嘴里还在嘟嘟囔囔的，我正要走过去叫他，发现他突然很生气，气急了还朝牛踢了几脚，看他好像是积压了许久的愤怒，终于找到了发泄口。虽然他年纪不大，但一个小男孩拼尽了全力，力气也不小，把牛踢的呜呜叫。我看到后很生气，不知道这孩子是怎么回事，以为他是贪玩儿，不情愿放学后不能和同学出去玩儿，而是要去放牛。我当时满脑子想的都是这孩子不听话，不愿意干农活，把我气得不行，抓到他，打了他一顿。我生气他为什么不懂事，他作为家里最大的孩子，是最应该理解父母，帮家里分担的，可他却还像个小孩子般任性。光标也没跟我辩解，也没有跟我承认错误。我只记得我打他手板的时候，他眼泪在眼睛里打转，小脸憋得通红。

那一天我都因为光标不爱惜家里的牛生气，没有给他好脸色，最关键的是我想不通平时懂事听话的光标这次是怎么了。到晚上，献霞告诉了我原因。她看到光标一个人躲在角落抹眼泪，把他揽入怀里，问他到底发生了什么。作为妈妈，她最了解自己的孩子，如果不是发生什么事，他是不会这么任性的，况且以前光标都是主动帮家里分担的。光标哭着跟献霞说："你们把牛拴在屋里，晚上睡觉的时候，那头老牛撒了一泡尿，全尿在我脸上了，一股难闻的骚味直冲我鼻子，我被吓死了，还特别恶心。我去放牛，一看到它我就想起来昨晚的事，想教训它一下，看它以后还敢不敢朝我脸撒尿。"原来光标受了这么大的委屈，牛撒尿到脸上，我们大人都很难无动于衷，更何况是个孩子。

听到他踢牛的原委，我特别心疼，更加重了我这个做父亲的愧疚感。我的无能，让孩子跟着我受苦受罪。这一次，我主动跟光标道歉，很平静的和他谈心，告诉他以后遇到委屈要说出来，不要一个人憋在心里，爸爸刚才一时冲动没有了解情况就打了他，希望他原谅。光标终于又露出笑脸，他跑到牛棚摸摸牛的耳朵，表达他的"歉意"，因为那个时候家里的牛都是他在放，每天都要跟牛单独相处好一会儿，也算是他的伙伴。所以他顽皮的跟家里的老牛"称兄道弟"，要不是他"兄弟"不留情面的朝他脸上撒尿，他也不会那么冲动。

这是光标第一次因为牛挨打，虽然受了疼，但没有丝毫影响他和牛的感情。没过多久，他又一次站出来，为牛"打抱不平"。光标从小就是一个心地非常善良的孩子，心肠特别好，看到谁家有杀鸡，杀猪的，他准保是捂着眼睛，匆匆地跑开。他说，他不忍心看，又不能改变这个状况，只好逃避。有时候，他的一些做法，让我们做大人的都自叹不如，虽然年纪小，但是他胆子大，小小身体里蕴藏着的骨气很令人敬佩。

那是他二三年级的样子，一天中午，吃过午饭，我让他去路西那里的一家剃头匠去剃头，下午直接去上课。可接下来，让我对这个孩子真的是不知道说什么才好，有气但更多的是爱。那天晚上放学回来，我看他心事重重的样子，问他发生什么事，他也不说，就跑出去玩了，我也没在意。第二天，我听说村里宰牛的那家出事了，一头老牛被放走了。我第一次听也没留意，但心里总是放不下。直到后来的某一天，我听光标跟我说了实情。他说："那天我去剪头，看到对面那个人把牛迁过来要杀了，他们把牛鼻子上的绳索挂在了树上，然后把绳子拽起来，让牛蹄离开地面一定高度，然后用锤子照着牛的头砸过去，当时我听到那头牛在叫，声音很痛苦。正好旁边也拴着一头牛，眼看着自己的同伴被这么砸死，我看到它眼睛里都有泪水。我看这头牛实在是太可怜了，心里特别难受。那天下午上课，我一点都不专心，老师说我，罚我，我都还是满脑子想着那头牛。"一听这话，我懂了，这牛一准是光标放走的。我赶忙问他，这么小的个子，怎么控制住一头几百斤的牛，还不被人发现的。他原本低着的头压的更低了。他说："我们隔壁的大娘是裁缝啊，我想她做衣服的那种大剪刀可以剪断绳子，就跑到她家拿了一把。那天晚上我等大家都睡了，差不多两三点钟，我就拿着剪刀跑到路西杀牛的那户人家。他家的土墙头也就一米五那么高，我可以翻进去，他家的门是芦苇编的，后面是用绳子系起来的，我用剪刀把绳子剪断，然后把门打开。我把拴在牛鼻子上的绳子剪掉，把牛迁出去。但是牛还不走，我就朝着它的屁股踢了一脚，就这样把牛放走的。把牛放走了，我心里特别开心，回到家都兴奋得睡不着。"光标边说边咯咯的笑，这一刻他忘记了自己的行为是不对的，而是为自己的"正义"之举感到骄傲。

我作为一个父亲，面对孩子的爱心和善心，不知道应该如何来权衡其中的对与错。如果我鲁莽地把他教训了一顿，非打即骂，这样一定会给孩子心理留下阴影，他会认为做个善良的人反而是个错的。但反之，我不告诉他擅自放走别人家的牛是一种不道德的行为，甚至可以说是偷东西，以后孩子遇到这样的情况，仍旧不管不顾不计后果的草率做事，后果会更加严重。

考虑了一下，我静下来跟光标说："你是个有爱心的好孩子，你看到老牛流眼泪，舍不得牛被杀死，爸爸特别能理解你。但你换个角度想，牛是那户人家过日子的生路，他们也是辛辛苦苦把牛养大，也付出了辛苦，就指着靠牛挣钱，维持一家的生活。你就这样擅自把人家赖以生活的必需品放走了，他们家该多着急啊。他们家的孩子可能就因为没有换来钱而上不了学，你希望看到这样的场景吗？"光标眨巴眨巴眼睛，眼泪已经在打转了。我特别能理解孩子的心情，因为他从小就善良，家里杀鸡杀猪的都要背着他，趁他没在家的时候。发生这样的事也好，让他能够更成熟更理性地看待事情，我希望他可以自己学会长大。

第二天，我带着他到村西头那户宰牛的人家赔礼道歉，去之前我已经做好了心理准备，不管人家怎么责怪我，让我赔偿多少，我也没有怨言，就算是砸锅卖铁也要还上。没想到，刚走到门口，这家主人就迎出来了，他好像早就明白了我的意思，还没等我开口，他主动说："老哥，我知道你是为啥来，我后来也知道家里那头牛是光标放走的。但是没关系，牛已经找回来了，我们没有任何损失，你不用自责，也不要再责怪光标了，毕竟他还是个孩子，能有这份爱心，很难得，我们做长辈的不要伤害了他的善心。"

我现在都能清楚的记得那天，我和光标一起哼着小曲走回家的，心里的一块大石头落了地，光标的爱心也没有被伤害。光标后来问我说他那样做是不是错了，我不知道怎么回答，那时候他还小，不明白一头牛对一户普通农民家的意义，他只知道哭泣的老牛很可怜，他要去"拯救"它。那件事已经过去几十年了，但现在偶尔想起来，我和献霞还会笑，给孙子们讲起来，他们也认为不可思议。小小"放"牛娃儿，给我和献霞还有我们陈家的后代上了一堂"爱心课"。

（三）激励光标的小红心

10岁的光标通过自己辛苦卖水赚的钱，如愿和其他同学一起按时回到学校上课了。开学第一天，放学回来，没进屋，就听到他在外面喊："爸，妈，你们快来看我的小红心，老师给我的奖励。"他妈出去一看，噗嗤笑了，这个傻孩子把小红心贴在了自己脸上，我问他怎么回事，他说："今天大家一起去学校，上课前，老师从教室的红色条幅上撕下来一角，给我做了一个小红心，说是因为我帮助同学交了学费，给我的奖励，还在全班面前夸奖了我，让大家今后都向我学习，要多做好事，多帮助同学。"看到他喜悦的神情，我能理解这个十岁孩子最单纯的想法，毕竟年纪还小，老师的表扬给他很大的鼓舞。吃了晚饭，这孩子又跑遍村子里所有人家，要挨家挨户告诉他们自己得的小红心。我和他妈也没有拦着他，既然这小小的荣誉能让他高兴这么久，我们又怎么忍心打破呢。那天晚上，这个孩子就是贴着小红心睡的。

第二天一早，光标早早就爬起来要去上学，我纳闷怎么走得这么早，看他急冲冲地走，我也就没多问。那天晚上，这孩子又带着一颗小红心回来，我问他："今天老师又因为什么奖励你啊？"他开心的说："我今天早上是第一个到学校的，帮老师把黑板擦干净，又把教室的地扫干净，还拿水将厕所冲洗干净，当大家都来上课的时候，发现教室特别整洁，老师看到后很开心就又奖励了我一颗小红心。"一连两天得到两颗小红心，让这个孩子欢欣雀跃，也让他的内心得到了极大的满足和鼓舞。从此，他每天都早早到学校帮全班同学劳动。这时候我和他妈心里有些担心了，想着孩子年纪小，他做好事，我们自然开心，但是如果他单纯是因为做好事就可以得到小红心，为了炫耀，为了满足虚荣心，那就不好了。所以，一天晚上我找他谈，告诉他做好事是要低调，对得起自己的良心去做，而不能是为了邀功奖赏去做。没想到这十岁的孩子告诉我："爸，我这么做有什么不好，我是要老师的表扬，要了小红心，但是你知道吗，现在我们班很多同学都开始早到学校，争着扫地，擦黑板，冲厕所，争着做好事，我们班每天都干干净净的，老师上课也更用心，同学们也都更努力，这样不是很好吗？"

听到光标这么说，我和他妈也反思，孩子说的也不是没有道理，我们不能把我们老一套的思想强行灌输给孩子，他已经有他的想法，有他的思维了，既然没有坏的影响，反而能产生积极的作用，我们为什么要干预，要反对呢？

我和献霞商量说，为了奖励光标助人为乐的好习惯，决定给他买个日记本作为奖励。我记得，我选的时候特别用心，特地挑选了一个塑料皮的日记本，在那个年代，塑料片日记本在孩子们心中算是高级用品了。我记得塑料片好像是透明的，很漂亮，里面的纸张很厚很白，还有彩色风景画的插页。当我把这个本子交到光标手上时，他开心得不得了，每天睡觉都要放在枕头边。一次，我随意翻开来看，光标很细心地装饰了一番。扉页上写着几段话：

"世界是你们的，也是我们的，但是归根结底是你们的，你们青年人朝气蓬勃，正在兴旺时期，好像早晨八九点钟的太阳，希望寄托在你们身上。"（毛泽东）

"人的生命是有限的，可是，为人民服务是无限的，我要把有限的生命，投入到无限的为人民服务中去。"（雷锋）

"人最宝贵的东西是生命。生命属于我们只有一次。人的一生应当这样度过：当他回首往事的时候，不因虚度年华而悔恨。也不因碌碌无为而羞耻。这样，在他临死的时候，他就能够说：我所有的一切，包括宝贵的生命，都已献给世界上最壮丽的事业——为人

类的解放而奋斗。"（保尔•柯察金）

那个时候，毛主席语录、雷锋语录是我们的精神寄托，孩子们在学校里学的最多的也是这些。光标在学校里学到雷锋事迹后，就把雷锋作为自己的偶像，回来后兴致勃勃地跟我们讲他的事迹，说自己也要像雷锋学习，做个对人民有益的人。光标在他的日记本里工工整整的记录自己每天做的事，在旁边还画上苍松翠柏，每一页都很认真。我和献霞看到后特别开心，没想到一个简单的奖励能给孩子带来这么大的动力。

后来，光标的班主任老师还特地到家里来，表扬他愿意主动帮助同学交学费，还愿意帮助老师同学分担打扫卫生的工作，是个愿动脑，肯吃苦，有爱心的孩子。他评价光标说："我上课的时候总是教育学生要学道理，先做人，后做事。虽然他顽皮，但是他身上具有其他孩子没有的特质，敢为人先，思维超前，做事都要优于同龄人。他是一个秉性好，与人为善，与众不同的孩子。"听到老师这么说，我之前对他的担心都烟消云散了，调皮点是他的天性，但是这绝对是以善良为前提的，所以我更多的是为有这样的儿子感到骄傲。

（四）让人服气的孩子王

日子一天天的过，虽然平淡，但我和献霞很知足，孩子们健康成长，感觉日子过得也有盼头。渐渐地，光标也长大，作为家中的长子，我对他的要求很高，告诉他要如何照顾弟妹，如何忍让同

光标的"小跟班"——高峰来看我们。

学。他也听话，很少让我们操心。不仅如此，因为他为人正派，用他们孩子的话说就是讲义气，所以还是这片的孩子王，比他大的，比他小的，都服气他，无论谁有什么困难，他总能第一时间想着帮忙解决。他还跟那些孩子说："你们跟着我玩儿，无论到哪儿，不管是谁，都不能做坏事，不能打架。"我听他那几个玩得好的同学说，那个时候，大家都喜欢光标，说他对同学们很好，自己想办法，靠体力赚点钱都会无偿的拿出来给小伙伴买本子、笔帮助人家，还经常给大家买冰棒吃，而自己却舍不得吃一根，所以邻里邻居的小孩都喜欢围着他转。到现在也是，每次他回老家，看到村子里有小孩子，他都给他们拿书本钱，鼓励他们要好好学习，告诉他们只有知识才能改变命运，我和献霞看着儿子这么有善心，心里高兴。

光标上学的时候，每天都要早早地到学校去，刚开始我和献霞以为他只是沉浸在"小红花"的喜悦中，那股热情不会持续多久，没想到，一周过去了，一个月过去了，他还是那么执拗的坚持着，每天早早起来，从家里带一块抹布，到学校把老师的讲台擦一遍，同学们的座位也都擦干净，然后再拿扫帚把地面打扫干净，再回到自己座位上。我听他表弟小共产回来跟我说："姑父，班级里的同学都在背地里说表哥傻，脑子有问题，我劝过他了，他不听我的，你劝劝他，让他别做了。"我那天晚上跟光标聊天，他说："爸，你也不支持我的做法吗？吃亏是福，我不管他们怎么说，我只要对得起我自己就行了。"当时，那孩子跟我说这些话，我感到很震惊，没想过这是从一个十几岁孩子的口中说出来的，在那个年代，能做到"吃亏是福"的成年人都没有几个，更别说是个孩子，我感到和欣慰，对他就更放心了。

这孩子听话、懂事不只是在学校，在家里更让我们省心，不仅能把自己的事情打理好，每天放学后，他不像其他小孩儿那样跑出去玩儿，而是跑到村子里去捡垃圾，凑到一起，拿到垃圾站去卖掉。当时村子里那么多孩子没有一个愿意去捡垃圾的，又脏又臭，别说是孩子，大人也没看到有谁去干的，但这孩子不管是严冬还是酷暑，他都没退缩过，好几次回家的时候，都是满身大汗，有时候手上还会被划破，他也不抱怨。衣服弄脏了，就自己脱下来偷偷地去洗，怕我和他妈担心。我和献霞也劝他好多次不要那么苦着自己，他总是傻傻地笑着说："没事，我能干就干点。帮家里减轻负担，我心里也高兴。"其实，每次看到孩子这个样子，我既感到欣慰，但更多的是觉得心酸，这么小的年纪就要他为家里的生计背上担子，我这个当爹的觉得特别对不住孩子。只希望，多卖力气，早点让一家人过上好一点的日子。

（五）一个父亲的忏悔

岁月可以冲淡记忆，岁月可以治疗伤痛。但是有些记忆，有些伤痛，任岁月如何冲刷，都不会湮没，那才是真正的刻骨。养不教，父之过；教不严，师之惰。父亲的角色，在中国传统文化中定位为给孩子以知识、价值观方面的教化。至于生活、心灵方面的关爱任务，则交给了母亲，由此形成了父严母慈的家庭分工。但是我不是个称职的父亲，过早的把家庭的重担压给了年幼的孩子，使得他们没能过多的享受童年的乐趣，反而要跟我一样学着隐忍、学着忍让。

自我记事之后，我们家日子就很困难。那个时候，因为富农的帽子，在很多方面都会受遭到歧视；而且我们家兄弟少，家庭小，在农村这样的家庭也受人欺负。我是四类分子子弟，不但我受影响，光标也受影响，那个时候我对光标的管教很严，跟这些都是有关的。无论发生什么情况，是什么原因，受到什么不公的对待，我们只能忍受。"摆道理"这个字眼在我这个家庭显得格外苍白无力，因为如果跟人家讲理，我们家庭成分高，真的是有理也说不清；要靠武力解决呢，我们家庭小，根本没办法跟人家抗衡，真是欲哭无泪，欲诉无门。

俗话说，何为天下传家宝，忍为人间化气丹，宽容了，人间就少了许多纠纷，不管别人家是怎样教育孩子的，在光标的教育上我有自己的想法：你到哪儿，人家欺负你，你忍一下，事情就过去了，退一步海阔天空。要是你没控制住去还手，那事情就永远没有了结。时间一长，受伤的还是自己。所以，孩子们小时候要是在外面打架了，人家找上门来讲理，我是从来不偏袒自己孩子的。心平气和地去了解情况，不争不吵，能忍一下，让一下的，我都会去做，毕竟一个巴掌拍不响，尤其是孩子们之间的事，更是很难说清。而且如果自己家孩子也有问题，我一定会主动买上点心、油条给别人家送去，尽量大事化小，小事化无。虽然买点东西主动送给人家道歉，看起来自己吃点亏，实际上是占便宜处失便宜，吃的亏时天自知，这个理我懂。

光标三四岁的时候，在家门口玩，有一大队干部从我家门口路过，他喝了点酒，故意拿石子在光标身上划了一道。显然这是带欺负性的，可谁让我们我们家兄弟少，遇到这种情况只得忍着。当时我特别生气，光标疼得哇哇大哭，献霞气得要出去理论，但还是被我拦下来了。我不是无能，也不是懦弱。但作为一家之主的我必须要掌控这种局面。因为我知道，如果我要去争去吵，得罪了人家，最后受气的还是我们自己。如果矛盾激化了，以后就更难说清楚了。孩子没有太严重，忍一下也就算了。

不过话说回来，人也会有底线。我作为父亲，也是有不能逾越的底线。哪个人用石子这样划一下，小孩受一点痛苦，咱忍一下就过去了；但要是他有其他过分的行为伤害到我们家小孩，那我无论如何也不会轻易妥协的，就算是拼上我这条老命，也要讨回个说法。在我看了，用石子划一下，忍一下就过去了，他有良心看到我们没跟他计较，也就不会有下次了。如果他得寸进尺，那我一定会好好跟他理论。

忍一时风平浪静，退一步海阔天空。像我这个身体，四年三个大手术，一般的人肯定撑不下去了。但可能也是我经历的事多了，看得多了，所以凡事都会往开处想，这也是我为什么能撑过来的缘由。我家的三个孩子也是这样做的，现在他们都长大了，对于过去的记忆，过去的委屈，也都看开了，他们没有记恨，反而去真心诚意的帮助他人，哪怕是过去伤害过我们的人。肯能旁人不理解他们的做法，但是我这个做父亲的能懂。

生活也许会有些委屈，不尽如人意，忍一忍也不妨是个好办法，得饶人处且饶人，忍是一种大智慧，大勇气，大福气，大丈夫忍天下难忍之事，不管生活如何变化，人间如何冷暖，我们坚定生命的底线，让自己过得去，也让别人过得去。

后来，听光标的表弟说起光标小时候为什么打架的事情，我更觉得对不起这个儿子。他表弟说，其实小时候光标一般是不打架的。人家欺负他，他忍一忍就过去了。一次放学回家，一个男孩儿从背后推了光标，他摔在地上，起来的时候看到胳膊都磕破了。可光标什么都不敢说，将衣服上的土拍一拍转身就走了。他表弟要上前帮他理论，都被光标拦下来，说："人家欺负我，是他的不对，但我们要是再打回去，就是我们的不是了，人要学会忍让，千万不能打架。"要是有人欺负他的弟妹，他一般也就是背起弟妹赶紧跑，或者护着弟妹不让其他人打着，自己也不还手；如果是他打架，那都是为别人抱不平，有一次，光标看见一个小女孩被一群小男生欺负，他立马冲上去救女孩，免不了就跟人打起来了。那个时候，我也不知道到底是怎么回事，因为自己有太多的顾虑，也好像被洗了脑，自尊心及其卑微，所以就教育孩子凡事都要忍让，不管因为什么都不要去惹事，落人话柄。不仅如此，每次光标回家我发现他身上有伤，我都不问缘由地责骂他，甚至是痛打他。如果赶上有其他家的父母带着小孩找到我家说和光标打架了，那我更是不问清楚拉过来就一顿揍，我总是认为棍棒底下出孝子，打完再教育效果好。后来听他表弟说的那些所谓的"打架"原委后，我当时心里特别难受，觉得太对不住这个儿子了，让他受了那么多的痛苦、委屈。

有一次，同样是因为我的暴力教育把孩子逼得不行了，甚至想到去"自杀"，这都是我后来听邻居他大娘说的。那是光标上小学的时候，一天放学的时间点，要到平时，他肯定早早就到家了，但那天天都擦黑了，还没见到他回来，我以为他是贪玩儿，忘了时间，就没多理会。可不一会儿，他们班上的一个同学和他的父母找到家里来，说要找我理论，我当时完全不知道情况，就听他们三言两语的说，好像是光标扔石头把他们家的孩子打了。孩子在那里哇哇哭，大人又在旁边抱怨，把孩子的病情说得很严重。我当时脑子不知道是怎么了，气急了，一下子就懵了，正巧这个时候看到光标往屋里走，我一看到他，二话没说，拎起个扫帚就追了出去要打他。光标看家里"形势"不好，看他同学的家长都找上门，我又火气冲冲的，心里知道情况不对，撒腿就往外跑，小脸吓得煞白。我追着他打，他跑得快，跑了一会儿我就追不动了。我一想家里还没有处理，大人孩子都在那儿，我就赶忙往家赶，进去了又是认错又是道歉的，带着孩子去看医生，我还让献霞赔了些钱。晚一点我又去买了点心送过去，这才算把问题解决了，孩子家长没有意见。

问题都解决了，我和献霞回家后还是没有看到光标，问春华，她说哥哥一直没回来，可能真的是吓着了。这下我开始担心了，怕这傻小子出什么问题，正要和献霞出去找的时候，孩子他大娘领着光标进屋了。我看光标脸上还有泪水的痕迹，眼睛里还有眼泪在打转，估计是吓坏了，我什么都没说，让献霞带他进屋去洗洗然后吃饭。我问他大娘是怎么回事，在哪儿看见光标的。她告诉我说："你这脾气得改一改，可把孩子吓坏了。正好我当时在河边，我看到光标一个人在那儿发呆，眼泪一个劲儿的往下掉，我问他是怎么回事，他又不说，就告诉我说你要打死他，他不想活了，想自杀。给我吓得不得了，赶忙把他领回家去。等到家了，孩子才告诉我实情。他说在学校里有几个男生总是欺负他，有的时候放学的路上，经常就围在一起打光标。甚至有的时候在课堂上也对他吆三喝四的，光标想还手，但又怕你回家后责骂他，就一直忍着。他说那天正赶上他放学往家走，其中一个孩子又上去欺负光标，他不敢反抗，拔腿就跑，后来躲在大树后面，看到孩子没发现自己，心里那一股火气没压住，从地上捡起个小石头就朝那个孩子扔过去，他说本来没想要真的打他，就是想出口气，但是没想到碰上巧劲正好打在那个孩子头上。他跟我说他不敢回家，说那个孩子找上门了，如果回去，你肯定要打死他，就在外面瞎晃，说什么不想活了。"听着邻居大娘跟我讲起这件事的原委，我知道自己真的对光标要求太苛刻了，甚至是把他逼到了这种地步。每次遇到他和其他小孩儿闹矛盾，我都是问也不问直接把矛头指向孩子，把一切问题都推在他身上。这无形中让孩子对我产生了恐惧感，他不敢反抗，因为他知道无论怎样，自己都是错的。那件事对我的影响很大，我知道我给孩子的压力太大了，让他承受的太多。

我承认在光标小时候，给他肩上背负了太多东西，让他在小小的年纪就要那么委屈自己，不仅在外面要忍气吞声，回到家里，我对他也是横眉冷目的，没有笑脸，我把我的压力一股脑的给了儿子，我把我的隐忍毫无减轻的给了他。值得庆幸的是，在那样特殊的家庭背景，少年时受尽的欺辱，尝尽的苦难，过早的扛起养家糊口的担子，这些都没有给他幼小的心灵留下阴影。相反，不服输的性格，爱动脑的习惯，一颗豁达的心伴随着他更加健康、阳光、充满自信的成长。直到他长大后，艰苦创业，积极投身到社会慈善和公益活动中去。到今天，"全国抗震救灾模范"，"全国道德模范"、"中国首善"……他取得了以上成绩，我和献霞都很欣慰。现在想想，我们做父母的从来也不是指望孩子要有多么大的名气，有多高的地位，有多少资产，只希望他能够健康成长，快乐生活，长大后能做一个有利于国家和人民的人，无愧于心。有这样的儿子，是我的骄傲，更是我们陈家的荣耀。正像老话说的"天将降大任于斯人也，必先苦其心志，劳其筋骨，饿其体肤。"

　　这是我的倾诉，是我一生的遗憾，同时也是一种警醒，愿年轻的父母们多花些时间，真正走进孩子的内心，去倾听，去感受，与孩子一起去发现这个未知的世界。因为，孩子的成长只有一次。

第十章 一生心怀感恩

回首那些年月，我与献霞确实吃了不少苦，受了不少委屈。我的父亲是在光标出生后四个月去世的，他年轻的时候也是干活的好把式，忙忙碌碌一辈子只办了几亩田地，还没来得及享福就被带上了"富农"的帽子。在那个年代，"富农"并不是富裕和荣耀，相反，它意味着羞辱与歧视。我的父亲一生劳苦，死后只落得个"连三岁小孩儿都不得罪的老好人"的名声。父亲死了，带走了属于他的荣耀与辉煌，我则继续隐忍着背负这个家的重担，为了我的妻子，我的孩子。

在那个特殊的年代，由于我们家庭成分不好，难免会受到歧视，受到不公，甚至有几次都在生死的边缘徘徊，但都有一些好心人对我们给予无私的帮助，为我们雪中送炭，一次次的帮助我们这个风雨飘摇的家。

那个时候，我们遇到的主要问题就是吃饭问题，1958年开始兴办公共食堂，先是所有人民公社社员不许在家里做饭吃，而是在公共食堂放开肚子吃，但是因为粮食很少，也就不敢精米精面地吃。成人的饭是粮食与地瓜干煮的饭，比较稀，儿童、小学生和老人吃稠一点的饭。后来因为粮食发生了问题，我记得放开肚皮吃的时间也就一个月或也就20天的样子。再后来就限量供饭，再后来地瓜干也没有多少了，就开始吃夏天地里新产出的东西，主要是胡萝卜。这种东西没有热量，不顶饱，大家都很能吃，于是也就不敢放开肚皮吃了。后来渐渐的，公社吃的越来越少，几次根本就没饭吃，回到家里，家里也没有米面下锅，一家老小就那么硬挺着，直到现在我都忘不掉，那几次我们全家在几乎走投无路时，邻居对我们的帮助。

（一）一碗面一世情

婚后第二年的冬天，全国各地出现不同程度的粮荒，安徽尤其严重，有些地方甚至出现了饿死人的现象，天岗湖地处江苏安徽交界处，是两省饥民往来的必经之地，同样也是最为贫穷饥饿的地方。我记得那个时候，公社是根本吃不饱的，想偷偷在家里烧火做饭，又担心冒烟。有钱人家可以用木炭解决问题，穷人就在晚上偷偷做点吃的，防止烟气跑到户外去，被队里发现，是要批斗藏粮食的。

但是，当时我们家真的是一点米面都没有了，父母和我们都是几天没吃饭，因为太久没有好好吃东西了，母亲身体弱，在这一年得了浮肿病，脑袋和双手浮肿得犹如一个大气球，很吓人。因为一点可以下锅的东西都没有，病重的母亲很快陷入了昏迷，我和献霞想尽一切办法，还是找不到粮，慢慢的连我们俩也饿的头脑发昏，倒在床上起不来，一家四口人就那么躺着，一点力气都没有。

后来邻居发现不对劲，这都快过年了，怎么好久都没有看到陈立胜一家人出来，是不是出什么事了，到家里一看，全家四口人饿的已经快不行了，于是马上跑到队里向队长报告，队长不相信，说我们家是偷藏了粮食，故意装的样子。又找了几个人到我家来搜粮，几个人在我家翻来翻去，所有能放东西的盆盆罐罐都找了个遍，确实一粒米都没找到，这才作罢，从我家走了，但是仍然没有给我们分一碗粮。

邻居陈立群看到后，回自家从面缸里偷偷舀出来一碗面给我们家送来。因为怕队长发现，说他分不清阶级敌人，是趁着黑天，摸黑送来的。献霞赶忙煮了一锅米糊糊，这才算是把我们全家救活了。后来我时常想，要不是陈立群那天晚上送来的一碗面，是不是我们全家两代人就在年前被活活饿死了。现在，我和献霞还是很喜欢吃米糊糊，虽然孩子都说让我们多吃好的，有营养的，但是我俩每次吃米糊糊的时候，还能感受到那患难中见到的真情，那种感觉很温暖。

（二）救孩子的一碗面粉

1965年三月初三，献霞生了个男孩儿，全家人高兴的不得了。可赶上那个季节，地里粮食还没收，家里的粮食都吃光了，看着空空的米缸，别说吃点好的补补身体，就连一口米糊糊，献霞都吃不上，孩子也是，饿的哇哇哭。大人吃不着饭，自然没有奶水，孩子也没有吃的，就只能先喂他点水，可那管什么用，孩子还是饿得不行，小脸惨白惨白的。我记得孩子是早上四点出生的，到了下午三点都没有吃上东西。

后来献霞让我回她娘家看有什么能吃的拿过来，可她家也没有米面了，同样是几天都没有吃过像样的饭了，后来她妈妈跟着我回来了，提着个篮子捡了些岌岌菜回来。到家的时候发现，灶台上有一晚面，我听献霞说是陈先业晚上送过来的，他也是听其他人说，陈立胜家生了孩子，但大人小孩一天都没吃上饭，就赶紧从自己的米缸里舀出了一碗面，因为也怕村里人看到他和富农家庭走得近，没敢直接进了，假装去买盐，顺路偷偷的送过来的。献霞妈妈后来用那碗面配着岌岌菜煮了粥，给献霞和孩子吃了，总算是把最难关挺过去了。

（三）新年前夕的两元钱

光标一岁那年的春节，其他人家都沉浸在迎接新年到来的喜悦中，而我家却是另一幅景象，献霞抱着小光标坐在炕上唉声叹气，孩子无忧无虑的眨着眼，懵懂无知的他全然不知道在过年这样的日子里，家里已经没米下锅了。我作为家里的顶梁柱，看着一家人跟着我挨饿，心里特别不是滋味。后来光标饿的哇哇大哭，献霞急忙让我去邻居家借碗面回来，可我真的是不好意思。年前，已经把能借的都借遍了。

后来，碰上同村的陈连贵来我家看孩子，看到家里冷锅冷灶的，大过年，连口热饭都没吃上，就给我留下两块钱，让我上街上买点肉吃。捧着皱巴巴的两块钱，我知道，那也是他从牙缝中好不容易省出来的，就这样给了我，心里真的感动。那可真是雪中送炭，我一辈子都感激。后来，我赶紧给孩子买了点面糊糊，算是挺过了年关，剩下的钱也舍不得买肉，都留下来买盐买火柴了。

（四）雨中情，善良心

每年的6月到7月，江苏地区都会进入阴雨连绵的梅雨季节。其他地方的人可能不知道，以为在炎炎夏日多下点雨是最好不过的了，可是没有人懂得，在那个饥饿贫乏的年代，雨水也会是我们的灾难。

那是光标两岁那年，就是1970年，天岗湖连着半个月都是阴雨连绵的，天空就好像被捅了个窟窿止不住的下雨，许多树枝都被吹断了，有些茅草房也在连绵的梅雨里浸泡得摇摇欲坠。70年代，中国广大农村地区还都是用黄泥混合秸秆垒墙建起来的土房，房顶就铺些稻草，我家也不例外。因为家里是茅草房，很多年都没有修补过，房顶都漏了，那真是外面下大雨，屋里下小雨。

屋顶上的茅草早就腐烂不堪，墙上的泥土也都剥离脱落了。连绵的梅雨冲刷更使得它摇摇欲坠，家里连个落脚的地方都没有。我向队里申请，要一些稻草补房，可是书记说什么都不给，还被书记批评、责骂，说我们家还可以住，分稻草就是浪费，就连队里生活用的那种草都不肯分给我们。那日子过得真是苦不堪言，下雨天，全家人都要"抗洪"。

后来，队里新上任一位大队书记，叫陈绍先，他到我家了解情况，看到我家的突兀，腐烂发臭的茅草，斑驳脱裂的墙壁……当即指示给我们家翻盖房屋。那个时候盖房子不像现在，请人帮忙要付工钱，大家都穷，互相帮个忙，只要能提供一天三顿饭就行。但家里真的是揭不开锅了，上哪儿找粮食请人盖房啊。陈绍先说，你家情况特殊，确实穷，那你们去队里领些粮食回来吧，就这样，我们从队里领了五斤稻子，六斤高粱，拼拼凑凑的把房子盖起来了。

那个土屋一直用到90年代，见证了我们一家的心酸与悲伤，见证了三个孩子的成长与努力。所以到现在，我还是要感谢我们后来的大队书记，不是他对我们的照顾，不知道我们一家老小在那样漏雨的房子能坚持多久。

"吃水不忘挖井人"，虽然后来家里又重新建了新房，但大队书记帮我们修建的老土屋却一直保留着，后来光标还请人用铁皮把屋子围起来，还有遮雨用的屋顶。现在三个孩子带着孙子孙女回来，我都要领他们去土屋转转，我经常告诫他们，日子过得再安逸，也不能忘记过去吃的苦，要珍惜现在的生活。要懂得感恩，要知恩图报，别人对我们的好一定不能忘。

虽然，这些事都已经过去很久了，但是当时的场景在我眼前依稀可见。俗话说"滴水之恩当涌泉相报"，在那个年代，他们不忌讳我家"富农"的身份，没有刻意疏远就不错了，还能主动帮助我们，那份雪中送炭的恩情，那份无私帮助的善良，我一辈子都忘不了。从小我就教育孩子们要知恩图报，对那些帮助过我们的人一定要牢记在心，将来好好报答人家。现在家里条件好了，逢年过节，我都让孩子们去他家看看，多买些东西送过去，谁家有个病有个难处的，我都让他们尽力帮忙，我们知道，我们现在做的不能和当年他们给予我家的帮助比，但那是我们的一份心意，一份感激。

从小我就教育孩子们要懂得感恩，对于他人的帮助要铭记于心，继而知恩图报，这是做人起码的道德。人生在世，不如意事十之八九，如果我们囿于不如意中，终日惴惴不安，那么生活也就索然无味。相反，如果我们时刻都怀揣着一颗感恩之心，善于发现周围的美好，感受平凡中的美丽，那我们就可会以坦荡的心境去应付生活中的酸甜苦辣，让原本平淡无奇的生活焕发出迷人的光彩。

现在没事，我和老伴也常到老房子前后转转，到那儿寻找以前的影子，每每这时，过去的酸甜苦辣都历历在目，孩子们的嬉戏声，追逐打闹声不绝于耳，真感谢光标那么细心，那么用心，为我们留下这么难能可贵的念想。我和老伴都七十岁了，如果再能活个十年二十年，我们的老宅子也许会成为古董的，快速发展的经济和建设很难再找到我们幸福的小宅子了，能有这种回忆，真是满满的幸福啊。

（五）生命的接力，爱的传递

我们家虽然因为富农的帽子，一生受了不少委屈，但我们也受到人们的很多帮助，我经常告诉孩子们要怀有感恩之心，他们也身体力行的那么做到了。那个时候，虽然家家户户条件都不好，但是大家都是能帮就帮，因为毕竟天灾人祸，如果不互相帮扶着，很有可能你就眼睁睁的看着一个人晕倒在你面前。

1976年，天岗湖的大水淹没了湖边的庄稼，公社粮食大减产，每家每户分到的粮食就更少了。那一年村子里来了很多灾民，每天上门乞讨的至少有三四个，我家虽然困难，但是我和献霞都是能帮就尽量帮。一次，家门口来了一个外乡的卖菜的人，因为晚上赶上下大雨，他推菜用的木头车陷在泥里，推不动，他也走不动了。正好我从外面回来，看见他就停在我家门口，二话没说帮他一起把车推出来，又把他领进屋里，让献霞煮了些粥给他吃，直到第二天，天气放晴了，他才从我家离开，走的时候，他千谢万谢的，说要是没有我们，真的不知道要怎么办才好。后来有一次，他卖菜回来，特意到我们家来了，给我们送来两把新鲜蔬菜。

在那个年代，我总是想着大家都不容易，谁都有困难的时候，能帮就帮，可能今天遇到难处的他就是将来某一天的你自己。后来有断断续续的有乞讨者来，一般都是路过的乞讨者要了点吃的东西就走，每次不管是谁，哪怕我知道那个人就是靠乞讨过活的，我和献霞能帮也都帮了，有一个乞讨者每次到我家我都给拿东西，有几次还把他拉到饭桌上跟我们一起吃，后来那个人每次到我们村子都避开我们家，说是不好意思来了。

光标二年级那一年，是个灾年，地里的庄稼长得不好，多一个人就意味着多张嘴要吃饭，所以对任何家庭来说，乞讨者都是一个麻烦。可没想到后来家里来了一个乞讨者让我和他妈都感到为难。那天光标放学回来，带回个衣衫破旧的男人。原来是光标在放学的路上看到那个人可怜就执意把他带回家吃饭。孩子年纪小，哪里懂得家里的情况，哪懂得我们大人为柴米油盐担忧的无奈。可光标坚持，我和他妈也不好说什么，就把他安排在家里住下。这一住就是一个星期，后来那个人没打声招呼就走了。小时候孩子们虽然过的穷困了些，但一直坚持我对他们的教诲"存善心，做善事"，从小到大，他们也都一直坚持这做，这是我们做父母的最大的骄傲。孩子们能取得今天的成就也都是他们自己努力的结果，我相信善因得善果，只要有一颗善良的心，就一定会结出善良的果。

感恩之旅，一碗面一世情，危难时分的雪中送炭，温暖了我们两代人，这份情，我们永世难忘——探望陈立群。

感恩之旅，新年前夕的两元钱，让我们感受到最真挚的感情，温暖人心——探望陈连贵，与其夫人合影。

第十一章　陈家有子初长成

70年代后期可以说是社会变革的酝酿期和过渡期，期间有太多的变化、太多的事件。很多事情人们还没回过神来，就已经过去了，只能留待以后慢慢回味。

民以食为天，吃不饱肚子大家肯定要想办法填肚子。1978年，我们邻近的安徽省凤阳县马湖公社，从调动社员的生产积极性和克服劳动计酬中的平均主义出发，实行了"分组作业，联产计酬，定产到组，费用包干，超奖减赔，统一分配"的生产责任制。这种做法虽然还有许多条条框框，但就"联产计酬"这一条，就大大调动了社员的积极性。我记得，那一年，全国大旱，全县农业大幅度减产。但却从广播里知道，在那样恶劣的自然条件下，他们实行联产计酬的10个队，居然有2个增产，8个平产，没有减产的。他们的这种做法大大的鼓舞人心，其他生产队也都跃跃欲试，希望借鉴他们的方式方法，改变自己的生产模式。

不仅如此，据广播报道，凤阳县敢于从实际出发，对马湖公社的做法采取不制止，不宣传，不推广的"三不"态度，没有扼杀他们的积极性，同时多次派人去了解情况，帮助研究解决问题。在"联产计酬"政策的鼓动下，其他一些公社的部分生产队也都采取了各种不同形式的分组作业，联产计酬责任制。凤阳县委对各种生产责任制采取积极主动的态度。

不久，家庭联产的号角吹遍了祖国的每个角落，我们生产队也开始实行了生产责任制，全村的百姓都非常兴奋，大家都摩拳擦掌，期盼着大干一场，希望自己家的责任田里，粮食长的旺盛，有个好收成。现在想想，我们都很感激当时任安徽省委书记的万里。是他的勇敢尝试挽救了我们靠土地吃饭的农民。

十一届三中全会带来的最明显的好处是经济的解放。自1956年社会主义改造初步完成，以乡村经济为基础的中国社会经济活动，一直试行的是统购统销的计划经济模式。而这一次改革，新的经济模式也是从乡村开始，我们能很明显的感受到我们周围的氛围跟过去不同了，过去的以阶级斗争为纲转变为现在的以经济建设为中心。从我们天岗湖乡就可以很明显地感受到，人们开始走出家门，愿意与人有更多的交流，乡村的贸易也较之前宽松了。

除此外，改革开放给我们家带来的更直接的好处是终于可以摆脱多年来扣在我们头上的"富农"的帽子，这让我们全家如释重负。尽管家庭成分还是会有一些禁锢，但至少我们可以挺直腰杆做人

虽然生活艰辛，但我还很年轻。大步向前走，冬天就快过去了，春天还会远吗？

了，不用再因为家庭背景受人无故的排挤和欺负。伴随着改革开放的春风，家里的三个孩子也渐渐长大，他们都很听话、懂事，不让我们操心。他们是幸运的，没有赶上"三年困难时期"，虽然生长在物质匮乏的年代，吃的主食里一半以上都是窝头。但在少年时期和青春早期，他们赶上了改革开放并成为最先的受益者。可以说他们是生逢其时，在开启人生的关键时期，没有被耽误。

或许是"穷人的孩子早当家"，三个孩子都很听话懂事，从来不让我们操心。不仅如此，他们还会很主动的承担家庭的担子，帮我们做家务，想办法挣钱减轻负担，尤其是作为长子的光标，更是在党的政策的引导下，开动他的小脑筋，创造财富。

（一）"失败"的冰棒生意

光标三年级那年的暑假在他"一分钱，随便喝"的吆喝声中结束了。这次经历对于这个从小就不太安分的孩子来说，更增加了他的信心，感觉他的小脑袋瓜里每天都在打转，他还主动和我说起："只要肯动脑，只要肯卖力气，就会有收获，要想摆脱贫穷，就不能只是过着面朝黄土背朝天的日子。"暑假卖水不仅让他交了学费，帮助邻居小孩交了学费，还让他攒了一些"本钱"，我和献霞都没有强行的要过来，留给他自己去"折腾"。就这样，在四年级的时候，他的脑袋里又开始了新的"生意规划"。随着暑假的到来，他又开始想，要做些什么，怎么把"生意"做大。卖水虽然不需要本钱，但是赚的钱相对也就不多。这孩子从小就性子豁达，有胸襟和气魄，这次他说要做"投资项目"。

　　到底要做什么呢？我和献霞都不知道他是怎么想的，直到一天，我看到他开始忙起来了。先是跟我要了锤子、钉子，然后把家里的一个旧木箱"修补"了一下，里面放了些棉絮。又跑到他舅妈家，把她家那辆放了很久的旧自行车借来，光标兴冲冲的把车子骑回来的时候，把我和献霞都震惊了，感觉那车子比他都要高，真不知道他是哪来的力气去摆弄自行车的。车子弄回来后，他才跟我和他妈说了实情。他说："爸，你看去年暑假，我卖水是不是赚钱了，说明夏天天气热，太阳那么火辣辣的，人们肯定容易口渴。但那时候我只是赶上有集市的时候到集市上去卖给赶集的人，一个月也就那么几天可以做生意。而且，我感觉人们在夏天除了口渴外，还有更高的心里追求，那就是想尽一切办法让自己凉爽。你想，如果能在烈日炎炎的时候吃上一根冰冰凉的冰棒，你说他们会不会做我的生意？"

　　看着孩子信心满满的样子，我和他妈也都没有打击他的积极性。但是我心里清楚，这个生意没有他想象中那么容易。先不说，在那个年代，人们的物质生活是比较贫乏的，能吃饱肚子，确保一家老小不挨饿就已经不错了。冰棒在当时的农村绝对是一件奢侈品。再加上，我们村本身就比其他地方更困难些，十里八村都看不到一个卖冰棒的。如果家里孩子哭闹着要吃冰棒，就要竖起耳朵听着，碰运气，只有在运气好的时候才可能碰上一个走街串巷来自己村里卖冰棒的，而且这些人都是来去匆匆，可能你寻着声音跑出去，人家就走了。所以，光标这么做，虽然有市场，但还是存在很大的风险。

　　就这样，光标没有让自己的暑假闲着，又开始了他的"小生意"。他每天早早起床，骑着自行车去"进货"，那时候冰棒是要到生产厂家去取的，所以他每天早上骑车走上一个多小时进货，一角钱四根批发进来，市场上卖五分钱一根。这个差价看似不错，有很大利润空间，但实则我发现，这孩子每天装冰棒的箱子是空了，但好像没有拿回来什么钱，我开始也纳闷，想着难道这孩子偷偷把钱藏起来了？我和献霞开始担心他是不是赚了点钱就学坏了。后来，他表弟共产到我家来吃饭，聊天的时候，他告诉我，光标每天出去与其说是"卖冰棒"不如说是"送冰棒"。天气是很热，但是大人们喝点井水忍忍就过去了，其实最想吃冰棒的是那些年纪跟他差不多但是手里没有钱的孩子，他们每次都围着光标的车子，前前后后地打转，不肯离开，光标心地善良，心一软，把自己辛辛苦苦批发回来的冰棒都送出去了，所以，他赚不到钱。听到这些，我和献霞都笑了，心想这孩子，还真是让我们吃惊，他说要做善事还真不是说说就罢了的，真的是愿意持之以恒。

光标就这样执拗地坚持着，每天早早起，跑出去就是一天才回来。他为了让吆喝声更大，回家找了一节竹子，把中间那段挖空，串上绳子，这样一摇一摇的就能发出脆生生的响声。边摇竹筒边吆喝他的冰棒，希望让更多的人听到。因为两只手都拿着东西，他就把装冰棒的箱子用绳绑好，挂在自己的脖子上，这样一天下来，回家的时候，我看他的脖子上都勒出了一条条的红印子，看得我和献霞心里特别难受，劝他不要这样做，他总是笑着说："没事，这样卖效果好，人家听到我的竹筒声就知道我来了，有的早早就等在家门口，卖得比以前好。"看着他每天，满头大汗，愿意把冰棒免费送给没有钱的小伙伴，而自己却舍不得吃一根。

我这个做父亲的说不出来是什么滋味，既欣慰，又心疼。记得后来他都长大了，一次我跟他聊天，我问他当时为什么会那么做，每天送小伙伴冰棒，自己又舍不得吃，后不后悔。他说："爸，虽然那个生意，我没有赚到钱，但是我收获到了比钱更珍贵的东西，那就是很多好朋友，而且我体会到了分享的快乐。我认为我今天的成功，主要得益于我吃的苦特别多，吃的亏特别多。不要认为吃亏不好，其实吃亏是福。"我想当时生活的苦难和艰辛不仅让他学会了怎样在逆境中顽强成长，同时他把当时的不容易转变成了闪闪发光的财富，这是他一辈子的收获。

（二）他是弟妹的好哥哥

光标是家中的长子，所以我一直以来对他的要求更加严格甚至是苛刻。因为家庭成分的原因，我们做大人的在外面要小心翼翼地低头做人，必然也会牵涉到孩子，对他们的教育也难免受到我们自己为人处世方式的影响，这对他们人生观、世界观的形成还是不太好的，太早的让他们背负着担子活着，谨小慎微地做人。虽然光标对我的教育理念很不认同，他是个有拼劲，有闯劲的孩子，他渴望去改变，去争取，但又一次次被我扼杀了。他有胆识，有魄力，更重要的是他有责任心，有爱心。之前说了他对邻居家的小朋友都是无私慷慨，对自己家的弟弟妹妹那更是疼爱有加。

我印象很深刻一件事，这辈子都忘不了。那是他三年级的时候，那一年，春华也到了入学的年纪，只等着那年暑假交学费书本费，等待九月份开学。光标高兴得不得了，他想着自己的妹妹终于可以和自

兄弟、姐妹是漫漫人生路上的彼此相
扶、相承、相伴、相佐——感谢我们
能一同走过。

己一起去学校了，整个暑假都在给妹妹"补课"，告诉她在学校里会
遇到的人，遇到的事，会学到哪些东西。两个孩子"叽叽咕咕"了一
个假期，两张小脸蛋上面都写着憧憬和向往。但是，他们还小，在他
们庆祝的时候，却读不出我和他们妈妈心中的无奈和无助。那时候，
虽说日子好过了一点，那也只是能满足家里人吃饭没问题，但是要说
起孩子上学，我和献霞确实有点无能为力，当时有光标一个在读书
了，每个学期都要学费、书本费，再加上景标还小，平时要给他买点
有营养的东西，家里的开支已经让我和献霞压力不小了，如果再加上
一个孩子去上学，我们确实拿不出学费了。我俩就想让春华晚一年入

学，让家里的经济状况稍微缓一缓，正当我和献霞商量着怎么跟两个孩子解释的时候，那天，光标就兴冲冲的到学校去把妹妹的书领回来了，他跟老师打了张借条，说是先把书领回来，回头家长来交钱，学校老师就把书给光标带回来了。这可让我不知道怎么办好了，只好硬着头皮跟他们讲了实情，说让妹妹晚一年入学。光标听到后，当时就急了，说什么都不同意，一定要让妹妹正常上学，跟我们说只有读书将来才有出息，才有希望。无论我和献霞怎么解释，他就是不听，吵闹着说要跟人家借钱供妹妹上学。可是这孩子哪里知道，当时家里的状况即使人家愿意借给我们，我也不好意思张口，那个年代家里都穷，只有靠家里的那几分地维持，借了钱，不知道什么时候能还上，真的是不敢轻易开口了。

就这样，我们只有让春华在家等一年，卖了粮食，凑点钱再去上学。光标对这件事一直耿耿于怀，虽说春华晚上了一年学，但是光标每天放学回来都会给妹妹补课，把学校里学到的知识讲给妹妹听，妹妹不懂的他就一遍一遍地教。如果赶上亲戚邻居给他点好吃的，他都舍不得吃，留着拿回来给弟妹。光标很有做哥哥的样子，从来没有过像其他家的孩子那样争啊，抢啊，而是很用心地照顾弟妹，我和献霞每天去地里干活，回到家里看到三个孩子都乖巧听话，心里安慰了不少。

（三）家里走出个"少年万元户"

在苦与乐中，光标这一年的暑假又结束了，冰棒生意虽然没有让他赚到钱，但是他却收获了比金钱更加珍贵的东西。看着孩子的成长，我和献霞感到很欣慰，对生活也更加充满了希望。随着孩子们慢慢长大，感觉日子过得也更有滋味。每一年夏天，光标都会给我和献霞带来这样那样的惊喜与感动，又一年暑假来临的时候，这个孩子又开始转动他的小脑袋瓜想着新的策略，为自己赚学费，为弟妹攒学费，为家里减轻负担。

当时，大部分人家都是本本分分的农民，每天的生活就是面朝黄土背朝天地日出而作，日落而息，到月份向公社交公粮，剩下的自己计划分配保障一家人的正常生活，大家也没有想过做其他的副业。光标就看到了这一点，他发现那个年代家家户户在交完公粮后家里往往还有一些余粮，但是当时的粮食买卖不像现在那么自由，要想卖就必须去镇上的粮站去出售，很多人都嫌麻烦，懒得为那么点粮食跑来跑去，每天地里的农活都累得不行了，哪还有心情做这事，所以也就自己留着，最多也就是近的邻居间换换东西。不过，光标却从这上面发现了"门路"，他开始想着，既然一家的粮食少，农民伯伯懒得往粮站跑，那把一个村子的粮食收集到一起，那不就很多了，凑到一块儿再去卖，那不就可以了吗？

于是，他又开始行动了，决定贩粮，但是他没有本钱，从农民那儿收来粮，没办法及时把钱给交上，又因为他年纪小，大家都认为他还是个学校里的娃娃，谁敢轻易相信他，就把自己家辛辛苦苦种的粮放心交给他呢。于是，他那天跑出去找到了村里一位德高望重的长辈，为他做担保，就这样，他先从乡邻做起，有的十斤八斤，有的三五十斤，收过来的时候先欠着钱，等凑够了一定数量，他就拉到镇上的粮站去卖，卖完回家再把粮食钱按先前说好的价格给乡亲们挨家挨户送回去，他自己可以从中间每斤赚到两三分钱的差价。自己运粮食，那个时候的工具就还是之前卖冰棒陪着他风里来雨里去的自行车了。

那段日子，光标真的很辛苦，他要先将粮食一袋袋地从农户家里拖出来，自行车一次最多就装个两袋，两袋就是两百多斤。我们都知道，骑车的时候，如果车后座太重了，重心就会后移，人骑上去如果车把稍微扶不稳就会倒下去。而不骑推着走，则更辛苦，没走上两步，车头就会翘起来。我知道那份艰难，所以对于一个还没有完全长大的孩子，我看着更是担心、难受。

献霞好几次劝我让我去帮着光标一起弄，但是我总是碍于面子，感觉一个大人跟着小孩子搞这些，怕别人在背地里说我。再有就是富农的身份对我影响太深了，做什么事都是畏手畏脚的，担心这，担心那，说什么都不迈出那一步。献霞看怎么劝我都没用，要自己去帮光标送粮食，我也不让她去，我担心那样也会产生不好的影响。献霞拗不过我，拿我没有办法，每天叹着气，守在家门口等着光标回家。光标为了多赚些钱，可能一天要来来往往跑几趟，每天回到家的时候都是满头大汗，衣服都被浸湿了。还有几次我看到他衣服肩头那块儿因为长时间扛粮食都磨破了，装粮的麻袋就直接接触皮肤，孩子皮肤嫩，肩膀头那块儿都磨红了。我说要给他买件衣服，可他总是不肯，他说要把钱留起来给弟弟妹妹交学费。说实话，作为一个孩子，光标真的很少能体会到童年玩耍的快乐，他给自己太重的负担，太大的压力。我们做父母的完全没有说是为了孩子能赚到钱而欢喜，更多的是一种无奈和心酸。

光标这孩子，老实，勤快，懂礼貌，做事踏实，有信誉，所以，很快村里的家家户户都愿意把自己的粮食赊给他，愿意相信他。渐渐的"生意"做大了，有的时候板车装满了，一些人家的粮食就收不上了，原本答应了会去的，就因为车装不下失信于人，这让光标心里很过意不去，他回家后开始嘟囔着怎么样能更快更多的拉粮食，于是他跟我商量要把板车换成拖拉机，但是那个时候家里哪里有钱给他买拖拉机啊，他想了两天，跑回来兴奋的跟我说："爸，我不买，我去租。"在那个商品交易都不是很发达的年代里，这孩子能想到用租赁这样的经营模式，反正我是打心底里对他刮目相看，认为他真的长大了，脑袋里有自己的想法和思维，我不能再把他单纯的当做一个没长大的孩子了。

有了拖拉机，光标一次就能运送三千多斤的粮食，一趟下来就能赚到八九十块钱，这在当时可真不是一笔小数目。我和献霞都没有过多"管制"他，赚的钱都让他自己支配，他就每天把钱攒到一起，然后存起来。不仅如此，他每天回家还都不忘给家里买些鱼和肉，给弟弟妹妹买些小玩意儿，在那个能果腹就不错的年代，对我们村里的老百姓来说简直就是天大的奢望。光标靠着自己的智慧和努力让全家人的物质生活有了极大的改善，我和献霞都很开心，但最让我俩欣慰的还是，这个孩子不管怎么样，本质都没有变，能吃苦，勤劳善良，为人正派，从来没有因为钱的事跟乡里乡亲的发生矛盾，赢得了全乡人的好评，很多村里人见到我都对光标赞不绝口，这是最让我们做父母感到高兴的。

虽然汽车贩粮提高了速度，增加了运量，但随之而来的风险也增大了。有一天，光标和往常一样去拉粮食，本来说好了这是今天最后一车，卖到粮站就回家。可那天我和献霞一直等到很晚也没有把光标等回来。原来是按原定计划把一车粮食拉到一直做生意的那家粮站，光标说跟那家老板已经合作很久了，很放心，可那天不知道出现了什么状况，老板不收他的粮了，理由是他的仓库堆满了，就这么草草的把孩子打发走了。

但是已经是初冬，雇的拖拉机把粮食拉到的时候已经是接近晚上了，加上光标与老板商量的时间，眼看着天就黑了，没办法，他只好去另一家，可过去的时候人家也已经打烊了，天很快就黑了，雇的拖拉机时间到了，要赶回去做其他生意。生意人都是以赚钱为目的的，根本不管你是不是孩子，是不是遇到困难，驾驶员把一车的粮食卸在马路上，开车就走了，留下孩子一个人在离家几十里的地方。现在想想，在当时那种环境下，别说是个初出茅庐的孩子，可能就是个成年人也未必做到不慌不乱。屋漏偏逢连夜雨，正当光标傻傻的站在那儿不知道怎么办好的时候，天又开始下起了毛毛细雨，抬头看着天，阴云密布，一会儿会不会下大雨，谁都预料不到。

看着天越来越黑，光标还没有到家，我和献霞都坐不住了，我骑上自行车，沿着他每次运粮的必经之路找。终于，在夜色中，我看到了那个瘦小的背影，我看到光标正在一家一家的敲门说好话，请求把粮食放到人家的屋檐下，免得被淋湿，看着他小小的肩膀要一袋袋的扛着粮食，缓慢地移动着脚步，豆大的汗珠从他的额头滑落，我这心里揪着疼。马上下车跟他一起"转移"在雨中的粮食。等我们爷俩终于把所有粮食妥妥的安顿好后，天已经很晚了。后来没办法，我搂着他在粮食堆里熬了一夜，孩子睡着了我看到他浑身发抖，摸着头很热，好像发烧了，还一直在晕晕乎乎地说："你别走，把粮食拉走。阿姨，我不是故意的。"这些梦话，就这样，我们俩等到天亮才离开。回到家他也不休息，换了件衣服，就挨家挨户地去道歉、解释。终于等到把事情解决了，他回到家里，我看他小脸已经烧得通红，感觉他站都站不稳，一进门就倒在了床上。这次的经历虽然辛苦，让孩子也吃了不少苦，但是他没有跟我和他妈抱怨过一句，等病好了就重新开始了贩粮的忙碌。

再后来，光标不仅自己一个人做，还叫上了他的同学一起做。他读初二那年，已经有四个同学跟他一起在暑假的时候跑粮食，在我们附近的几个村子都小有名气了，很多人家都主动找过来要光标去收粮，后来光标又租了一辆拖拉机，两辆车同时出去跑。光标的生意越做越好，为家里生活减轻了不小负担，更重要的是赢得了大家的信任。

等光标初三那年，他告诉我他已经存了13700元了，当时真的把我和献霞吓了一跳，一个初三的孩子，要照现在看，可能还在爸妈身边撒娇要零花钱呢，光标却已经成为了家里的顶梁柱，可以帮着我们撑起家里的一片天。

（四）不妥协，做正直的人

看到光标小小的年纪就懂得要想办法，动脑筋，靠智慧和双手挣钱，我心里很欣慰，很满足。尽管周围的人都说，我是如何如何的幸运，有个好儿子，脑袋聪明，会想办法去挣钱，但是我心里最清楚，光标的收获不仅仅是靠所谓的小聪明，更多的是他的努力，他的勤劳，人们只看到他的成绩却忽略了他背后的辛酸。就像夏天捡垃圾去卖钱，这不需要动什么脑筋就可以做，但为什么就只有光标一个人坚持做下来，还不是因为夏天天气热，别说是出门捡垃圾，就算是坐在那里什么都不做，不一会儿的功夫，也会一身大汗的。更何况，夏天天气热，东西容易腐烂，发出来刺鼻的味道也不是所有人都可以忍受的。再到后来去卖冰棒，他为了吆喝声更大些，把提着都会感觉重的木箱子挂在脖子上，两只手互相敲打竹板，希望更多人听到。

就这样，在中午最热的时候，大家都躲起来纳凉的时候，他一跑出去就是几个钟头。每天回家的时候，脖子上都会勒出一条红红的印子，夏天汗水浸透着磨破皮的脖子，那钻心的疼痛也是很难想象的。第二天，脖子上的勒痕还没好，就又开始新一轮的叫卖，那可真是新伤加旧痛，别说是个没成年的孩子，估计就算是大人也会忍不住"嘿哟嘿哟"地喊疼了。

所以我说，光标取得的一切成绩跟他自己的勤劳、努力、肯吃苦是分不开的。他的贩粮生意让他成了村里的风云人物。可是在引来称赞声的同时也不免让人有些嫉妒甚至是记恨，一个小小年纪的毛头小子就能成万元户，这在当时是几乎没有的。所以一些人把光标贩粮的事添油加醋地传开了，更有一些人故意把这件事夸大成了囤积居奇，转手倒卖，恶意赚老百姓的钱，并把这些告到联防大队队长那里。大家都知道，在那个还没有完全开放的年代，个人在私底下买卖粮食是犯法的，可以被定义为"投机倒把"。联防队长听到后，哪肯放过这个机会，他知道光标赚了些钱，自然想捞点好处。就这样，他把光标叫到镇上，对他进行了思想说服教育，告诉他这样是违法的，要他想办法弥补一下，否则就要把他抓起来。那个时候光标还在上初二，一个学生，哪里懂得那么多的人情世故，

沉甸甸的勋章，是祖国人民对我最深的褒奖。

他就单纯的以为写一份检讨、态度诚恳的承认错误就可以了。没想到，当他要离开联防队的时候，队长要他到对门的自行车门市部买辆自行车送给联防队员工作用，这让光标慌了头。

那天晚上光标很晚才回来，我和献霞在家里踱着步，走来走去，心里始终不踏实，毕竟他还是个孩子，很多的事情他还不懂。加上他天生的倔脾气，我真担心他会冲动地做些傻事。没想到，随着夜色降临，有光标的消息传回来。邻居到我家来告诉我说："你家光标被联防队抓了，说他的行为是犯法的，可能要判刑。"听到这话，我和献霞都吓了一跳，献霞更是慌得没站稳，瘫软在地上。说实话，虽然当时我故作镇静，安慰献霞不用担心。但是我自己也慌了，一直以来"富农"身份的压迫，让我对于这些政治罪怕了。好不容易解放了，特别担心自己的一个不小心又被扣上什么帽子，再次过上从前的日子。我马上出去找光标，心里更着急的是他一个孩子，哪里应付得了联防大队的盘问和审查。没想到，正当我往外走的时候，看到光标气鼓鼓的到家了。我和献霞赶忙迎上去问他到底发生了什么，他说："联防队长说我是投机倒把，扰乱社会秩序，要我给队里买两辆自行车才肯放我回来。但我想我也没做错什么事，都是靠我的双手挣钱的，没偷没抢，乡里乡亲的也都是相信我，才会把粮食交给我卖的，他凭什么说我有问题。我告诉他手里没有钱，就没给他买。后来，他实在拿不出证据说我有问题，就把我放了回来。"

看到光标平平安安回来，我和献霞总算是舒了口气。但马上，我们就有新的担忧。光标这么小的年纪，就承担了这么大的"罪名"，他以后在村子里怎么生活，到学校会不会被歧视。果真，我的担心发生了。虽然光标是安然无恙地放出来了，但事情却远没有结束。那个时候的联防大队相当于现在的派出所，被叫进去训话的人多半没什么好人，再加上光标贩粮的事十里八村都知道。他这样在众目睽睽下被带走，其他人心里必定要犯嘀咕，不可避免地戴着有色眼镜看他。在村子里，家长都不让自家孩子跟光标走得太近，说他思想有问题。甚至，光标走在路上都能感受到来自四周的指指点点，这让一个十几岁的孩子哪能承受得住。

谣言不可怕，最可怕的是一而再再而三地传谣言，那时候人们都没什么消遣，赶上谁家摊上了事，哪肯轻易放过。原本一件很简单的事，被一些好事者添油加醋，以讹传讹，说得越来越夸张，甚至上升到政治层面，把光标说成了敌对分子。这样一来，原本想通过光标卖粮的人都躲得远远的，再也不敢找他了。经济上受损失倒没什么，我和献霞最心疼的是让这么小的一个孩子背负这么大压力。看着原本阳光开朗的孩子变得郁郁寡欢，我们俩心里特别不是滋味。

这件事在光标成长的路上留下了很重的一笔，让他知道了过去不了解的人情世故。从这件事上，我看到了这个孩子的耿直，即使自己受委屈也不肯妥协的倔强，这一点让我们很欣慰。后来，我和献霞不停地开导他，给他鼓励，告诉他那么做是正确的，父母都很支持他。慢慢的，村里人也都淡忘了这件事，而且他们发现，所谓的"投机倒把"的光标根本不是那个样子，他很正直，在贩粮的时候也从来没有差过乡亲们一分钱，之前那只是误会。就这样，他们对光标的态度变了，不像过去那么苛刻，加上家里人的陪伴，光标慢慢走出了阴影，依旧像过去那样，每天都开开心心的，脸上重现了笑容。

（五）第一堂"生意课"

卖水、卖冰棒、贩粮，光标总是想出各式各样的点子去挣钱，光标在我们这儿也算小有成绩，他自己也很开心，最关键的是在这个过程中不断增强了自信。我很欣慰的，虽然他小时候也受到"富农"身份的牵连，但这并没有击垮他的信心，做起事来没有畏手畏脚，反而促使他更加有干劲。但我心里明白，光标之所以前面的"生意路"那么顺畅，是因为这些都是在我们乡里做的，乡里乡亲的都朴实善良，不会欺骗他，如果真正走向社会，可就不那么简单。果真，当他决定走出天岗湖去闯一闯，第一次的生意就给他当头一棒。

我记得也是他初中的一个暑假，他又开始琢磨着怎么在假期做点事。不过这一次，他把目光从天岗湖转向了外面更宽阔的世界。此时改革开放的号角已经从珠三角传到了长三角，尤其是温州那一块儿，靠做生意富起来的人越来越多了。光标看准了这一点，拿着前些年攒的钱坐上了去温州的客车。走之前，我还特地嘱咐光标，让他一定要小心谨慎，出去了不比在家里，凡事都要留个心，他为人老实善良，我真的不放心他一个人出去。但是，毕竟孩子要自己长大，我和献霞也就没多说什么，让他去了。

没多久，光标就回来了，兴冲冲的回到家，还没进家门，就听他喊说自己买到好东西了，让我出去看。我看见这孩子手里提着大包小裹，满脸的汗，我赶忙接过来，打开一看原来是棉布鞋，仔细看，发现外面是牛皮做的，看着很结实，最关键的是样式漂亮，以前在天岗湖是买不到的。我知道这鞋价格肯定不便宜，所以担心如果价格高，外面村里的百姓不会买。正当我犹豫的时候，光标好像看出了我的顾虑，他笑着跟我说："爸，这鞋是我从一家专门搞批发的人那里买的，你不知道，这种鞋在外面卖得贵，但我是批发过来，那个老板人特别好，他看我还是个孩子，说我也不容易，就给我的价格便宜了很多，这一双的批发价才三块五。"

我一听，也震惊了，按当时的市场情况，这种品质的棉鞋市场价可能要在二三十块钱一双，这孩子三块五一双就买回来了，这不是捡了个大便宜。但我心里始终觉得这里面有问题，在犯嘀咕，情况应该没那么简单。可是看到孩子喜气洋洋的样子，也就没打击他的积极性。光标把这鞋送到村里的小卖部去卖，一双鞋要五块五毛钱，这个价格也比较便宜了。五块钱就能买双棉布鞋，而且样式也好看，销量自然很好，没几天就把他从温州买回来的货卖光了。

没想到，我的担心真的是有道理的，光标数着自己挣来的钱，高兴了没几天，事情就有了变化。那几天连着下雨，地里积水活着泥，路很不好走。结果，村里的人穿着光标卖的棉布鞋在水里走，没几天就开胶了，有的严重的鞋底都掉了。这时我们仔细一看，原来看起来所谓的牛皮鞋其实是用纸浆浆糊弄成的，完全是骗人的东西。这一下，问题严重了，买鞋的人纷纷找到光标要求他退货，说他心肠黑，故意卖假货骗人。

突如而来的质问甚至是责骂让还未成年的光标怎么受得了，更何况他也是受害者，他也是被那些不良的商人欺骗了。家里发生这样的事，我这个做父亲的，不能坐视不管。首先，我要安稳光标的情绪，虽然他不是故意的，但是事情发生了，毕竟大家的鞋都是从他那里买的，他就有责任给大家赔偿。紧接着，我就带着光标记好账，挨家挨户地道歉、赔钱。把所有的货款退回去后，光标终于不用背负着"骗子"、"黑心鬼"的名号，总算是可以睡个安稳觉了。

但是，等这一切都处理好，光标看到自己辛辛苦苦攒的血汗钱一夜间被骗个精光，难受的样子很让我心疼。这种事别说是要一个孩子承担，就算是发生在成年人身上，我想也没有几个能坦然面对的，这给光标的打击很大，总是责备自己，连着几天吃不下饭，也睡不踏实。看到孩子这个样子，我们做父母的怎能不难受。本来，挣钱养家就不是一个孩子该操的心。光标已经做得很好了，很让我们省心，发生这样的事，他也不想，心里一定难受的不行。我就把他叫到身边，跟他说："孩子，你还这么年轻，能做到你这样的已经很厉害了，让我和你妈很欣慰了。你太善良，第一次出去被人骗也可以理解，骗了就骗了，我们就当买个经验，以后还有的是机会重新开始。别害怕，吃亏是福，我和你妈都支持你。"就这样，光标慢慢走出了阴影。

小时候发生的事给孩子留下的印象最深刻，我很担心这件事会给光标烙下不好的印记。不过，很幸运，光标又一次战胜了自己，这件事情过去后，他没有一点的抱怨和失望，也没有我担心的开始对其他人不信任。尽管自己被骗，他没有把这个完全当作一个可怕的事看待，他还是很乐意去帮助其他人，也愿意去相信其他人。后来他跟我说的一句话，更让我对这个儿子刮目相看，他说："我就把这个经历当作是自己吸取经验教训的过程，我相信

彩虹出来了，张开双臂，用爱与智慧去温暖周围的每一个人。

人性本善，世界上的大部分人还是善良的，我还会一如既往的帮助别人。"

（六）雷锋的忠实粉丝——小小电影放映员

60年代，伟大领袖毛主席题词"向雷锋同志学习"，那时候各乡政府都有高音喇叭，我们总能从里面听到《人民日报》社论，各地源源不断的胜利喜讯。雷锋精神被提出后，我们乡政府的广播，家里的收音机都在宣传雷锋大公无私的奉献精神。他把自己生命的每一分热，每一分光都无私地奉献给人民，把有限的生命投入到无限的为人民服务之中去。在那个年代，雷锋精神给我们极大的鼓

舞。伴随着光标慢慢长大，雷锋精神也深深影响到他，他很佩服雷锋，总是跟我说也要做一个像雷锋一样的人，以帮助他人为乐。当他知道雷锋会把自己每天做的事写在日记本上后，自己也效仿着回家后做日记，把他在学校里因为学雷锋做好事而受到的老师的奖励和同学的称赞都记下来。每天放学回家，都是哼着"学习雷锋好榜样，忠于革命忠于党……"即便是提着箩筐下地干活，嘴里也还是念叨这几句话。

尽管受到过误会甚至是曲解，光标始终没有放弃为村里人做贡献的想法。当他靠着自己的劳动有了一定的存款后，不是自己去买吃的、穿的，也不是跑出去胡乱花钱。出乎我和献霞意料的是，他到镇上为全乡买了一台电影放映机。当他把这个机器背到家的时候，我和献霞都愣住了，不明白他的小脑袋瓜里又在琢磨什么，他跟我们说："平时生活太单调了，你们平时干活那么辛苦，我晚上给大家放场电影，可以放松一下。"在那个年代，电影放映机可是个奢侈品，要七百多，可以够一个家庭生活一阵子。说实话，我真没想到光标能有这个勇气去买这个大物件，更没有想到的是，他给村里放电影都是免费的，他说自己什么都不图，就想让乡里乡亲有个聚在一起，聊天放松的机会。

从此，我们乡里多了一个小小电影放映员，那就是还在读初中的光标。每当节假日，或是天气比较好的晚上，他就背着电影放映机往各个村子跑，十里八村都能看见他的身影。夜里路不好走，尤其是下雨后，那路都是坑坑洼洼的，泥泞不堪，好几次回来的时候，看他衣服上都沾满泥土。经常是一天都吃不上一口饭，晚上还坚持给大家放电影。我和他妈劝过他几次，别把自己累垮了，但是他不听，他倔强地说："爸，你不知道，大家看到我去放电影，都特别开心，尤其是每当看到我带着片箱子到村里的时候，都会有小孩子们欢天喜地地跟着我追着问我今天是什么片子，什么时候挂帐子（拉起荧幕）。等到天黑了，我看很多都是全家人背着板凳，拿着衣服，来到学校操场看我放的电影。"我印象特别深刻，光标放的第一部电影就是他最喜欢的《雷锋》，33个村子一个也没落下。放了33遍，他也看了33遍，雷锋精神真是深深地刻在他的脑海里，也印在了他的心里。

当时我们农村经济不好，更不像现在有各式各样的娱乐设施。很多时候晚上连电都没有，大家就这样黑灯瞎火地过着无聊的日子。光标的电影放映机在很大程度上丰富了我们的生活。现在他那部电影放映机还留着，也算是个纪念。那个时代，放映机也堪称是奢侈品。光标经常跟我说："是天岗湖养育了我，乡亲们对我都很包容，很善良，对于这份感恩之心我从来不敢忘记。所以我要懂得去回馈社会和那些帮助过我的人。"后来光标又告诉我他自己要做到的"五个不能忘"，听到后我感到很震撼，对这孩子产生了一丝敬佩之情。他说："我觉得人应该常怀感恩之心。人生在世，有五个不能忘：一是不忘父母的养育之恩；二是不忘兄弟姐妹的手足之情；三是不忘老师的培养之恩；四是不忘亲朋好友帮助的滴水之恩；五是不忘回报社会。"光标是这样说的，在以后的人生路上也确实是这样做的。

小手笔，大动作，光标凭着自己的聪明才智，靠着吃苦耐劳的打拼，每次赚回的钱都会让人刮目相看，尤其是这次买放映机，这么大的举动，乡里很多人都说这孩子犯傻，花那么多钱买放映机，还免费放电影给大家看，多划不来。如果有那么多钱，攒起来盖房

千个雷锋在行动，向雷锋同志致敬。

儿子做得对，我们也来出份力，

子，娶媳妇多好啊。其实每次看到光标挣钱回来，我和献霞心里也犯嘀咕，想着把那些钱留下来，但看到孩子兴奋的样子，想着他善意的举动，我们又一次次的妥协，实在是张不开嘴啊。现在想一想，如果当初我们把他这么美好的想法扼杀在萌芽中，那么今天我们陈家也走不出这个全国首善，也不会有那么多人得到实实在在看得见、摸得着的帮助。

雷锋精神提出后，不仅影响了我们那一代人，也一直延续到今天。尤其是对光标，童年时就把雷锋视作自己的偶像，年复一年，日复一日，时至今日，他仍然要求自己做个当代的雷锋。前些日子还带着我和他妈一块去学雷锋，我们都穿上了"雷锋装"，当时很多人质疑又说光标是在炒作，我也有过困惑，儿子这么做到底是不是对的。后来他跟我解释说："爸，你没发现，现在一些人受拜金主义、功利主义的影响，过于看重金钱，甚至眼里只有钱，人与人之间变得很冷漠，这是很可怕的。我这么做就是想呼吁社会上人要注重感情，呼唤助人为乐，希望更多的人能继承并弘扬雷锋精神。"听到孩子这么说，我很赞同也感到欣慰。我和献霞为了支持他，就跟他一起穿上了绿衣，共同倡导学雷锋、做好事。

（七）破碎的当兵梦

我记得我读书的时候，有一次语文课上，老师命题一篇作文，题目是《我的理想》，同学们纷纷开始在自己的作业本上勾画自己五花八门的理想。有的希望成为科学家，有的希望成为军人，有的想做工人，就是没有写农民的。但是对于我来说，富农子弟的唯一路径就是回家种地。当兵是当时人们神往的，这是跳出农坛的一条捷径，但身为富农子弟的我是想都不敢想的。摆着我面前的只有回家种地。何况，即使我有其他梦想也不敢写出来，一旦写出真实的想法，会被批判是痴心妄想，亦或是图谋不轨。

光标打小就对解放军有一种憧憬，尤其是知道了雷锋的事迹后，更把他视为自己的偶像，希望长大后也能走进军营，成为一名光荣的解放军战士。光标上了初中就开始一天天数着过日子，盼望自己早点到十八岁，就可以当兵了。可终于盼到了那一天，他到乡政府申请参军，却由于我们家过去是"富农"，没有批准。知道这个结果后，他很沮丧地回来，到家后几天都是闷闷不乐的，吃不下，睡不好。我特别能理解儿子的心情，毕竟他没有错。坚持了这么久的梦想，单纯是因为家庭出身就打入不可翻身的地步。

这一次打击并没有让孩子死心，又到了一年一度的征兵日，他又去政府申请要参军。这一次依旧是同一个原因，没有通过政审。光标看到没有希望了，就求工作人员同意他入伍，他说那是自己的梦想，他一定会好好珍惜这个机会，锻炼自己，报效祖国。工作人员看到光标这么执拗，想了一下对他说："光标啊，你看你这么想进军营，我们可以成全你。你看你卖粮一定挣了不少钱，那就给我们买两条烟吧，买了我就让你通过，实现你的愿望。"光标一听这话，很生气，这不就是故意刁难他，他的倔脾气上来了。他想这就是威胁啊，他又一次没有妥协。他回来跟我说："解放军是最廉洁无私的，他们居然以这个做为要挟，我怎么能轻易低头。"我心里清楚，如果不是家庭成分，光标其他的条件都符合入伍要求，肯定早就如愿以偿了。我心疼孩子，是家庭出身害了他，我想安慰他，却不知道怎么开口，只好陪着他，多给他鼓励，让他好好学习，将来在学习上也可以有出息。

（八）重整旗鼓

我们所面临的生活境况无论是好还是不好，都已是摆在我们面前的事实，而且它的发生和存在自有它本身不能左右的原因，而对此最理智的态度就是承认，过好自己的每一天。

从小我就跟光标讲，生活中不只有快乐，也会有痛苦和悲伤。我告诉他快乐时无须大喜大欢了，因为快乐的长度并不长；痛苦时也无须大悲大痛，因为痛苦的长度也不长。就像他经历的这几次挫折，被联防大队审查，买布鞋被骗等，我都会第一时间的去疏导他的情绪，积极引导他朝好的方向想，他也很让我省心，一次次的困难没有打倒他，反而让他更坚强。

光标生在天岗湖，长在天岗湖，这片土地给了他最初的养分，让他茁壮成长。在这里，他卖水，卖粮，淳朴善良的乡亲们给年轻的他时间去学习如何做生意。尽管卖棉布鞋让他体会到失败的滋味，但是乡亲们的信任和支持又重新点燃了他前行的动力。打那儿以后，光标又凭借着自己以往的好信誉再次做起了生意，卖粮、卖花生。当时光标手里已经没有本钱了，可以说是先从农户家里赊来粮食，等他卖了后才有钱给他们送回去。比起那些先给钱再运粮的人，光标一点优势也没有。但因为他过去他从不拖欠乡亲们的钱，给乡亲们留下了诚信的好印象，在我们天岗湖是有口皆碑的。所以，大家还是愿意把自家的粮食攒起来给光标卖。后来，他又开始

宝剑锋从磨砺出，梅花香自苦寒来。相信自己，未来会更加美好。

收花生，这一次，他不仅是卖到县上。他听说安徽那边价格给的高，就一路把花生卖到了安徽去。这样，他靠着辛苦的劳动，不仅让自己走出了困境，也带着全乡的老百姓有个好收入。

伴随着改革开放的春风吹遍祖国的大江南北，人们的思想开始转变，人与人之间的走动越来越多，也都不愿守在老一辈的土地上，想走出去看看外面的世界。光标这两年走南闯北的，也放开了眼界，他发现如果仅仅把眼光放在天岗湖上，会错过很多东西，所以他要去泗洪县看看。我很赞成他的想法，就让他去了。没想到，这个敢想敢做的孩子这一次又做出了个让我震惊的举动，开回来一辆面包车。我问他是怎么回事，他说："爸，我这一路看，发现好多人都不再把自己钉在土地上，都想出去闯一闯，我买个面包车回来，跑客运，就天岗湖到泗洪，肯定有生意。"不得不说，光标这孩子的脑袋是灵活，想得多，反应的快，能马上发现"商机"。

推土机、挖掘机，这是一份事业，更
是一份热爱。

我宣誓：低碳环保，我可以做到——江苏黄埔再
生资源利用有限公司举行"员工无车日"活动

果然如他说的，我们天岗湖越来越多的年轻人要出去闯，都坐他的车，生意还不错。赶上生意不太忙的时候，他就会拉上我和他妈到泗洪县去逛逛，给我们买点天岗湖没有的新鲜东西。坐着儿子的车，我和献霞感到特别幸福、知足。

世上没有永远的幸福，也没有永远的厄运。在快乐中我们要感谢生活，在痛苦中我们也要感谢生活。因为生活原本是美好的，生活的艺术就是学会在失去一切的情况下能做到容纳一切的本领。生活本身既不是祸，也不是福，而是祸福相依的容器，关键在于我们想把生活过得怎么样。

第十二章 光标，沐浴在改革开放下的幸运儿

现在回忆，80年代真是一个一言难尽的年代。虽然她已离我们远去，但每一个经历过那个年代的人心中都有无数个情节。因为80年代发生的事情太多，变化太大，在我们古老的中国是史无前例的，以至于需要我们要用一生去感恩，去回味。由于改革带来的物质和精神生活的改善，社会上弥漫着比较乐观的情绪。随着进一步的开放，外部的各种思潮纷纷涌入。"时间就是金钱，效率就是生命"已经成为广泛的共识。改革开放的春风也吹到了天岗湖，掀起湖里层层涟漪，也吹动了家里每个人的心。

在新时期，我们全家人共同努力，克服了重重困难，创造属于我们家的快乐与辉煌。尤其是光标，更是在这个充满机遇与挑战的年代，发挥自己的聪明才智和顽强拼搏的奋斗精神为我们家带来了一个又一个惊喜。难忘80、90年代，感恩80、90年代。

（一）砍芦苇，编褶子，盖瓦房

到了八几年的时候，家里孩子都长大了，过去的土房实在没办法住了，我和献霞商量着必须要重新盖房。但家里没有足够的钱，

要想办法尽快凑钱。那个时候，天岗湖里的芦苇很多，长得也很旺盛，砍下来晒干，编成褶子可以拿到集市上去卖，虽然卖得便宜，但是我们只需要砍湖里的芦苇，是没有成本费的。就这样，我们全家开始了新的工作，在河里砍芦苇。其实，当我们做了一些拿到集市上卖点钱后，就有人也想这么干。说心里话，这个活虽然一没技术，二没成本，比较好干，但不是谁都愿意去的。要把自己泡在水里砍芦苇，有的时候一站就是大半天，上来的时候，两条腿都没有了知觉。晒干后去编褶子也没想象那么简单，干芦苇非常锋利，一不小心就把手刮破了，编起来也不方便，一天也编不了几个。所以，最初跟我们一起去湖里砍芦苇的人，干了两天就都放弃，不来了。

砍芦苇，编褶子这段时间，都是我们全家人共同奋斗，不仅是我和献霞，光标、春华、景标都过来帮忙。尤其是光标，在这个时候，更是发挥了他作为家中长子的带头作用。每天都是吃过饭，第一个拿着镰刀到湖里去，干上就不愿意停下来。我和献霞看着心疼，劝他上来歇一歇，他也不肯。有时候我在想，我和献霞这辈子最大的幸福应该就是有三个勤劳、懂事的孩子。他们身上没有一丝好逸恶劳、贪吃懒做的坏毛病。一直以来，我给他们强调的做人要踏实肯干，靠自己的双手创造财富的斗志，他们三个都记住了，也做到了。在全家人的共同努力下，卖褶子的钱加上之前家里攒下的钱，凑在一起，我们终于可以在村里盖瓦房了。我记得，房子落成那天，全家人都非常开心。房子虽然不大，但那是我们共同努力的成果，从那天起，我们总算是有了一个夏天能遮阳，雨天能挡雨的家了。

谢谢你们，我最可爱的孩子们——光标手中拿着少数民族学生写给他的感谢信。

给灾区同胞送温暖——光标向舟曲捐赠16台大型机械设备和2000台电脑。

万众一心，众志成城，兄弟们，我们一起加油——光标在对西南抗旱打井队员进行动员。

兄弟们，西南抗旱，加油，我等着你们胜利的消息

条件好了，我们搬了家，旧房子就放在那儿。后来，我知道我们村一户人家条件不是很好，加上又刚生了个小孩儿，一家四口还住在一间很破的房子里，日子过得紧巴巴的。我就跟献霞商量，邀请他们到我们家去住。虽说屋子旧了点，但也比他们之前住的好许多。就这样，我们家有了新主人，有人住，屋子也就热闹了。旧房子离我们现在住的地方也不远，我和献霞平时散步也会经过。赶上家里有人，都会很热情地让我们进去坐，每次走的时候都要给我们拿东西，还多次提出要交房租。可我和献霞一次都没有要，我们知道他们家日子过得也紧，好不容易收点粮食，挣点钱，一家四口要用，关键还有两个孩子，我们哪忍心要他家的东西啊。光标知道这件事后，也很支持我们，每次回来，也会给他们家送去点东西。

我怕他们有心理负担，总会跟他们讲："你们就踏踏实实在我这儿住着，只要你们不嫌弃，想住多久住多久。我们家过去的老房子就是乡亲们你一砖，他一瓦，帮忙盖起来的。现在，我们能做点事儿，心里也舒服。"因为，每次去，他们都要不停地说感谢的话，还要给我们拿东西，弄得我和献霞每次路过都要绕开走。我想，有缘能帮助人，是一种福气，只要我们有能力，我愿意去做一些事，爱心真的是可以感染人，可以传递的。

（二）电鱼的那些年

大概是在八几年的时候，我们这儿出现了很多"电鱼的"。这个天岗湖地处安徽江苏交界处政府管理不统一，湖里野生鱼种类丰富，又正好赶上农村"改革开放"这个潮流，两边的村子里就出现了许多打鱼主意的人——"电鱼的"。他们以家庭为单位，乘一两条小船，拿着专用工具在湖里打捞。其实"电鱼的"装备都很简单，就是一个电耙和一个电压器，"电鱼的"把电压器放在船上连接到电耙上，船头上站个人拿着电耙往水里搂，船尾的人就拿着渔网把电晕后翻上水面的鱼捞上船。

在电鱼这个行当刚刚兴起的时候，光标就曾参与其中。最初他都是独自一人驾船去湖上打捞，后来他发现湖里鱼多肥美之后就经常带着景标一起去，我那时也偶尔去一次。后来"电鱼的"越来越多了，光标就选在夜晚去。每天忙碌大半夜能打捞四五十斤左右，第二天我和他妈把鱼拿到集市上去卖，一天能得个四五十块钱。夏天的晚上最好逮鱼，尤其是在长芦苇的地方，鱼比较多。虽然看着容易，但真正做起来的时候，发现没那么简单。晚上的时候在湖里，周围黑压压的，看不清楚，很没有安全感，都不敢坐在船头，后半夜最累、最困的时候也不敢睡觉，担心自己一个不小心就掉下去了。后来安徽那边村子里"电鱼的"也都来到了天岗湖，两地政府意识到电鱼的危害性，开始治理这个事情。光标眼见电鱼没有出路了，就放下电耙去了南京。

其实电鱼这个事儿还是很危险的，我们村东头就有一对父子电鱼的时候因为电耙漏电电到自己后掉到湖里而死掉了，这种"意外"也在一定程度上加大了政府对电鱼的管制，后来"电鱼的"就越来越少了。主要还是因为电这个东西有一定的危险性，在你用它打捞鱼虾的同时，自己也往往处在危险中。

（三）光标只身一人闯南京

相信自己，每个人都有自己的用武之地，拿不到元帅杖，就扛起枪，没有枪，就找一把铁铲。只要你想努力，想奋进，想创造一番事业，那总会有一件事情适合你，只要你坚信"天生我材必有用"，就有动力迈向成功。

光标凭着自己诚实守信的准则和吃苦耐劳的作风再一次闯出了自己的一片天地，但他总觉得在天岗湖，甚至是在泗洪发展都是有限的，他始终忘不了自己走出天岗湖看到的大千世界。于是他和我商量，想去南京发展，说那边改革开放的时间早，开放程度大，机会多，他想到大城市去闯一下。说实话，我当时很犹豫，一方面担心他年纪还小，很多方面还不是很成熟。在家里遇到点事还有父母在，可以陪着他，跟他有个商量，要是出去了，受了委屈都没个发泄的地方。另一方面，我还是考虑到他的社会经验还不够，虽然看起来，他脑子灵活，是个做生意的材料，但那是在天岗湖，在自己家门口，乡里乡亲的都不会坑他、害他。可一旦走出去，人心险恶，真的不知道会发生什么。上次棉布鞋被骗让他难受了那么久，赔点钱倒也没什么，还可以想办法挣回来，万一孩子想不开，心里别不过来这个劲，出点什么意外，这可让我们老两口怎么办。

光标一副信心满满的样子，又拍胸脯保证自己一定会注意安全，而且定时给家里报平安，说他不想一辈子待在天岗湖，恳求我让他出去看看。我实在是拗不过他，想着现在改革开放的号角吹得那么响，孩子大了也有自己的想法，我不能再用老一辈的观点束缚他。我这一生都交给了不会说话的黄土地，父母辛苦供我读书，一天也没用上。好不容易，光标赶上了好时候，不用再受家庭成分的制约，可以凭自己的本事闯，我怎忍心再耽搁他。就这样，他揣着献霞给的二百块钱，拿着几件换洗的衣服简单装个行李就出发去南京了。

让我没想到的是，走的时候，他还不忘把自己上学时候的课本带上，他说他想继续学习，他一直憧憬着可以读大学。听他这么说，我心里别提有多高兴了。我的父亲就喜欢读书，在那个年代也读了私塾，写得漂亮的毛笔字。父亲把他的好习惯传递给了我，从小我就痴迷书本，尽管当时条件不好，父亲也是想尽一切办法让我读书。到了光标这一代，我原本很害怕他们会因为从小被扣上的"富农"标签，会因为怕同学欺负而抵触去学校，进而影响学习。可没想到，我担心的事不但没有发生，他们兄妹几个都很珍惜学习的机会，更没想到，我一直当做孩子看的光标比我有抱负，想读到大学，若真能这样就太好了，那可是我多年的心愿啊。

光标到了南京后，人生地不熟，又没有熟人关照，日子自然过得苦。他总是会定时给家里打电话报平安，每次我和献霞问他过得怎么样时，他都嘿嘿笑着说过得好，吃得好，住得好，不让我们担心。要给他寄钱，他总是不要，告诉我们他自己可以打工挣钱。我能感觉到，这个孩子有骨气，他不想让家里担心，所以总是报喜不报忧。

这样的日子过了几年，突然有一天，光标没跟家里打声招呼就跑回来了，兴高采烈地，还给我们拎了好多东西。我问他是怎么回事，他神神秘秘地从包里拿出一张证书，我定睛一看，上面写着，南京中医药大学。直到今天，我也忘不了当我手里拿着儿子大学毕业证书时的心中的欢喜，那种喜悦是无法用语言来形容的。

靠读书出人头地是我们几代人的梦想，但由于种种原因，我和父亲的读书梦被一次次扼杀在摇篮中，没想到光标凭借自己顽强的意志和不懈的努力完成了我们几十年的愿望。他给我们陈家争光，是我们陈家的骄傲。我记得那天献霞激动得留下了眼泪，手一遍遍摸着那张证书，始终不肯放下，春华和景标也很高兴，争着要看。我更是屋前屋后反复踱步，一边兴奋地想这证书一定要找个好地方高高挂起，一边又在想第二天一定要到祖坟上，把这个好消息告诉光标的爷爷奶奶，让他们看看自己的长孙长大了，出息了。

光标总是能给我们这个平凡的家庭带来惊喜，这一次更给我们带来了希望，寒门学子终于走进了大学这个象牙塔，这让多少人羡慕啊。但是我知道，这其中的艰辛只有光标一个人体会得到。

（四）坎坷创业路

90年代，随着小平同志宣布"发展才是硬道理"的号召，改革开放的步伐进一步加快，国家经济取得了巨大成就。那个时候，真是一天一个变化，让人眩晕更让人兴奋。拿着医学院毕业证书，从象牙塔中走出来的光标，又一次做了一件让我和他妈意想不到的事。他辞去了原本稳定的工作，跟我们说他要"下海"经商。他说："小平同志都让我们'胆子再大一点，步子再快一点。'如果每天安于坐在办公室里，怎么去创造价值。"看来光标已经被改革开放的春风"吹醒了"，热血沸腾，好像谁也阻止不了他出去闯的步伐。还有什么办法，我再一次妥协了，支持他出去闯。但毕竟对于社会，他还太年轻，离开家之前，我特地嘱咐他，要照顾好自己，如果遇到难处，记得跟家里说，家是他最坚强的后盾，永远支持他。

然而，一个初出茅庐的小伙子，没有背景，没有熟人，在南京这样的大城市，要想靠自己打拼，闯出片天哪有那么容易，要吃的苦，要遭的罪，我和他妈都能很难想象得到。但每次他给家里打电话的时候，总是告诉我们他自己一切都好，不用我们操心。我说要给他送钱去，他也执拗的不要。那个时候，我和献霞最盼望的就是过年，因为平时他也忙，再一个也为了省车费，回家次数少。到了过年，几个孩子都会提着大包小裹的东西往家赶。我跟他们说了多少次了，只要回家就好，家里什么都有，不让他们买，可就是不听话。尤其是光标，每次回家，我都明显感到他比以前又瘦了，一看就是吃饭没营养，我让他多给自己买点好东西，他不肯，攒了点钱，全给我和他妈还有他弟弟妹妹买年货了。

我记得，光标去南京那几年，每次回来，都给我们带新鲜东西，都是在我们天岗湖看不到的。给弟弟妹妹买的也都是家里实用的东西。记得有一次，他特地给家里的每个人都买了身衣服，在当时，是很时髦，很洋气的。而他自己，依旧穿着那条洗白了的牛仔裤。这孩子还是那个脾气，舍得给别人花钱，对自己永远那么苛刻。后面的两年，我能感到光标过得很辛苦，过去他每次回来的时候都会到邻居家去逛逛，看到小孩子在家的都会发些糖果，但这几次他回家，都是要晚上摸着黑进门，早上天没亮，他就走了。我问他怎么不多待会儿，他总说忙。但我们做父母的最懂自己的孩子，他是觉得自己没有"混"出模样，不好意思让村里人知道。年轻人的自尊心在作祟，我和献霞也没有去阻拦他。

光标继续一个人在南京闯荡，但我和献霞都不放心。有一次，光标几天都没给家里打电话，这种情况以前没有发生过，他就算再忙也会抽出时间给家里报平安。献霞有点坐不住了，他让我去南京看看光标，给他送点吃的，带点钱给他。我到的时候已经是晚上了，我在南京新街口邮电局的走道里看到了光标。他白天出去找事做，晚上就在地上铺张席子睡。看到孩子为了改善家庭环境露宿街头，从南京回来的路上，我不时地扪心自问，我们给了孩子只是生的命，活的命都是他们自己努力抗争的，这叫我们当父母的心里特别不是滋味，感觉特别对不住孩子。

那一年我五十二岁，回家后我也弄了个电耙去天岗湖里"电鱼"了。那个时候，政府已经明令禁止村民到湖里"电鱼"，可是为了帮孩子减轻点身上的担子，我也就不在乎了。白天的时候我就去给人家修房子，就是那种茅草屋，在顶上加盖茅草再用黄泥加固，晚上我就去湖里电鱼。我都是自己去，因为怕被人发现。他妈在家里给我打掩护，有人来家里找我就说我睡觉了。电完鱼后，我都等着深夜一两点钟街上没人的时候再回家，白天的时候他妈就去集上卖鱼，好的话一天也能挣个二三十块钱。那个时候也不觉得有什么辛苦，一心想着多挣点钱，给孩子们减轻负担。

（五）奋斗的那些年

九十年代，空气像被煮沸了一样，不安地躁动，生活在这片土地上的人们也跟着热血沸腾起来，都跃跃欲试想闯出个名堂来。如果说八十年代是一个恢宏奋进的激情时代，那么九十年代则是一个变幻莫测的潮流时代。到了九十年代，改革开放已经成为了一场真正的革命，成为当时社会一种不可逆转的趋势引领着那个年代。从此人们的生活方式在开放中发生结构性变革，九十年代正是改革逐渐深化、商品经济发展、社会活力激增的十年。在我心中，九十年代是我们全家脚踏实地，为了生活打拼的年代，也是家里那三个孩子初涉社会、品尝人生的年代。

在南京闯荡的光标，身处更加开放的城市，接受更加先进的思想，看着周围事物都发生深刻的变化，他回家跟我说，当自己看着大城市的一切时，自己身上的每一块肌肉都好像要全力释放能量，去赶上时代的步伐，迎接新的挑战。

不过这次的创业之路，光标做得没有想象中顺畅，尽管外面的世界到处都充满机遇和挑战，他也很兴奋，摩拳擦掌等待奋力一搏。不过现实远比他想象的残酷。虽然机会多，但真正属于这孩子的却还没有到来。在南京闯荡的几个月下来，他摆地摊，开面馆，但一直没有成功。这段时间，为了节省开支，他吃最便宜的饭菜，睡的地方也是左搬右搬，就为了省房租。但这一切还是没能让他走出低谷，在南京发展的事业依旧不顺。这期间，我和他妈无数次劝他回家来，至少在家能吃饱穿暖。可他说什么都不听，一定要在外面闯出个名堂。我知道这孩子的钱肯定早就不够花了，我要给他送钱去，他也不要，执拗地坚持着他自己的坚持。

这两年，光标回家的次数越来越少了，我问他怎么回事，他说是为了省车费。但我心里明白，他是觉得不好意思，认为自己没取得什么成就。我跟献霞苦口婆心劝了他好多次，告诉他还年轻，不要心急，慢慢来，家里永远会支持他。但他就是觉得没面子，后来甚至都不敢在白天光明正大地踏进家门，都是晚上等天黑了才摸黑回家。看看我和献霞，给弟弟妹妹拿点好吃的，早上天没亮就又走了。说心里话，看到孩子这个样子，我们做父母的心里很不是滋味儿。毕竟，在父母心里，他还是个没长大的孩子，二十几岁的年纪却把生活的担子重重地压在自己身上。

"1996年春节，回家过年，我爱面子，花25块钱买了一个假的大哥大。又买了两个仿真的大戒指，一手戴一个。二十几块钱买一套的西装，白衬衫，我记得那时候6块钱一件，打一个领带，那个领带是在旧货市场买的，从日本进口的，但是是二手的，才1块5毛钱，就这样回家了。"这是十几年后，我在电视里看到光标自己回忆他那一年为回家做的"准备"。我和他妈看到后都笑了，但我在献霞的笑容里看到了泪水。这孩子爱面子，想给我和他妈争口气，就冒充了一次"大财主"。当时，我记得光标回来的时候带了好多东西，告诉我们他在南京过得很好，让我们放心。可没想到这都是他省吃俭用，委屈自己为家里人换来的。

（六）学一行，干一行；干一行，爱一行；爱一行，专一行

付出终究是有回报的，光标在一次次痛苦的磨砺后，没有放弃，而是继续追寻着自己梦的方向。皇天不负有心人，一天，光标又一次发现了新商机。他在街上注意到医药商店前排着一串很长的队伍。走过去一看，原来大家都是为了看病的。而这种看病方式是以前没有的，用一个仪器，叫耳穴疾病探测治疗仪。把两个电极夹

洁白的哈达代表我纯净的心，我会用心做好事，做善事。

在耳朵上，就能测出来患者身体哪个部位有问题。毕竟，光标是学医出身的，对这方面有一些基础，他认为这个探测仪很有市场，再加以改良，一定能吸引更难多的人来。面对这个商机，他自然不会错过，掏出兜里所有的钱，买了一台。

仪器拿回来后，他开始琢磨起来，他设想着，如果能实现"用肉眼看出病"，会更有说服力，更容易让人相信。于是他又找到合肥中医院大学和安徽师范大学物理系，请专家提供指导。按照自己的想法给耳穴疾病探测仪做了改进，安装上显示器外壳，输入生理图像，患者只要将两个电极握在一起，就能在显示器上直观地看到自己身体哪个部位有疾病。

为了检验市场的认可度，光标决定到南京人流量最大的新街口摆摊，尝试一下。他给这台机器重新取名叫"跨世纪家庭CT——学位疾病探测仪"。别看这东西小，但功能可大了。人们可以通过它，看到自己的心、肝、脾、肺、胃……真的是大病小灾，一览无遗。那个时候，改革开放的浪潮已经使得人们的意识发生很大的变化，越来越关注身体健康和生活质量。这样一个高科技一走向市场，立即引起大家的追捧，每天人们都是排着队的去那儿看病。光标的要价也不高，两块钱，这对于一般的家庭来说都可以接受。一传十十传百，每天拥到仪器前的人越来越多。一天下来，这孩子也能挣个一两百块钱。

因为之前他把自己的所有存款都投资在这个仪器上，身上已经没有钱了。他为了节省开支，把家里带去的席子、床单直接铺在地上，索性就在街头睡了。南京的夏天特别闷热，蚊子又多，就算是舒舒服服躺在家里的床上都会觉得闷热难耐，更何况他是直接睡在潮湿的地面上，我真的很难想象这孩子是怎么挺过来的。就这样，光标白天顶着四十多度的高温在新街口给路人检测身体，晚上铺上席子就睡了，第二天一早，花2角钱到公共厕所洗脸、刷牙。这些事，都是在很多年后才听孩子说起的。当年的他，每次回来都是大包小包的拎东西，说自己过得如何好。但他吃的苦，遭的罪，却只字不提。

光标凭着自己好动脑的劲头和艰苦奋斗的精神，在南京的两个月里，挣了1万多元。有了本钱后，他开始生产销售起这台宝贝机器来。一推向市场，反响特别好，很快打开了周边市场，他也成功挖掘到人生的第一桶金。后来，他成立了自己的公司"南京金威利电子医疗器械公司"。仅一年，他就盈利20万元。

真的是学一行，干一行；干一行，爱一行；爱一行，专一行。光标选择学医，最后从事相关的工作，做了这方面的工作，他就把全部的爱和精力放在里面，最终在这个行业发挥了自己的最大优势。想看着儿子这两年的努力和成就，我和献霞特别欣慰，也很开心。一个最普通的农民家走出的孩子，我从来没有奢望他能取得多么大的成就，我那时候最大的愿望就是孩子们有个稳定的工作，安安稳稳地过一辈子。从来不敢想去注册公司，还能有几十万的盈利。光标他没有甘于平凡的日子，而是用勤劳的双手创造了自己的奇迹，我们陈家的辉煌。

一家人拼搏努力换来的瓦房，至今仍温暖着住在里面的每一个人。

第十三章 一路慈善，一路欢歌，
进入中年的光标

一路走来，光标凭着自己的聪明才智，吃苦耐劳的毅力，坚韧不拔的品质，取得了一些成绩。他的工作，我没有太多的过问，自己的孩子自己心里清楚，我知道他为此付出了多少汗水和努力。而对于他的慈善，他为社会做的好事，说心里话，我感到很自豪。现在，光标获得了一定的社会关注，越来越多的人知道他，认识他。对于成绩，光标只是轻描淡写地跟我们提过，因为伴随着成绩的往往是艰辛的付出，他不想我和献霞担心，所以也就是报喜不报忧了。所以，他的事业，他的成绩以及社会对他的评价，我们更多是从他弟弟妹妹和媒体上了解的。

（一）做合格企业家，彰显企业成长价值

光标的江苏黄埔再生资源利用有限公司成立于2003年，长期致力于发展循环经济、绿色经济，可再生资源回收、加工和再利用。公司主要从事大型厂房的拆除以及可再生资源的回收、加工和再利用。他回家时跟我说，他们公司购进的大型拆除设备不仅智能程度高，而且可以进行高效、环保、安全的无尘拆除。拆除后设备将建

筑垃圾中的混凝土与钢筋机械化分离后，再把混凝土废料回收制成碎石和三合土循环再利用，这样可以变废为宝，循环利用，节约资源。我虽然没有实地到他的工地去看，但从他的讲述中，我知道他已经将自己与低碳环保紧紧联系在一起。

他选择做环保行业，我一点都不觉得奇怪，因为他在很小的时候就对环保事业有自己的理解。走在路上看到有随意丢弃的垃圾，他都会主动捡起来丢掉。长大后更是严格要求自己，无论是做人还是做事，都离不开以良心为半径的圆，只不过随着他的成长，企业的发展，这个半径越来越大了，要做的事越来越多，要帮助的人也越来越多了。

光标的公司是绿色的，他做人更是光明磊落的。我最清楚自家孩子的脾气秉性，无论如何，都不会做对不起国家，对不起人民的事。在他企业成立之初，他就给自己约法三章，立志要做一个有责任心、使命感，有担当的企业家。光标给自己制定的三个"要"：

第一，要生产出安全可靠产品，不能弄虚作假，不能行贿受贿。第二，要多为国家缴税收，不能偷税漏税，要积极替国家想办法，多解决就业。第三，要把企业净利润的一部分拿出来扶危济困，帮助有困难的人，要为环境保护做贡献，要做慈善。

光标是这么说的，更是这么做的。随着企业越做越大，业务越来越广，他对自己的要求越来越严格。那约法三章看起来只是一个大框，具体实施的时候，又有更多细小的条目在他心里，告诉他这个不许动，那个不能碰。"勿以善小而不为，勿以恶小而为之。"他小时候，我经常拿这句话教育他，从他长大后的举动，我知道他明白了，记住了。可我们都知道，做企业的，如果凡事都较真，大事小事都有条条框框去约束，必定会约束企业的快速发展，也有人劝过他，睁一只眼闭一只眼算了。可光标还是执拗地坚持着自己的原则。就这样，光标身上的担子越来越重，烦恼和无奈也越来越多了。

光标说做企业一定要实事求是，要靠自己信誉和质量赚来生意。他从不搞歪门邪道，也不会徇私舞弊，所以公司的订单会减少，企业的经济也会受到损失。他自己也曾说过："近年来公司业务的95%都是来自二手业务，很少能拿到一手。最严重的是2012年12月起，公司接下来的四个月都没有收到一单业务。"我知道，但凡光标改变下策略，稍微转换角度去思考，问题便会迎刃而解，但他始终不肯妥协。我记得一年春节，好像是公司运转出了问题，在全家人乐呵呵吃年夜饭时，我看到的是光标脸上强颜的欢笑。看到孩子心事重重，委屈的样子，我这个做父亲的心里特别难受。我去劝过他，做人"不求人人理解，惟愿无愧于心"。没想到他还露出笑容安慰我说："我坚信只要诚信经营，保质保量，就一定会被大家认可，会再来找我做生意。"

还有一件事，光标也顶住压力，处理得很妥当，让我和他妈都感到很欣慰。这些年，在金融危机的影响下，整个市场都不景气，很多公司都大量裁员以减少开支。其实，金融危机对光标的影响也不小，订单骤减，我以为他也会裁员来降低开销。没想到，他不但没有裁员，反而在这个阶段新增了500名员工。这样不仅没有给社会增添压力，反而解决了一部分空闲劳动力，促进社会的稳定、和谐。

光标之前就跟我说过，他公司的员工有4000多人。其中退伍军人、农村剩余劳动力、城市下岗工人等弱势群体是他主要考虑的对象。公司与所有员工都签定了劳动合同，为全体员工办理了社会保险，免费提供中餐、晚餐，还为外地员工提供了集体宿舍。不仅如此，他还为家庭困难的员工，提供特殊帮助。他这么做是希望每一个员工都能在公司找到家的感觉。

伴随着他的慈善举动被媒体报道出来，越来越多的人知道他，也开始关注他。对于他的行为，有人认可，称赞他是切切实实地做好事。但也有人质疑，给他扣上高调、炫耀的帽子。我知道他做这些事都是出于他内心真的想去帮助人。他所谓的高调，无外乎是想动员更多的人去关注社会各个没有被注意到的弱势角落，鼓励更多的人去做慈善，毕竟以一个人的能力，即使再投入，所能达到的也很有限，引起更多有能力的人的关注才有更深远的意义。或许是他的做法触犯了一些人的利益，给一些人压力，所以会听到许多反对的声音。但我对光标的做法是完全赞成的，希望他坚持自己的想法，不动摇地走下去。

光标的企业是靠环保产业，循环经济挣钱的，每天要考虑的事特别多，挺辛苦的。凡事他都要操心，都要做最好的，拆除要无尘，分解要智能，再利用要高效。在过去，可能拆除就是用大机器去凿、去刨，对环境污染很严重。也更没有智能分解，循环利用的说法。所以说，他算是走在前面的人，一路走来也会遇到很多困难，甚至有时会感到无助。但是他坚持着自己的想法，要把建筑垃圾进行二次利用，也有人好奇地问他这么做的原因，他总是说："我看到现在建筑垃圾包围了我们的城市，真的非常痛心，非常难过。我们不能只看到我们现在城市有多漂亮，我是搞这一行的，很清楚，每个漂亮的城市周围都被建筑垃圾填埋掉了。建筑垃圾埋在地下污染土壤，占用耕地，对土壤里面的水质污染特别严重，作为每一个有良知的人，都应该看到这一点，都不能追求利益最大化，而牺牲我们子孙后代活下去的条件。"

我记得有一次，在电视里看到有媒体采访他，他说了一句话："捐款捐物是一种慈善，搞好循环经济，造福社会和子孙后代也是一种慈善。留给子孙后代一片蓝天，是我们的责任和义务。"坦白讲，听到光标是出于这样的考虑来发展公司的，我很感动，也很骄傲，我知道自己的儿子在做的是利国利民的好事，我支持他。光标曾经说："做企业，我一直坚持诚信做企业，坚持守法经营，我不想贪多求快，有多少钱做多大事，都是拿自己挣来的钱进行扩大再生产，每一笔钱都是实实在在赚来的，这也是我能够放心捐赠的底气所在。熬过严冬的人最知道太阳的温暖。所以，我们董事会规定，我们的捐赠只雪中送炭，不锦上添花。定向在教育、孤残儿童、老少边穷和突发灾难四个方面。"对于他这个观点，我也很赞同。现在我们国家仍有许多贫困地方，许多人需要我们伸出援手，在自己有能力的时候，走到他们身边，给他们一些切切实实的帮助，是一件幸福的事。

我从媒体上了解到，光标现在的环保产业已经涉足新型的制造生产、再生资源利用、房地产开发、青少年国防教育、电厂配套设施生产，以及智能识别系统研发等诸多产业，致力于发展循环经济、绿色经济，变废为宝，推进城市建筑垃圾、生活垃圾以及泡沫塑料等白色污染的环保化、零排放处理等多个环保领域。光标的事业越做越大，我知道他为此付出了很多艰辛。我清楚地记得，从

1998年春节那次团聚，我们就再很少看到孩子的身影了，整天都在奔波忙碌，听公司人员说，他从没给自己休息过一个周末。赶上他回家看我和他妈，也都是强打起精神，脸上写满了疲惫。为了公司更好的发展，他奔走于全国各地。他坐火车从来不坐昂贵的坐席，他对外人大方给予，对自己却斤斤计较。他如此的精打细算，是想将钱都用在该用的地方，把节省下来每一分钱都用在慈善事业上。我知道他很累，但从不跟我们讲，怕我和他妈担心。但自己的孩子自己最了解，他把所有的苦涩和酸楚都一股脑埋在心里，让我们怎能不心疼。

（二）天涯海角都有光标爱的足迹

光标这孩子最让我感到欣慰的地方就是，无论走到哪儿，无论有什么成绩，他都没有忘本。他始终告诫自己：人在富裕的时候，不要忘记社会上还有许多贫穷的人需要我们的帮助。如果我们有能力，要把自己的收获分给别人一些。遇到有的人不理解他，他也说："这么多年来，我走过了那么多的贫困地区，我看过那么多老百姓需要帮助，我心里面着急，有很多企业家口袋里的钱太多太多，为什么我们不能把这个钱分配的更好呢？社会说我作秀也好，不理解也好，他们不能真正理解我陈光标的心。我真的就是怀有一颗感恩的心，想回报社会。"

我知道，在光标看来，自己的慈善，自己的捐款，在某种意义上，会给其他人带来实实在在的幸福，他坚信这一点，所以他愿意将这条路走下去。别人不理解也好，甚至是质疑、辱骂也罢，他愿意有他的坚守，作为父亲，我支持，我骄傲。

我看得出，这孩子到现在为止有两样东西吃得特别多，第一吃的苦多，第二吃的亏多。吃苦是财富，给了他拼搏奋进的源动力。吃亏是福，让他心甘情愿走出去，献出自己的爱心。他始终认为一个企业家，只有把自己的命运和国家和人民的命运紧紧相连，才会基业长青，才会真的感到快乐。就这样，强大的社会责任心，把他变成了一个陀螺，浓浓的爱心抽打他不停的转动，回首看看我儿子的慈善行，我这个做父亲的，感到心里特别的幸福与满足。

光标每年都会让人把我们老两口接到南京住上一段时间，同时照例给我们俩做身体检查。到他们公司，我最喜欢去的地方就是他位于六楼的荣誉室，那里陈列着他获得的所有荣誉，证书、奖状、奖杯……公司员工每次都详细认真地为我讲解每一份荣誉背后的故事。工作人员告诉我们，到目前为止，光标获得的荣誉证书有3000多本，奖杯约400座，锦旗约10000面，收到少数民族地区朋友赠送的哈达、羌红等2万多条。除此外，我还看到来自全国各地的同胞为光标亲手写的感谢信，画的肖像画，做的贺卡。从这里面，我看到的是光标背后的艰难与付出，也更加为有这样的好儿子感到骄傲和自豪。站在一条条洁白的哈达前，我看到的是光标爱的足迹。后来，工作人员告诉我关于这些哈达的故事，让我震惊，让我心疼。

2010年春节前，光标组织慈善家春节慰问团奔赴新疆、西藏等地区，看望那里的人民。一月份的时候，这些地方的气温都在零下三十多度，不仅气温低，大雪纷飞阻塞了公路，汽车很难前行。有人劝他放弃，太危险，不要去了，等过了这几天再进山。但他执

阿尔泰遇到了60年不遇的大雪，在零下38度的气温下，确确实实需要"爱心之炭"。

一路慈善一路歌，给毕节人民送温暖

意要赶在年前走进藏区，他说要让藏族同胞过个幸福年。就这样，在低温和高海拔等重重困难下，他还是坚持把过年用的物品和红包送到藏区民众手中。那天，当地群众拿到光标发到每个人手中的现金，都很开心，大家为了表示对光标的感激和热爱，每个人都为他敬献哈达。每一条哈达，光标都亲自带上，他不停地弯腰接，在接完两千多条哈达后，这孩子因为弯腰太多加上高原反应，直接晕倒过去。

听到这些，我的心里除了心疼，不知道说些什么。我后来问他，献哈达是为了表示一种谢意，是一个形式，他只要象征性的带一两条就可以了，干嘛要每一条都弯腰去接。他说："那是藏区同胞的一份心意，献哈达是他们对待远方客人的礼节，他们希望通过这种形式，表示感谢，我又怎么好说拒绝呢。"

公司员工还告诉我，光标这些年为基础教育、孤残儿童、老少边穷和突发灾难捐赠款物约16亿元，受益人口约200多万。捐建的希望小学173所，为偏远乡村修建约80余公里的乡村公路，为少数民族地区及山区修建100多个水窖和10多座人马桥。2010年春节，他到云贵川甘进行新春慰问，捐赠物资款物1亿元；2010年西南干旱，捐水捐物合计6000多万元；舟曲发生泥石流，捐献了16台大型机械及1000万现金……这一串串数字展现在我面前，我看到他背后的付出。我知道他辛辛苦苦做这些事，不是为了炫耀自己，也不是通过这些得到什么，而是为了让社会监督，为了激励更多的人去做好事，做好人，带动更多的人去做慈善。

后来有一次，光标又到毕节举行了"一路慈善一路歌"个人演唱会，给当地的困难户、特困户带去2000头猪和113台农用机具。

每次登台，都赢得了观众的集体欢呼。朗诵诗歌时，每一次停顿，场下都响起热烈的掌声。"唱得不怎么好，但是有心去做慈善、去奉献，这一点就很不错，就值得支持！"我看到后来的每天采访，有当地百姓这么说。

2010年底，光标带着我和他妈去了宝岛台湾，参观了宝岛的秀丽风光，又和岛内的各界爱心人士进行了交流，受到了台湾各界政要的充分肯定，还为台湾的困难群众发放了过年红包，引起了极大的轰动。增进了两岸的相互理解、交流，促进了祖国大家庭的团结。

近两年，他的捐赠、他的慈善不仅关心国内的贫苦群众，也把他的爱心散播到世界各地，让世界各地感受到了来自中国的关怀。当日本大地震后，在汶川、玉树救灾的经验可以帮到一衣带水的邻邦，为日本的抗震救灾做出一个中国人的贡献。因为爱无国界，爱可以让全世界人们的心紧紧的连在一起。

（三）灾难面前总能看到光标爱的身影

我相信，作为华夏儿女，无论是谁，都无法忘记5·12汶川大地震，那一刻，天塌地陷，往日秀美如画的仙境瞬间变成了人间地狱，许多人在这场灾难中失去了生命。但也就在这一刻，坚强的中国人彰显了强大的民族凝聚力，万众一心，积极投身到抗震救灾的工作中。在每一次国家有难时，光标都会第一时间站出来，冲到前线去，为灾区人民送来一片温暖。

2008年5月12日，四川汶川大地震，我的印象尤其深刻，当时光标正陪我在北京医院检查身体，可还没等结果出来，光标就安排工作人员照顾我，没说句话就匆匆走了。当时，我们都很纳闷儿，这孩子平时不这样的。就算工作再忙，也不会在这个节骨眼离开的。后来他公司的人含糊其辞地说，汶川地震了，光标赶着去救灾，没来得及跟我和他妈说。我心里明白，他哪是来不及啊，而是担心说出来，我和献霞会惦记。光标这一走就是四十多天，回来的时候我们已经在老家了。光标回家后跟我讲，地震发生时，他心里特别矛盾，一方面他不放心我的身体，走的话，心里也不踏实。但另一方面，汶川的这次地震，受灾严重，那里也需要他。最后，他想，家里人可以照顾我，灾区人们更需要他的帮助，所以他还是选择去了汶川。

对于在汶川的经历，他只是轻描淡写地跟我提了几句，说他在那边很安全，日子过得也没有多艰难。等后来，我从新闻里看到，事

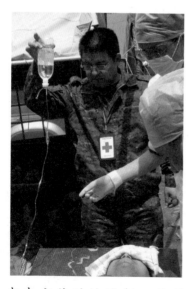

我来当你的输液架，你要勇敢，要坚强。

宝宝，别怕，叔叔带你去找妈妈。

实并不是他描述那么简单。地震发生后两个小时，他就联系四川分公司，组织调集了60台大型机械，120名机械手，于12日下午5点开赴灾区，他自己也带着部分员工和二百万元现金于地震发生后24小时内率先赶到灾区，成为了到达灾区的第一支救援队伍，新闻说他的这个速度令军事专家都大为赞叹。到达汶川后，他又顾不上一路奔波劳顿，立即组织同事们进行抢险救灾，全力展开搜救遇险群众的工作。为节省时间，他们吃饭全部在途中解决，食物基本上都是压缩饼干和冷水泡面。民间抢险突击队的每一个人每天都承担着繁重的搜救任务，体力严重透支，但他们没有停歇，只想着多救一个人。由于当时的救援机械十分紧缺，单单依靠部队官兵人抬手搬是十分吃力的，此时，他的大型机械正好派上用场。因为多年来他们一直从事拆迁工程工作，因此在清理坍塌现场方面有着十分丰富的经验。

怀抱生的希望，不顾一切抢救生命。

目睹生命的脆弱，恨自己没有三头六臂，救他们出来。

在沿途行进过程中，坍塌下来的泥石流将山路全部堵塞，救援部队无法前行。没办法，他便指挥推土机开路，一个多小时后，开辟了一条通路。可以说，这是一条重要的生命通道。依靠它，来自成都军区的搜救官兵和随后队伍，得以挺进灾区。媒体评论，光标打通的，是通往北川、汶川和映秀的"生命线"。凭借专业经验和谨慎操作，光标和他的员工，从废墟中挖出200多个人，其中救活131人。而被光标亲手营救出的人有13个。其中，聚源中学2人、北川中学5人、北川曲山镇幼儿园1人、北川茶场职工2人、北川宾馆职工1人、汶川百花小学1人。到此，这孩子还是心理不安，觉得自己做的远远不够！据随同员工统计，最终，他在地震灾区共计背过200多具遇难者。每一次，他都是含着眼泪，忍着心中的悲伤，为灾民做最后一件事。不仅如此，他还拿出现金捐给沿途的受灾民众，5个小时捐了20万元。他感觉这些还不够，就让同事在成都本地现取出百万余元现金支票，直接发放到灾民手中。

到最后，这孩子一共捐款的数额很难统计清楚。总之，他能做到的，就一定努力做到。他回来后，我问他当时怎么想拿出那么多钱来，不担心影响公司的运营吗。他跟我说："在地震中，灾民们的财产几乎毁于一旦。这对于靠种地为生的农民来说无异于灭顶之灾。我拿出实实在在的钱放到他们手中，触摸到现金，相信可以给他们带来温暖和希望。"

在汶川地震灾区，光标听说绵阳市北川县受灾更为严重，很多百姓还困在县城里。于是，他第一时间驱车赶往了北川，由于山上滑下的巨石挡住了路面，只能一侧通行，一路十分拥堵，他主动下车和公司员工组织疏导车辆，让来往车辆可以尽快通行，避免交通拥堵带来的时间滞后。当他到达安县后，山石早已将公路阻塞，且余震不断，救援队伍再也无法前行。这时，他遇到了从北川方向走出来的逃生者，经历了巨大的灾难，他们惊恐万分。他就拿出随身携带的现金分发给受灾群众，并反复对灾民说："一定要坚强。"看着自己的儿子在余震不断，山石随时都可能滚落的地震灾区，没有给自己留多余的装备，还镇静地安慰灾民，我看到了这个孩子的责任和担当。

光标做的这一切，也得到了温总理的赞赏，在灾区，握着他的手，对他说："你是有良知、有感情、心系灾区的企业家，我向你表示致敬。企业家要有经营的理念，还要有爱心，有灵魂。谢谢你们。"看到国家总理能对我的儿子这么说，我这个做父亲的别提多骄傲了。光标紧接着对总理说："我们企业家能有今天，都要感谢党的改革开放政策。国家遇到了危难，正是考验我们企业家的时候到了。帮助灾区人民，是我应尽的义务和责任。我们应该冲在前面，分担困难。我给灾区送物资，就是要把全国人民的深情厚谊传达给灾区的父老乡亲。"我知道光标这么说不是附和，而是发自内心的声音。过去，他就总说自己的这一切都是国家给的，他要回报社会，回报祖国。这一次，他做到了。

后来，我看到视频资料，光标穿着迷彩服，在余震不断的情况下，一次又一次的搬开石块、钻进废墟，背出一具具不幸者的遗体。看到这些画面让我在感动之余又有些后怕，因为在那样的情况下真的随时都有可能出现意外，如果真出了事就意味着是我们这个家庭的灾难，对于我们来说就是天塌了下来，因为不只是社会需要光标，我们更需要自己的孩子。好在善行有善报，光标没有受到伤害，令我们放下心来。

另外，我们还了解到，因为地震发生的急，光标去的时候带了他们公司的几十名员工一起去的四川。在汶川救援时，有一部分员工的父母担心孩子的安全没有保障，打电话给光标，让他立即把孩子送回去。可灾区需要人，他们实在回不去，他们的父母就在电话里骂，哭着骂。家长的做法，我特别能理解，我也是当爹的，孩子就是我们的希望和寄托，父母对儿女的感情都是有私心的，谁都不想自己家的孩子出任何状况。再加上，这些员工好多都是独生子女，从小都是宠着、捧着，如果真的有个闪失，整个家就塌了。

光标回来跟我说，他跟员工们说了，如果想走，他不会拦着，也不会在日后的工作中刁难他。但是，这帮孩子都不愿意走，他们跟光标一样，在灾难现场并没有考虑自己的安危，而是想尽全力抢救生命。回来后，作为鼓励，光标向员工们承诺，他们在灾区工作的工资，将从平时的每月5000元增加到2万元，而且每5天发一次。并且在回南京后，他给到场的每个人颁发了一本荣誉证书并奖励了5万元，120人，就是600万。拿出了这笔钱，我心里也高兴，毕竟，也算是给这些个孩子，这些家庭一些补偿。

在汶川地震中，有两件发生在光标身上的事特别令我们感动。那是光标参与北川中学救援的第二天，一名北川中学的老师找到了光标，说从北川县教育局局长遗体上找到了一封写给他的信。原来，这位教育局局长早在4月份时，就在电视上看到中央电视台报道关于光标优秀事迹，当时光标荣获"中国首善"的荣誉称号，这位局长被光标的事迹感动了。他写了封信，希望光标能给北川中学捐赠200台电脑，让这些山里的孩子也能触摸到外面的世界。写好这封信，局长正准备于5月底亲自去南京找光标。然而令人遗憾的是，5月12日毁灭性的地震发生了，局长没能亲手把信交给光标就在地震中遇难了。提起这段不愿回忆的往事，光标泪水在眼里打转："每当想起这封信我都感到特别遗憾，恨自己没能再早点赶到灾区，那样也许能拯救更多人的生命。"为了完成尚局长最后的心愿，光标再次来到北川中学，为那里的孩子们捐赠了600台电脑。短短一两个月，北川中学的孩子们经历了太多太多，他们流下了激动的泪水。当天，光标被授予了北川中学荣誉校长的称号。我们相信，光标已经把爱的种子洒在这些孩子的心里，纵使他们经历了如此严酷的灾难，爱心也一定会传承下去。

　　还有一件事，就是当一个高中女生被光标背出来时，他将女生放在操场上，女孩子伤势很重，他拉着光标的裤腿，发出微弱的求救声："叔叔救救我！我不想死……"孩子的声音很微弱，眼神却很坚定，她不愿松开自己的手。这场景刺痛了在场所有人的心，光标安慰她说："你放心，叔叔一定把你救活。"看到孩子还是不肯松手，他又说："你坚持一下，医务人员马上到了，让叔叔再去多救几个你的同学吧。"话音刚落，这个孩子的手一下子就松开了，她知道还有很多同学被埋在下面，跟她一样也想活下去！看到孩子这样，光标心里特别难受，但是他还是很快就振奋起来，重新奔向废墟……没想到，半个小时后，当光标再去找这个女孩时，她已经停止了呼吸。光标看到年轻的生命就这样不在了，大声哭起来。几天的救援，太多的生离死别！太多压抑的情绪！男儿有泪不轻弹，只因未到伤心处，这孩子心里也苦，也难受。他找来一本书，将书本摊开，遮住了女孩儿的脸。他说："孩子走了，也要走得有尊严。没有条件，只能用书本去遮盖孩子的脸。"

当我看到媒体将这件事报道出来，一时间心被击碎了。为这个女孩儿的离世感到伤心，为光标的举动感到自豪。这件事被一名网友看到，替这个小女孩给光标写了一封信，每次看到，我们都会热泪盈眶：

《一个北川女孩对陈光标最后的话》

我在北川长大

不知道江苏在哪

抱在你温暖的手里

我才知道江苏四川是一家

你拂去压在我身上的垮塌

原谅我无法给你一声回话

生命的温暖在悄悄地离我而去

我能听出你焦急地把我向生的彼岸牵拉

不是我有意忽视你的牵拉

更不是我故意不听你的话

你一刻没有停息向我迈进的步伐

瞬息间你缩短了东部与西部的时差

只是废墟截断了我结着蓓蕾的枝丫

枯萎着疼痛着憔悴着我无法给你以成活的报答

静静地躺在你那宽厚的怀里

我能做的就是让你感到其实我很听话

请你轻轻地放下我那已不属于我的躯壳

别再用你的眼泪把你的歉意表达

有缘在最后的时刻获得你的拯救

我要深深地感谢你给了我尊严的面纱

我不会忘记灾难发生的那一刹

从遥远的长江口你发出了同样震级的惊诧：

救人去，救人去，兄弟们集合吧

我们一起奔赴四川去抢救可怜的娃

让六十辆忙碌的挖掘机停下手中的计划

掉转方向以统一的姿势停下手中的计划

你带着你的一百二十名叔叔们还有你的爱心

开始了浩浩荡荡穿越半个中国的横跨

从长江之尾逆行着长江的落差

你日夜兼程走进四川盆地搭起生的脚手架

冲进瓦砾与泥石里寻找着像我一样的娃

把活的孩子洗洗干净重新放回他们快乐的年华

即使我无法走进那生的队列里一起与他们玩耍

我至少明悟了啥是世界上最美的企业家

如果来生还有一次机会与你一起并肩

我愿成为你手下的员工去善待更多不幸的娃

有记者问你走过废墟可曾感到害怕

你说：怎么会，那都是一些孩子啊

即使花朵凋谢了她们的花

她们的芬芳依然会证明她们是天下最珍贵的奇葩

轻轻地将我放下

谢谢你将我的课本盖上我的脸颊

让它陪伴我走过我永不递增的年华

我会永远记住一个来自江苏的最美企业家

汶川地震过去了，震区的灾民们带着肉体上和精神上的双重痛苦，开始一砖一瓦地建设新的家园，重新开始自己新的生活。可是，没过多久，灾难又一次降临到另一个让光标牵挂的地方——玉树。

玉树这个地方对光标有着特殊的情感羁绊。早在2006年，光标从一条电视新闻中看到这里的小学设在帐篷里，孩子们坐在地上就着板凳做作业，他看不下去这样的事情。随即让公司工作人员与玉树教育局取得了联系，踏上了去玉树的征程，在路途中，光标饱受高原反应的折磨。然而，当他与当地的孩子们相拥时，高原反应带来的头疼一下子好了。我知道，症结是他把自己的心完全放在了孩子们身上。就此，光标和玉树结下了深深的缘分。几年下来，他陆续在玉树州捐建46所光彩小学，解决了4200名少数民族孩子的入学问题，捐赠了1500台教学电脑、3万套校服、8000个书包。他也成为玉树的荣誉州民。

2010年，灾难突然降临在这个地方。光标知道后，立刻组织人力奔赴玉树灾区。有了08年的经历，这一次，我和献霞都不想他再去了。可他说："我是玉树的荣誉州民，灾难来了，我必须要去。"就这样，我的这个儿子，又一次背上行囊，赶赴玉树灾区。可令光标没想到的是，在玉树救援比想象中的要艰难。因为在玉树，40%以上的救援者都出现了严重高原反应，呕吐、晕厥等问题，而且体力也都很难支撑。另一方面，由于灾区医药紧缺，仅用在伤员的救治就已严重不足，更无暇顾及救援队员的身体。我们后来了解到，在玉树，光标顶着重感冒，36小时没有合眼，他的体力也已严重透支，呕吐过三次，整个脚也都溃烂了，在寒风凛冽的山上只能吃饼干和凉水填肚子，看得我们老两口心跟针扎一样。恨不得自己到玉树去，把孩子换回来。

玉树地震，光标共为灾区带去3000顶帐篷、500吨矿泉水、50台发电机、1000套活动板房等救援物资，并且向玉树灾区捐款1000万元。以他为总指挥的江苏黄埔抗震救灾民兵连，在玉树的各个救灾点共救出11人。光标前后已来到玉树七次了，当地的很多人都认识他。有时，很多当地老百姓会在认出他之后，对他说"扎西德勒"并向他竖起大拇指，或者远远地叫着"标哥"向他致意。一条条哈达，一声声扎西德勒将光标与玉树紧紧缠绕在一起。玉树，已经变成让光标魂牵梦萦的地方。

灾难是一个人道德的试金石，毫无疑问，光标不仅经受住了这些考验，更向世界证明了他身上流淌的是道德的血液，是善良的血液。

（四）和善之家，光标式的慈善观

陈家家谱所以保持至今，那是陈家代代人始终没有忘了陈家的家训，"睹離思亲，遇财思义，不忘回家"，虽然我们曾经贫穷没落过，但我们做人的准则没有变，光标这一代更是把祖宗的家法发扬光大。随着道德理念的不断提高，光标把慈善观念更加完善，形成了光标式的慈善观。光标认为，慈善不是苦难的长征，而是快乐的长征，慈善是民族的凝聚点，慈善和爱心是没有门槛的。财富如水，如果你有一杯水，可以独享；如果你有一桶水，可以放在家里；如果你有一条河，就要学会与他人分享。

行善，不是亏了而是赚了，做善事会产生动力，做了善事，帮助了需要帮助的人，就感到自己活得更有价值。另一个就是口碑，一个企业家做了善事，并且长期行善，合作伙伴和政府以及社会大众都会提高对这个企业家的认可，合作会更加愉快。扬善，高调就是号召力。富而不仁，只能算是有钱人，真正的富人还要有社会责任感和道德观，能力越大责任越大，济天下的责任不可推卸，富人的尊严是靠自己的言行赢得的。

这是光标赤裸裸的爱心，感觉这样也没什么不好，光标小的时候就能带领全班同学争夺小红心，现在只是换一种方式带动更多的富人做慈善，彰显一下高调的号召力。听光标说，仅江苏一省，1998年到2003年，各大慈善基金资金不足1亿元，而2003年到2008

年则达到了60亿元。很明显，高调慈善起了带头作用。

正所谓"炫善"是为了"扬善"，光标说过："我一个人就是自己印钱，也帮不了这么多人。"确实，如果每个有能力，有多余财富的人都能愿意帮助别人，那么做慈善也就无所谓高调不高调了，可是事实并不是这样。光标的高调慈善就是要让更多的人看到，给同样有财富的人一些压力，唤醒他们心里的善良，哪怕高调慈善能让一个有能力的人多捐出一分钱，那么光标就是成功的，是欣慰的。此外，高调慈善更是为了让人们被这种善举感动，点燃他们心里的善良之火。有这样一个光标津津乐道的例子：

有一个山西青年，曾经违法乱纪被关进了监狱。出狱之后本来想改邪归正，但是很多人仍然不信任他，不肯对他敞开大门。这个青年找了一年多工作都没有找到，还遭受了很多的白眼和中伤。他开始对这个社会失望，而且自己一直没有工作，没有收入，再这样下去只能饿死。于是为了报复社会和解决生计，他决定重操旧业，买来一把菜刀磨得锃亮，准备第二天出去抢劫。说来也巧，就在他准备抢劫的头天晚上，他一边喝酒一边看电视，刚好看到央视对光标的专访——《陈光标：人性的光辉》。这个年轻人看了之后哭得稀里哗啦，他深深地被光标感动了。后来他通过别人查到了他的地址，给他写了一封信。光标的下属看完信后立刻交到了他的手上，因为光标特别交代过，凡是情况特殊的信件一定要交给他亲自过目。光标看了信后决定帮这个年轻人，于是按照对方的联系方式亲自打电话给这个年轻人，这让年轻人激动万分。虽然自己心中也有期待，但是他万万没想到光标对自己的事情这么重视，还亲自打电话给他。在电话中，光标邀请他到南京来，承诺给他提供帮助。

　　见面之后，光标进一步认识了这个年轻人，他相信他的经历是真实的，更相信他的本质不坏，愿意拉他一把。光标拿出五万块钱来让他去创业，做些小本生意。年轻人感动得说不出话来，但他坚持要给光标打个借条，日后一定把这笔钱还上。光标拒绝了，他表示，给他钱不是要他日后回馈什么，也没打算要回来，如果对方能够改邪归正就是对他最好的回报了。年轻人还真没有辜负光标的期望，他回家之后用光标给自己的钱做起了小买卖。他拉着板车不辞辛苦地跑到市场上去进来蔬菜水果和一些小商品，走街串巷地叫卖。他把和光标的合影放大放在自己的板车上，把受光标的影响和帮助的事写在上面，让大家知道当初是"中国首善"陈光标帮助了自己，才没有让他再次走上邪路，才让他有了独立创业的资本和重新做人的机会。

　　一年之后，他的经营有了起色，成本都收了回来。他给光标打来电话汇报自己一年来的生活和成绩，并且要把当初光标借给他的钱还回来。光标说："这钱我不要了。你现在还没找老婆，这些钱留给你继续积累。你好好干，吸取经验总结教训，想想怎么把小板车换成大货车，继续做大做强。有需要我支持的地方你不要客气，一定告诉我，我会继续帮你。"年轻人听了感动得不得了，他再一次领略了"中国首善"的胸怀和品德。不仅把他从歪路上拉了回来，解决了他的温饱问题，还让他有了自己的事业和生活，尽管这事业不大，生活也还很朴素，但这绝对是一个良好的开始光标，他的人生因为光标的出现彻底改变了。这是他的幸福，也是光标的希望。高调慈善不是为了高调而高调，而是把这种善心和良知传播出去，如果不是这样，这个年轻人可能不会走上正路，这只是一个显性的典型例子，这样令人欣慰振奋的事还有很多很多。

在被指"作秀"这个问题上，光标说过："我不怕被指'作秀'，我就是要把这个'秀'做大，希望更多的人跟我学'作秀'，带动更多的爱心人士加入其中，回报社会。我希望每天都有十几家媒体来采访我，一家媒体采访我一次就意味着我捐出一个亿。"

采访过光标的著名主持人杨澜说过："宁可社会当中多一些做了好事又说出来的人，起码是倡导一种风气，觉得这是一个可称赞的事，不是说做了好事生怕别人知道。我们过去接触一些企业家，人家捐了好多钱，不敢说，觉得说了以后惹来很多的麻烦。对于社会上的整体的风气来说，如果大家都觉得做好事偷偷摸摸的，也不是我们所需要的社会风气。社会不应该苛求人们的表达方式，低调有他的谦虚，高调能够起到宣传和鼓动的作用，关键是做了什么，慈善的事不要过多的计较动机，而是看结果。退一万步说，哪怕这个人虚荣心想做好事，又有什么不好呢，这个社会应该对做慈善的人更宽容一点。"就像光标自己说的那样："人叫我标哥，有人说我是大好人、慈善家或者是中国首善；有人称我是大企业家、大富豪；但我说我是全国最大的'乞丐'，我真心地祈求全国13亿人民都有颗善良的心！"

光标打小就肯吃苦，善于捕捉商机，而且一捕一个准，现在长大了，成熟了，目光更远大了，他似陀螺一样整天忙着工作，更有敏锐的眼光捕捉社会上一切现象，为此他倡议：高调慈善，高调环保，"高调"议政，高调学雷锋。

高调慈善方面：他是踏踏实实一步一个脚印走过来的，所做的成绩世人有目共睹。

高调学雷锋方面：他不仅身先力行，而且带我们全家人去参与，我和老伴也没有落后，活动现场我看到了光标第三十九次献血。

高调议政方面：他就如何建设和谐社会提出好的建议，例如房屋拆迁改革方案，社会老龄化问题，大学生毕业就面临失业等等一系列热门话题。并且就这些问题四处奔波，着手解决。

高调环保方面：当他看到了天不再蓝，花不再鲜，鸟不再欢唱时，又大胆地提出了低碳也是慈善，而且是更大的慈善，是对人类的慈善，对地球的慈善，对自然的慈善。

光标不是完人，可能有点张扬，但他毕竟送给老百姓的是真金白银，救出的是鲜活的生命，是在实实在在为老百姓做事。事实上，高调慈善在我国也是由来已久，中国古代民间善人在遇到天灾人祸时，在街口支口大锅施粥就是高调慈善的典型事例。再有我父母在那么困难的年代也熬花生粥赠予苦难的乡亲，他们不图名，不图力，只希望能救助更多的人，让他们有一顿饱饭，可以抵御寒冷。

行善是一种出于道德的自觉奉献，它本来就很脆弱，需要大家的呵护。将心比心，如果你在行善，却有许多人苛刻地质疑你的动机，戴着放大镜查看你的问题，你会有什么样的感觉？光标这些年高调行善，就遭到了许多的质疑和指责。但光标基本没有受到这些影响，因为他知道，人在做，天在看，公道自在人心。那些受过他帮助的人会给他一个公正的评价，那些正直的媒体，会还原一个真实的光标。真心希望，大家能给光标一个宽松的环境，一个客观的

金钱有价，情义无价。愿灾区人民过个幸福年。

评判，让他的慈善如阳光一样照耀大地，让更多的人感受到这份温暖。

光标是我从小用"标尺"约束长大的，他做的每件事都是光明正大，问心无愧的，我之所以要用文字记录儿子一切善行，是因为：第一，这本回忆录要伴随我的后半生，我还要赠送我的亲友，这样便于了解光标，细细品味他做的每一件事，我们心里天天都会有满足感。第二，这样方便我把光标的善事一字不落地抄到祖宗的家谱上，告慰陈家先人，陈家也出了个名人。他是我的儿子，我觉得脸上特别有光。真有一天我见到了列祖列宗，也没有遗憾了。同时它也能明示我们陈家后人，他们有了学习的榜样和楷模。希望陈家后人都能像光标一样堂堂正正做人。

光标现在最大的期盼就是希望更多的人一起行动起来，真金白银的献出自己的爱心，大家一起做慈善，做环保。只有这样，才能让我们的社会更加充满爱心，让我们的环境更绿色，更低碳，让慈善和文明的脚步声在中国更响，让中华民族在世界上更加受到尊重，也更加有尊严。

那就让我们一起为他加油，送上这首歌为他加油鼓劲：

一支竹篙呀，难渡汪洋海

众人划桨哟，开动大帆船

一棵小树呀，弱不禁风雨

百里森林哟，并肩耐岁寒，耐岁寒

一根筷子轻轻被折断

十双筷子牢牢抱成团

一个巴掌拍也拍不响

万人鼓掌声呀声震天

一加十，十加百，百加千千万

你加我，我加你，大家心相连

同舟嘛共济海让路

号子嘛一喊，浪靠边

百舸嘛争流，千帆进

波涛在后，岸在前

（五）慈善的延伸：环境保护与食品安全

慈善的表现形式多种多样，而其中让最多人、乃至子孙后代都能受益的就是环境保护了，光标从小就明白这一点，在环境保护和食品安全上，他也做了很多很多。

现在的食品安全很不让人放心，光标对这件事很上心，因为他觉得食品安全一方面直接关系到人们的健康，另一方面，光标觉得如果他能做些什么来提高食品的安全性，这个社会人和人之间能多一点信任，这才是最有意义，最有价值的事。

在食品安全这件事上，光标不仅成立了食品安全保障基金，实行奖励政策，提出对食品安全问题的举报查实后最低奖励10万，鼓励企业内部举报。他还斥资成立光标绿色食品有限公司，在黑龙江省等三地承包100万亩土地，生产加工陈光标牌绿色农产品，及陈光标社区五谷杂粮专卖店。光标还去了西藏、云南香格里拉、黑龙江等地化验水质，准备生产让人放心的绿色矿泉水，他提出要生产各种绿色指标都是一流的绿色产品，让更多国人吃到健康安全放心食品，并聘请绿色食品管理和监测专家，在为企业盈利的同时，让国人吃上绿色安全的食品。更重要的是让更多食品生产企业受到影响，逐步解决中国食品安全信誉不足的问题，让人和人之间多些信任。这，也是慈善。

光标说过低碳也是慈善，他个人率先践行低碳环保，每天骑车上下班。并给公司员工配备了自行车，也在全国各地发放了自行车，倡导环保出行。光标这一壮举经媒体报道后，引起了市民对环保出行的关注。光标在网上分享了几张他自己在路上骑车的照片。照片上的他，穿着一件亮黄色上衣，骑着一辆很普通的女式自行车。对于此举，光标解释了原因，他表示，骑车一方面可强身健体，降血压、血脂，对身体大有裨益。另外一个尤其重要的是可以为低碳生活节能减排，造福子孙后代。他甚至还邀请大家来监督，他说过，除了恶劣天气和招待客人以外，只要谁拍到了他坐车上下班的照片，就奖励人民币1万元。还真有不少人去他们公司门口，想"抓现行"，可是他坚持得很好，一直骑自行车上下班。忘了说，他之前骑的一直是他爱人的女式自行车，骑的时候甚至腿还要弯着，不过仍有网友被光标感动而大喊"佩服"，称赞他骑车的形象"很阳光、很榜样"。光标不仅严格要求自己，他还教会了小环保骑自行车，打小锻炼孩子，让他养成保护环境，文明出行的好习惯。

关于骑车这件事，光标不仅自己坚持，他还要让全国人民都意识到骑车的好处，他先在北京发放2000辆环保单车，又在黑龙江发放了自行车。如果效果好，计划在全国发放上万辆，这些环保单车多一个人骑，碳排放量就会减少一些，这件事真的很有意义。

值得一提的是，在西南抗旱过程中，他发现全国很多爱心企业家都捐了矿泉水，灾民们喝了之后就把矿泉水瓶子乱丢。为此，光标特意组织了专业队伍前往回收，回收了整整53吨，回收之后卖给

我来带头骑车出行，希望越来越多的人加入这个行列。

浙江老板。这么做的目的就是要告诉他们要保护环境。

光标做企业要做低碳,做人要做低碳达人,为了让我的两个孙子从小就有低碳意识,建立低碳思维,他把他们的名字已经改为叫"陈环保""陈环境",希望他们能成为人类"爱的使者"。

按我们陈氏家谱,我的孙儿应排"启"字辈,当初我们就给大孙子起名陈启正,也就是启发后人要端端正正做人,现光标为把高调环保做得更有效果,不惜冒犯家规,给孩子们改了名字。我这个当老人的有点不高兴,但觉得光标一直很有分寸,我也大力支持了,现在他妈也被推荐为中国环卫工人形象大使,亲自去扫马路。除了给孩子改名,他给自己和儿媳也改了名,光标有一次在接受记者采访的时候说:"我叫陈低碳,我老婆叫张绿色。"还说"虽然只是外号或者小名,但比较享受。"此外,孙子们也加入了低碳行业,他们说跟爸爸学了很多慈善,现在要跟爸爸学低碳,小环保唱的《低碳——心尔之歌》,《让我们再回到从前》可好听了。

还有一件事儿,那就是"砸奔",当时我也在他们公司,看到那么贵重的东西将被砸坏,我劝他不如把车卖了,换回钱再捐出去,他反驳说如果把车卖出去了,车还是有人在开,那我带头的无车日活动以及绿色环保活动还有什么意义。我觉得光标说得确实在理。我们陈家做人历来是清清白白的,更希望生活的空间是干干净净的。

(六)光标的裸捐风波及我们的看法

2010年10月,光标再次把他的慈善人生推到了最高境界,他向世界做出裸捐承诺,让世界看到中国企业家的爱心和胸怀。据说很多富豪不愿接受巴比宴，他们担心被劝捐，可光标不但参加宴会，还做出裸捐承诺。他这一举动在社会上引起很大反响，我们家人却没感到意外，其实早在2007年的时候，光标曾经宣布，将来把家产的95%捐给社会，只留5%给子女。

而这一次，当光标听说比尔·盖茨和巴菲特向中国富豪发出"慈善晚宴"的邀请，而其中有些富豪担心被"劝捐"而婉拒赴约后，他"一气之下"宣布将放弃最后的5%资产，面对质疑，光标说："我就是要高调做事，给中国的这么多富人些压力，要不我怎么对得起首善这个名头。"至于光标做出裸捐这个决定的原因，他在给巴菲特和比尔·盖茨的信中已经说得很明白，这封信摘录如下：

作为美国首富和"股神"，你们最近在全球掀起一股慈善风暴，希望世界各国亿万富豪行动起来，将自己半数财富捐赠出来，支持慈善事业，让我非常敬佩和感动。

去年11月3日晚，我接受比尔·盖茨先生邀请在北京进行私人会晤，就慈善事业进行了亲切交流。这次又应你们共同邀请再商慈善事业，感到非常愉快和高兴。今天，当你们来到以"勤劳、智慧、善良"闻名于世的中国时，我在此郑重宣布：将做第一个响应并支持你们行动的中国企业家。在我离开这个世界的时候，将不是捐出一半财富，而是"裸捐"——向慈善机构捐出自己的全部财产。这也是我给你们两位先生中国之行的见面礼。

地球是我们人类共同的家园，世界各国无论富人还是穷人都是一家人。只是由于每个人的起点不同，机遇不同，分工不同，所以在拥有财富数量上有了差别。事实上，在中国，每一个企业家的发展都离不开国家政策的支持，离不开稳定的社会环境，更离不开广大普通员工的辛勤劳动。所以，每个富人应该意识到：能够成为富人是幸运的，但你拥有的财富绝不可以仅仅属于自己个人，你有责任为他人，为社会，多做一些事，更多地回报社会。

我作为一个富人，绝不做财富的守财奴。目前我每年都在把公司一半以上的利润拿出来做慈善。2009年我们公司净利润4.1亿，我捐出去了3.13亿，捐出净利润的77.6%。财富是什么？我认为，财富是水，是身外之物。如果有一杯水可以一个人喝，有一桶水可以存放在家里，要是有一条河就该与大家分享。

从1998年做企业以来，我每天都在奔跑中，没有休息过一个周末。为了公司的发展，我总是精打细算，将每一分钱用在该用的地方，因为我要将节省下来的每一分钱用于慈善事业。我认为，慈善不是一时一地的，它永远没有终点，我做企业十年来，到目前，累计向社会捐赠款物13.40亿，直接受益者超过70万人，今后我还将一直这么坚持下来。

我一直认为，人的一生是短暂的，当我们活着的时候，能够轰轰烈烈地为自己的国家干一番事业，创造财富，创造就业，创造文明和进步，无疑是幸福和快乐的；同样，当我们即将离开这个世界的时候，能够把财富归还世界，让更多遭遇不幸和贫困的兄弟姐妹共享，自己清清白白地离开这个世界，更是一种高尚和伟大。相反，如果在巨富中死去则是可耻的。

人类的慈善是不分国籍的，世界会因为我们的慈善行动而多一些和谐，多一些平等，多一些爱，并且会变得更加美好。这正是我们共同的期望。

祝你们永远健康快乐！

你们的中国朋友陈光标

2010年9月5日

对于裸捐一事，光标其实做完决定后通知家人的。我们做父母的早就习惯了他的做事方式，从小他就是伴着捐款长大的，让我们感动欣慰的是，我们儿媳妇不但没有一点儿怨言，反而支持他的做法，只是她觉得压力大了，她必须努力把孩子们培养成才，教会他们自食其力。其实给光标做媳妇挺不容易的，她不但要默默的支持光标的事业，还要照顾家里的老老小小，自己舍不得买高档服装，高级化妆品，却舍得让光标拿着大把的钱去做慈善。在如今物欲横流的社会，能有这么宽广胸怀的女人也不多了，能娶上这样的媳妇真是光标的福气。

光标做出裸捐承诺后，社会上很多人都在质疑他，说他没有亲

所属的领域不同，但慈善的心却越来越近。

情，不考虑亲人的感受，往后孩子怎么办，父母兄弟怎么办，尤其听说光标的弟弟妹妹都在外面给人打工，质疑声更高了。一个人如果对自己的亲人不好，怎么可能对其他人好呢。这里我要替光标澄清的是，光标不是对他们不好，只是好的方式不同，他们兄妹三人关系很好。小时候，光标因为我没让他妹妹及时上学，跟我呕了好长时间的气。为了弟弟治伤，更是举债过日。现在条件好了，能不管自己的弟弟妹妹吗？他是希望弟弟妹妹自食其力，靠自己的本领吃饭。其实我那两个孩子也都肯吃苦，可以自食其力，他们在哥哥的带动下，其实生活得很好。他们没能在哥哥的公司上班，是因为小时候家里穷，念的书少，文化水平低，怕到哥哥的公司做不好，才不去的。光标现在每个月给他们孩子足够的教育费，就是让他们好好读书，不要重蹈覆辙，做个有知识的人。当然了，如果他们遇到棘手的事儿，还是第一时间找他大哥，大哥每次都是妥善帮着解决。

光标裸捐的做法提出后，有人赞同，也有人质疑，他这么做是不是对家人的不负责。面对大家的疑问，光标在网上写了一封信，解释了自己缘何有这样的想法。在信中，他表示为自己的弟妹能够自食其力感到骄傲。其实从光标写给网友的一封信就能明白光标的良苦用心：

尊敬的各位网民朋友：

你们好！

我是陈光标，9月5日，我写了一封给比尔·盖茨和巴菲特的信，宣布在我离开这个世界的时候，将向慈善机构捐出自己的全部财产，引起广大网民朋友和社会各界的广泛关注。很多人对我的行为非常支持，钦佩和感动。你们的支持、赞誉和鼓励，也深深感动着我。然而，也有网友关心：我这么做，家里人理解和支持吗？当人们得知我的妹妹依然在一家饭店洗碗，每月工资只有1800元；我的弟弟依然在做保安，每月工资只有2500元，也有人产生疑问：陈光标为什么这么做，一个人如果对自己亲人不好，怎么可能对其他人好呢？

前一段时间，我一直在为舟曲泥石流灾区捐赠而奔波，今天才抽出时间想给广大网友写信，谈谈作为哥哥的我为什么这么做？以及我对一个亿万富翁该如何对待自己亲人的理解。

首先，我想跟网民朋友先聊一聊我的家。小时候，我们家很穷，哥哥姐姐都是饿死的。可以想象，如果没有改革开放政策，没有稳定的社会环境，我们家今天会是什么样子？我也许只是个靠工资养家糊口的普通人。所以，今天我成为亿万富翁，是幸运的，一直从内心感激社会，感激改革开放，也有责任为国家，为社会，多分忧，多做一些事。

记得小时候，遇到乞丐要饭，我的父母非但不嫌弃，还会请他到自家餐桌上，与我们一家共同吃饭。别人家孩子没奶吃，妈妈就放下自己的孩子，给别人家孩子喂奶。有一次我看到弟弟因为缺奶吃饿得一直哭，就问妈妈为什么。妈妈回答："你小时候也是这样的，我奶水还可以，别人家一点都没有，小孩子要饿死的。"父母虽然贫困，不可能给我们留下什么物质财富，但是他们教会我们如何做人。现在我能用财富回报社会，是父母教会我们的，也是为了尽忠尽孝。有人问我：陈光标，你最大的遗憾是什么？我想我最大的遗憾就是没有第二次生命奉献给我的祖国。

其次，作为亿万富翁，我应该为自己的弟弟妹妹做些什么？有一种传统观念叫"一人得道，鸡犬升天"。的确，如果我把一部分财富送给他们，弟弟妹妹们也许能过着一种养尊处优的生活。现在不少亿万富翁就是这么做的，把企业变成家族企业。然而这么做就对吗？结果就好吗？

我发现60％以上的"富二代"是败家子。财富并没有使他们成为对社会有用的人，他们中有的人甚至吃喝嫖赌，危害社会。这些财富事实上是害了他们。没有辛勤劳动创造、轻而易举获得的财富往往很难珍惜，也很难守得住。所以，我希望自己的弟弟妹妹自食其力，靠自己的本领吃饭，同时也在社会上体现自己的人生价值。现在他们做到了，我为他们骄傲，我想广大网民朋友也会为他们鼓掌的。

我的弟弟妹妹文化程度不高，都是小学文化。我也曾经3次创造机会让他们到我们公司工作，但后来由于受文化水平限制，他们不能适应企业发展要求，先后又离开了。我也犹豫过，是继续让弟弟妹妹留在公司养着他们，还是让他们到社会上寻找适合自己的工作，最后，他们出去找到了自食其力的工作，我觉得他们当保安和洗碗工，做对社会有益的事，不丢人，非常光荣！

当然，人非草木孰能无情，更何况血浓于水呀。作为哥哥，我对亲人也是充满感情的，一直在想如何帮助他们。我觉得，如果给弟弟妹妹留下一大堆鱼不如教会他们孩子钓鱼捕鱼的本领。因为再多的鱼也有吃完的时候，而钓鱼捕鱼的本领可以让他们和孩子受益终身。所以，我没有给他们很多金钱，而是帮他们培养教育好孩子。教育能够改变一个国家的命运，也能改变一个家庭的命运。这就是我多年来一直坚持不给弟弟妹妹钱，但是每月给他们孩子2000元教育费的原因，当然，在他们家庭遇到困难的时候，我该出钱的出钱，该出力的出力，更是人之常情。所以，尽管有人不理解甚至不认同我这么做，我还是会坚持这么做下去的，我觉得这是对亲情观和财富观理解的不同吧。

由我创立的黄埔再生资源利用有限公司，是一家高科技环保拆除公司，是目前中国唯一一家把建筑垃圾二次利用的环保产业，我用"变形金刚"把废旧垃圾做成颗粒，用做路基辅料，多年来，累积在颗粒可足够从北京至天津铺四车道了。目前，我又将向利用生活垃圾转型，我认为这是一座看不见的巨大"金矿"，既保护了环境又有不薄的利润。

我觉得，一个人来到这个世界，可以说是"赤条条地来，赤条条地去"，应该把财富看得淡一些。我经常说，财富是水，是身外之物。如果有一杯水可以一个人喝，有一桶水可以存放在家里，要是有一条河就该与大家分享。我从1998年做企业以来，每天都在奔跑中，没有休息过一个周末。为了公司的发展，精打细算，将每一分钱用在该用的地方，将节省下来的每一分钱用于慈善事业。我做企业十年来，到目前，累计向社会捐赠款物超过13.57亿(包括前几天捐给舟曲价值1700万的大型机械设备)，直接受益者超过70万人。这对国家，对社会是有意义的事，对我们家庭，对我的弟弟妹妹，不也同样是有意义的事吗？

我想告诉大家的是，我捐的不是钱，而是一种理念，通过这种理念来唤醒人们的灵魂与良知，并且是在呼唤这个社会的公平与正义。因为，我看到了这个世界上越来越多的人睁眼闭眼就是钱和权，忘记了什么是尊严，失去了人性，这让我非常寒心。我所捐的十三个多亿，帮助了七十多万贫困人口，其实，我看重的并不是这些钱，我捐十三个多亿跟普通百姓捐十块钱是一个道理，主要想通过个人的亲力亲为来影响带动更多的人行动，让更多的人得到帮助，这才是我觉得无比快乐的事。

现在，我的儿子七岁了，我经常带他出席一些慈善活动，也会带他去到贫困山区，我要用我的言行来感化他、引导他，让他懂得感恩社会和包容社会。我希望他长大了和我一样一辈子从事环保产业的同时不忘回馈社会。网友朋友们，我也衷心希望，你们也行动起来，帮助他人，从身边一点一滴做起，并且用行动带动你们身边的人、你们的下一代，一同为我们国家的环保产业、慈善事业尽一份力量。我认为，社会不仅仅需要一个陈光标，而需要千千万万个陈光标，大家团结起来形成强大的精神力量，加入慈善大家庭的一份子，你们一定能从中体会到和我一样的快乐。

网民朋友，我希望弟弟妹妹能以有我这样一个为了社会"裸捐"的亿万富翁哥哥而骄傲，同样，我也会以弟弟妹妹这样作为亿万富翁的弟弟妹妹仍然做洗碗工、做保安，自食其力而自豪！

我提出"裸捐"后，现在已经有过百名富人和普通百姓响应我，还有一些富豪向我表示，他们虽然做不到捐献百分百的遗产，但会捐出百分之五十，我很是欣慰。最近，不少我捐助过的少数民族欠发达地区的少数民族干部给我打来电话，他们说我唤醒了许多富人的良知与灵魂，相信不久的将来少数民族的穷人会得到更多的富人帮助了。他们还告诉我，受我捐助的贫困百姓在生活、教育上得到了怎样的变化，听到这些，我想无论我面对怎样的非议，我都无所谓了，因为我的内心是喜悦的，是坦荡的，对社会、对他人从来没做过一件坏事。我要让父母和弟弟、妹妹们放心，我会永远记住98年春节吃饭桌上父亲送给我的两个坚持：坚持守法经营，坚持诚信做企业，做了好事一定要告诉更多的人。

"裸捐"行为牺牲的只是我一个人的利益，但会让更多的百姓得到收益。网友朋友们，你们放心，我陈光标对社会承诺"裸捐"说到做到，当我离开人世的时候，我不想让我的子孙后代承受骂名。

人与人之间最难得的是尊重与被尊重，理解与被理解，感动与被感动，社会各界和广大网友的尊重、理解和鼓励，永远感动着我，给我坚持不断做慈善以快乐和力量。

（七）感谢媒体包容我的儿子

光标高调做慈善，就是要唤醒更多人的良知和爱心，希望更多的人把口袋里的钱拿出来做慈善，做环保。他举行捐赠仪式，都要找媒体朋友，一是做个见证，二是希望藉此宣扬一种慈善精神。当前中国的慈善事业，就好像30年前的改革开放初期一样，也需要大胆创新，大胆尝试，也要解放思想，摸着石头过河，在解放思想的基础上，只要是为了慈善事业的发展，怎么做都不为过。他惹来这么多争议、质疑甚至是诋毁。一路走来，也见多不怪了。我没事儿的时候，看了许多写光标的文章，对光标受到的指责感到委屈和无奈。但很多媒体和社会同仁，还是为光标抱打不平，伸张正义。这里我代表全家感谢你们，谢谢你们的理解。

我认为有必要摘录一些报道放在我的回忆录里，每每翻看时，心里不再有酸楚。

我看到光标和网友交流时，网友对光标的评价有很多，下边我选一些：

陈红波A：您是我最尊重的人，对于在一些舆论上看到你的一些负面报道，我感到很伤心。您做善事是最为公开也最为实际的，可我就是不明白，为什么那些人要说那些冤枉话来贬低你，作为一个热血青年，我为有您这样的同胞感到骄傲，我为那些歪曲事实贬低您的同胞感到可耻，您是这个时代的代表。（1月29日）

数峰青岁月：你顶着压力做慈善，学雷锋，是现代中国的脊梁，顶天立地的大英雄，向你致敬，给你拜年！在龙年里继续前进吧，我们坚决支持你！（1月18日）

啊甘Gan要认真了：现在的富豪很多都是享受生活，他们进行了的别人知道自己有钱，怕做善事，虽然你做善事很高调，不管你是为了宣传善行还是为了赢得好声誉，毕竟现在做善事的人不多了，感谢中国有你这样的人存在（3月6日）

奉旨：仁者见仁，智者见智，陈光标的高调行善完全是想把他这种思想普及化、大众化，一个人就算再富有，力量毕竟有限，生命的长度也毕竟有限，如果能在有生之年把这种行善的思想普及给全国，这样的力量将会是无穷的。支持陈光标，支持善举，希望每个都能从我做起。

我非独行：陈总我代表我全家支持你，中国有钱人很多，但大多数有钱人发了财不是说国内的政策不好，就是说国内道德败坏，环境差，找各种理由往国外移民，把在国内挣的钱送给外国人花去，可耻可悲可叹，背祖忘宗。如果都像陈总这样把钱花在自己同胞身上用自己的言行去帮助国人，我想国家会更和谐更团结更美好。

媒体评论：

富人不应该把陈光标当敌人，虽然不能像陈光标那样行善，但至少要包容和尊重他。而在我看来，富人们不仅要包容，更应该感谢陈光标的存在。感谢他的慷慨解囊改善了富人的形象，感谢其善行对弥合贫富间的隔阂起到了很好的作用，还要感谢因为有了陈光标，使中国富人在巴菲特、比尔·盖茨这些国际慈善家面前不至于抬不起头来。（摘自《扬子晚报》，2010年9月29日，《富人不仅要包容，更应感谢陈光标》）

陈光标大家不陌生，中国首善，江苏黄埔再生资源利用有限公司董事长，因为倡导"裸捐"、"高调行善"备受争议，但争议非但没有妨碍他继续他的善举，反而"捐款"这一行为因为陈光标的出现而被推到了一个新"境界"，他不学雷锋帮助别人不留名，他捐了款还要别人举着他的"善款"与他全景留影，并且毫不避讳自己的张扬，面对媒体侃侃而谈说他的初衷就是要号召更多人加入慈善行列，推动中国慈善发展，高调的做法让不少人出来批评说他的行为有些像给被助者"嗟来之食"，让被助者没有尊严。陈光标做得过了吗？个人觉得没有，因为在中国慈善事业依然贫弱的今天，陈光标的行为无疑是走在前面的一面旗帜，无论他怎样"折腾"，他敢于动"真刀真枪"的勇气和示范作用是不容小觑的，他的作为不但不应该被苛求，还要给予积极的肯定。

（摘自中国共产党新闻网，2011年3月24日，《高调退贿与高调行善要顶！更要挺！》）

做慈善，选择低调还是高调行事，是陈光标们的自由选择，高调行善也是有意义的，高调才能为更多的人所知，才能带动更多的人行善，正如陈光标所说，他这么做是为了带动更多的人一起做慈善，因为中国需要帮助的人还太多太多。在受到质疑后，陈光标表态"人在做，天在看"，可说是他的自我安慰和自我鼓励，同时也是对我们每个人良心和善心的发问。说到底，公道自在人心。我们必须想明白，善待慈善就是善待人类扶弱济困的美德，就是善待我们自己。无论首善、大善还是小善，高调行善还是默默无闻地行善，我们都应该理解，支持和鼓励，并向他们学习，只有人人怀有善念、奉献善心，社会才会美好。

（摘自《学习时报》，2011年9月5日，《何必苛求慈善家》）

如果中国富人都像陈光标一样高调慈善，中国将消除贫富差距，走向共同富裕，幸福和谐的共产主义社会不再是梦想。

如果中国人都像陈光标一样做慈善，中国人将不知道什么叫走投无路。

如果全国人民都像陈光标一样砸掉汽车骑自行车，可以根治大型城市的交通拥堵问题，也可为国家节约上万亿的城市地铁和高架桥建设资金。

陈光标不仅不常坐汽车，而且提倡全家环保。如果中国人都像陈光标一样重视亲情，以身作则教育孩子，中国的孩子哪会被打上富二代的标签？

　　（摘自环球网华志城博客，2011年10月11日，《乔布斯和陈光标，谁更值得我们中国人赞美。》）

　　看到这些对光标的褒奖和鼓励，我们全家人还是要再次表示感谢，你们的理解就是医治伤痛的良药，能抚慰我们受伤的心灵，让我们深深体会了人间自有公道，光标不会再孤单。慈善环保的路上有你们同行。

　　中年的光标是在有关媒体的话题中开始的，还是在有关媒体的话题中结束吧。

第十四章　慈善的元素在光标的血液里快乐流动

（一）倡导更多的人加入到环保行列

为了进一步传播低碳、环保理念，鼓励更多的人选择骑自行车替代私家车，光标在2013年举办的第一场慈善活动就是向南京环卫工人、劳动模范以及贫困家庭等社会群体免费发放5000辆自行车，并向全国发出"多骑车少开车，绿色出行从我做起"的环保倡议。当媒体问他，这样高调行善的原因时，他说："对外界的质疑，我有过思考，但今天发起这次倡议，是希望更多的人树立环保意识，珍惜环境，减少污染，多骑车少开车，在生活中更加节约，更加低碳。为我们的子孙后代留下一片更加新鲜的空气，更加清澈的水源，更加湛蓝的天空。"

说心里话，我听到孩子能这么说，我感到很欣慰，我知道他是打心里这么想的。从小他就有一颗爱心，他想为这个社会做点事，这样的实际行动，可以引起社会关注，让更多人意识到保护环境的重要性，这样所谓的"高调"，我觉得无可厚非。我这个做父亲的，支持他。举办活动那天，正逢全国很多地区出现严重雾霾、空气污染指数很高，在这样的天气，举办这项活动更加有意义。

在活动现场，我们都很喜欢的钢琴家郎朗也过来助阵。他弹奏了一首钢琴曲，并把500张南京演出的门票捐给现场观众，呼吁大家共同践行环保。活动举办得很成功，光标踩上凳子，举起自行车，唱了一首《一起做好人》，郎朗也和环保合奏了一首钢琴曲，光标在活动现场说了他的绿色宣言："我们的时代在进步，环境为何在恶化？人们的生活水平在提高，为何呼吸的空气质量在降低？这需要我们反思，更需要我们的行动。"之后，他还骑着自行车和现场的受赠群众一起环游了南京的玄武湖。我是在电视里看到的新闻，看到儿子勇于行动，勇敢担当的做法，打心底为他骄傲。

光标对媒体说过："目前关注的是公益创新和环境保护，也希望引领更多人去讨论，讨论和争议是好事，不是坏事，有争议社会才能进步。"我认为这很有道理，一个人的能力再强，投入再多也无济于事，环保是一件需要所有人关注、行动的事，创造话题可能是一种很有效的做法。

（二）进军光伏产业

如果说实行低碳生活、坚持骑自行车是环境保护中的"截流"，那么开发新能源就是真正意义上的"开源"。光标一直对光伏产业很有兴趣，这种对环境极其友好的能源获取方式很吸引他，虽然出现过欧盟双反、江苏光伏行业巨头破产等问题，但他对光伏产业一直很有信心，并希望能通过自己的力量壮大这个环保产业。

经过1年多的考察，光标进入了太阳能发电这个行业，并投资了3亿多元。2013年的10月30日，光标代表他新成立的江苏博纬新能源科技有限公司向2014南京青奥会捐赠了价值百万的光伏发电系统，此外，他还表示要向贫困地区捐赠价值一千万元人民币的光伏发电系统，为青海、西藏等地进行发电使用。

在活动中，光标对媒体说："作为一名慈善家，我一直把慈善和环保作为我毕生的事业。让人与人之间和谐，人与环境之间和谐，是我永恒的追求。我非常幸运能从事这项对人类社会和居住环境有益的行业。我们正努力将公司打造成全球一流的光伏供应商和服务商。"

光标明白做光伏就是做环保，他的名字里就有一个"光"字，希望这个光伏产业能早日像光一样，照进千家万户，照亮大家的生活，让大家都能使用到环保清洁的能源。

（三）担任洪雅县环境大使

还有一件值得一提的事，就是光标在2013年3月接受四川洪雅县的邀请，担任洪雅的环境大使。被誉为"绿海明珠"、"天然氧吧"的洪雅县，虽头戴多项生态桂冠，属"优"级的生态环境状况指数名列全川前茅，但因长期市场营销不足，其"新鲜空气、有机土壤"等若干资源仍藏在深山无人识，在国内外乃至省内外知名度都不高，光标这次来担任洪雅的形象大使，可以让洪雅得到更多人和媒体的关注。

光标还表示，作为环境大使，行动高于一切。下一步，他将同洪雅县合作，把洪雅县的新鲜空气、有机土壤卖出去。我认为光标很有眼光，因为这件事一方面可以使洪雅的生态经济得到一定发展，当地百姓得到一些实惠，而更重要的是，他让更多人和政府部门认识到环保工作的价值，好环境也是可以卖钱的，环境保护是一项有价值的事业。

（四）雅安地震，又见到孩子的身影

中华民族是一个多灾多难的民族，但也是一个自强不息的民族。08年的一场地震在让很多人流离失所的同时，也让全世界看到了中华民族的秉性，让灾区的人民感受到了来自全国的温暖，感受到了这个大家的温暖。然而2013年4月20日，灾难再次降临。

光标当天上午正在江西井冈山参加活动，他接到了四川的一位民营企业家的电话，说到雅安芦山地震的消息，立即通知其黄埔再生资源公司四川分公司的施工队伍开动13台推土机、挖掘机、吊车等机械赶往震中。并且自己先行乘飞机赶往震中，当天下午2点，光标组织大型机械与9辆小车一路参与开通受阻道路。穿过泸定，翻过二郎山，差不多24小时没有合眼，光标带着生命探测仪等设备一路风尘赶到芦山县。为芦山县人民带来了三四十人的救援队伍和1000床棉被、500把手电筒、1000箱暖茶。还有他随身携带的30万元和公司临时调配的200万元现金。

经过前几次的抗震救灾，光标已经有了充足的经验。他在南京成立了防灾救灾培训中心，向民兵连、大中小学生培训抗震救灾知识达数万人次，这次光标带去的二十几名员工来自黄埔公司的救灾民兵连，其中还有参加过汶川和玉树地震的工作人员。

光标到达震中后对雅安的百姓说："雅安的父老乡亲们大家

好，我是陈光标。祝愿雅安人民早日走出困境，全国人民都在关心你们，都在用实际行动支持你们。"他还将带去的现金现场发给受灾的群众，因为他相信：刚经历过灾难的群众已经失去太多，希望发到手上的现金能带给他们一些慰藉，让他们有一点点得而复失的感觉。

我们后来才了解到两件令我们感到十分后怕的事：22日下午，在受命推平一片丘陵地，准备搭建帐篷安置受灾群众过程中，一辆大型推土机械在倒车时不小心刮倒了一根万伏高压线杆。当时他和20多个轮班的抢险队员正蹲在下面吃方便面，就在光标头顶不到两米的地方，万伏高压线因短路而爆炸，空气中都弥漫着一股烧焦的味道，当时光标身旁一名反应快的小伙子拉起他就跑，幸亏输电线路并没有断，被刮的电线杆被前后的电线杆拉住，最后只是倾斜在距离人群头顶不到2米的高度。如果电线杆真掉下来了，光标和他旁边的二十几人就会被瞬间烧焦。

还有一件事是在紧接着的第二天，23日光标和他的团队在抢

好孩子，有困难，告诉叔叔，叔叔尽全力都助你。

修穆坪镇的道路的时候，一块因为余震山体松动而从山上滚下来的石头砸到了光标的左腿，造成了他软组织挫伤，只能夹上夹板，缠上厚厚的绷带。当天晚上从医院返回家中的光标还是放不下灾区的群众，他发出了一条个人微博，向抢险救灾期间无法及时回复的朋友来电、留言关心表示感谢，同时"真诚地告诉大家"，"各方面救援人员很让我感动，解放军战士很让我感动，灾区人民很让我感动，网友很让我感动，谢谢你们！因为有你们，多难必兴邦，因为有你们，我们民族必然充满希望。"

在这条微博中，光标只是简短地提到，自己因腰痛复发回到北京治疗，对于受伤和前一天惊险的一幕却只字未提。

这两件事令我感到有些后怕，我相信以后哪里有需要光标的受灾地区，光标一定会出现在那里，我们也支持他去参加救灾，只是希望光标自己能多注意自己的身体，在遇到可能有危险的情况时多加小心，毕竟，他也是我们这个大家庭的顶梁柱，我们无法想象失去我们爱的光标。

仰望蓝天白云，怀抱未来希望。

（五）鼓励民族的未来

光标一直在做慈善，也一直在不停的开发慈善的新领域，从开始的捐钱捐物，到号召大家关注环境，再到环保产业和食品安全，2013年，光标将慈善带进了一个有着非比寻常意义的事业上，那就是支持青少年创业和支持青少年科技创新。

光标明白下一代是我们这个民族的未来，他说过："支持青年创业就是慈善！这种慈善意义更大。"光标还说过："年轻人不应该千军万马都去考公务员，国家需要青年创业，只有青年勇于创业，国家才有活力，才能用创业带动就业。"

为此，光标创立了"中国梦青年创业公益基金"，在启动典礼上，光标让员工用小车和箩筐装着3270万巨款现金来到现场，并承诺这些钱款用于扶植青年创业，借给创业青年完成创业梦，五年内不用付利息。这件事意义深远，如果青少年有好的创业想法而没有资金去实现，那是一件很遗憾的事，而光标的青年创业基金可以很好地帮助有想法、有行动力的青年去将自己的梦想变成现实，这是最好的慈善，而且我相信，如果这些青年到了创业成功的那一天，一定会更好的回馈社会，帮助更多人，这是一种对社会有益的良性循环。

除了支持青少年创业，光标也很重视支持青少年的科技创新，因为我们国家目前因为教育和科技创新环境等原因造成青少年科技创新能力与世界先进国家有一定差距，光标为此感到十分担忧，为此，他想了一个办法，那就是斥资成立科技创新奖，光标甚至用几亿元现金堆了一座小山，为的是让更多青少年知道这个奖，激起他们的动力。

光标这次设立的奖是：一等奖为1亿元现金、二等奖为870平米别墅、三等奖为630平米别墅。奖金的数额之大，可见光标对青少年科技创新的希望与信心之深。光标对得奖者的要求是：20岁以下，拿到国家专利局发明专利证书的；20至26岁，有国家专利局发明专利证书且发明专利、转化为产品、投入市场销售的；在1.5个小时内答对与他捐赠相关5个问题的。海内外华人青少年均可参加。

对于得奖的青少年可能会因突然富有而心态失衡的问题，光标会邀请心理专家对3位获奖者进行3天心理培训，疏导他们的心理，树立正确的财富观。我认为光标想得很周到。

光标在接受媒体采访时说："目前中国每年这个奖、那个奖不少，我认为最重要的，是要多设立青少年科技发明奖，鼓励孩子们从小就爱发明、爱科技、爱创新。如果世界各国使用的许多产品都是中国发明的，是'中国创造'，而不仅仅是'中国制造'，那么中华民族在世界的形象无疑会更伟大。未来在世界竞争中决定胜败的是年轻一代，所以我将设立中国青少年发明创新基金，希望通过自己的基金鼓励更多的青少年投身创新和发明。"我认为他的想法十分独到而有意义，十分支持他为青少年创业和科技创新所做的一切努力。因为这不仅是激发青少年的创业和创新激情，帮助他们勇敢地实现自己的梦想，让中华民族的下一代更有能力与竞争力，更重要的是。这是将慈善和爱心的种子播撒给下一代，他们借助社会的力量，完成了自我实现之后，一定会将爱心回馈到社会中，从而将慈善的心和爱的种子一直传递下去，让爱和温暖的河流流淌在社会之中。

第十五章　在哥哥保护下快乐成长的姐弟俩

乖巧听话的女儿

（一）女儿是爸妈的贴心小棉袄

我和献霞就春华一个女儿，说起来我俩的第一个孩子就是个丫头，但是出生没多久就夭折了。所以，尽管农村重男轻女的思想很严重，但是我俩对这个来之不易的女儿也很疼爱。尤其是献霞，虽然家里穷，她也会想尽办法去打扮春华，每天无论多累，也要给女儿好好的梳头，还特地找了根红绳给她扎马尾辫子，只要家里有颜色亮一点的布都要给春华做衣服。但是对于上学的问题，我和献霞知道，很对不起这个孩子，在她该进入课堂的年纪，因为家里条件实在不好，只有先让光标读，让她在家留了一年。等到家里条件稍微好一点，我就马上让春华去学校读书了。这个孩子很争气，不仅脑袋聪明，而且学习很用功，从来不让我们做父母的操心。我到学校去，她班主任老师也跟我夸赞她，说她上课永远是最认真的，积极举手发言，不仅如此，还能主动帮助班级的其他同学，老师和同学都很喜欢她。看到春华每次带回来的满分的卷子和年级第一的成绩，我心里特别高兴。虽然我只读到初中毕业，但是我心里一直都明白学习的重要性，所以只要我有能力，就一定会全力支持孩子读书的。

（二）严于律己、刻苦学习的春华

看到孩子的每一点进步也是做父母感到最欣慰的事。春华在学校里乖巧懂事，从来不让我们担心。那时候是原本已经到了上学年纪，光标早早就把春华的书领回家了，但由于家里条件实在不好，就让春华在家留了一年。我担心耽误一年会影响她成绩，没想到，春华特别努力，在学校里认真听讲，回来按时完成作业，原本耽搁的一年很快被她跟上了。最重要的是，她的成绩还很好，经常拿到班级里的小红花。看着我家大丫头开开心心的拿着小红花给我和她妈看时，好像又看到了当年小光标的影子。

春华是家里唯一的女孩儿，非常懂事，每天放学回家都能主动去帮助我们承担家里的活，给园子浇水，为全家人准备晚饭，家里有好吃的从来不跟哥哥弟弟争抢，都是照顾弟弟，先让弟弟吃，我和献霞给她买铅笔橡皮什么的，她也要先给弟弟留着。每天放学回来，都是先替我们做好家里琐事后，再一个人跑进屋做作业的，看着孩子消瘦的背影，我知道我这个父亲做得不够格，但是当时的环境就是那样，家里的背景也改变不了，只得委屈孩子跟我们受罪。春华到初中后学习更用功了，那个时候孩子都贪玩儿，上课不好好听讲，下课又不用心作业，而是跑出去疯玩。但春华自始至终都没有改变学习的态度，初中的班主任老师也很喜欢她，有的时候如果老师赶上家里有急事，不能去上课的，都让春华做"代课老师"，帮着他维持班级的秩序，确保正常教学进度，换句话说，就是班上

女儿的细心，贴心、关心是给父母最温暖的礼物。

的小老师。春华回家跟我说，她班上老师都说她的成绩好，按照这样的趋势，将来考个大学不成为题，她跟我说想接着读书，想读到大学。我听了既高兴又担心，我欣慰这个女儿在逆境中没有妥协，在条件那么不好的情况下没有耽误学习，成绩还那么优秀。

（三）铿锵小玫瑰

但是，理想终究敌不过残酷的现实，春华初三毕业那年，家里情况还是没什么好转，只是靠着几亩田地生活，吃饱饭已经不容易了，还要同时供三个孩子读书，我和献霞感觉压力不小，但是在春华初中毕业那年，我还是想尽一切办法为她凑高中的学费。但是高中不比小学初中，不是义务教育，学费书本费自然要高不少，忙活了一个暑假，凑到的钱还是不够。或许是春华心思细，一早就知道家里的情况，亦或许是她看到我和她妈妈每天都东奔西走借学费，愁眉不展，在邻近开学的日子，她主动跟我说，她不读了，想回家帮忙做农活，填补家用。我自然不会同意，好不容易读到初中毕业，成绩又那么好，如果不读了，很可惜，我坚决反对，告诉她不用担心钱的事，我会想办法解决。

但是没想到平日里看似没什么主见的春华这一次却很执拗，坚持说不读就是不读了，让她去学校领课本也不去，让她专心在家学习也不听。而是每天早早起来跟着我和献霞去地里干活，我怎么劝她回来她也不听，固执的坚持自己的想法，她那股倔强劲上来，我还真是没办法。等到开学的日子，她也不去学校，依旧留在家里干活，我找老师同学到家里劝她，可无论谁说，怎么说，她都不肯听，她始终就跟我说，如果她不读书了，既不用再交学费书本费，她又能出去打工赚钱，这样是两方面的节约。没办法，我们都拗不过她，只好由着她性子来。在家里做农活做了半年，到年底，就是冬天的时候，家里没什么活，这孩子又自己跑出去找活干，那个时候大家都以种地为生，没有什么副业，农闲的时候大家都想找点活干，挣点钱，可是能做的事太少了。别说是一个十几岁的女孩子，就算是一个成年人也很难找到合适的活。我让她不要出去干活，就在家里做做家务就好，但是她不听，依旧每天早出晚归。

后来，我发现春华每天走得更早回来得却更晚了，而且，我看她每天都很累的样子，回家后也不怎么吃饭，倒下就睡，我问她是怎么回事，干什么活，她又不跟我讲。直到后来邻居家一个大哥告诉我说，看到春华在镇上的窑厂帮人家搬砖，去做苦力。听到这些的时候，我真的震惊了，不敢相信这孩子怎么会去做这些，我马上跑到窑厂去找她，看到她瘦小的身体真的在那里搬砖、码砖，磕磕绊绊的，很辛苦，头上豆大的汗珠一直往下淌，她不管不顾，擦了汗接着干。

这么重的体力活只有家里的壮劳力才会去，一个女孩子怎么能在那种环境做工呢。我强行要带她回家，可她说什么都不同意，她说这边虽然累一点但是工资高，只要肯出力，就可以赚到钱，她在那儿跟我吵，就是不回去。这孩子的脾气随她妈，上来那劲，谁也说不动。春华在窑厂，是到年底给结账，一年到头能赚七八百块钱。每到过年的时候，看着春华把从窑厂里辛辛苦苦赚的钱交到我们手中时，心里的痛苦是无法用语言来形容的。我跟献霞说，春华的钱，我们不能动，都给她攒起来。我们做父母的没能给她应有的无忧童年，也让家里唯一的女孩儿，跟着我们吃苦受罪，我们只希望她能嫁个好人家，出嫁的时候能够风光体面一些。

岁月里的春夏秋冬，不全都是阳光明媚，也会有风霜雨雪。但只要我们足够坚强，怀抱着一份善良，靠自己的双手去寻觅，去创造，就没有什么是不可逾越，不能改变的。人世间真正的贫穷不是物质的匮乏，而是内心的软弱。

就这样，春华初中毕业后，就开始在窑厂做苦力赚钱。每天早出晚归，很辛苦，但是她也从来没有向我和献霞抱怨过一句，那时候正是景标上学用钱的时候，这个姐姐也竭力尽到做姐姐的职责，自己好不容易攒点钱，还要给弟弟买学习用品。赶上带回来点好吃的也先让景标吃。他们姐俩从小关系就好，景标很粘姐姐，小的时候吵着让姐姐背，大了又嚷着要姐姐陪，两岁那年，姐姐背他的时候不小心把他的嘴摔破了，等景标长大点，春华逗弟弟问他恨不恨自己，景标拼命摇头说最喜欢姐姐。

（四）春华出嫁

　　光标长大后就到南京闯荡了，家里就剩下春华和景标，所以他俩的感情也很深。后来春华和她初中的一个同班同学宋坤结婚了，那也是老实本分的好孩子，他父亲和我过去还是同学，彼此都认识，知根知底的，因为他家成分好，他父亲毕业后做了乡里的小学老师，家里日子过得自然也比我家舒坦，春华嫁过去也不会遭罪，最关键的是小宋那孩子对春华一心一意，这是我们最看重的一点，只要对自己的女儿好，我们做父母的才能放心把孩子嫁过去。结婚那天，小宋家办得很好，把亲戚朋友、乡里乡亲都请去了。原本说好了，孩子嫁到好人家，我们不会难受，可是当春华走出家里的时候，献霞还是哭了。婚后，春华搬到隔壁村住，但是逢年过节他俩准保回来，两家人的关系相处得很好，平时春华也经常回娘家帮我和献霞干活。后来，江苏船厂来我们乡里招工人，过去后先学习，

孩子，快看！——春华抱着孩子

然后跟船出海。虽然苦点，但是工资待遇挺好，小宋能吃苦，来招工就报名了，经过培训后进船厂上班。每次回家的时候，也一定会带回来点城里的东西给我们俩送来，他们夫妻从不吵架，有了孩子后更加稳定、幸福，我和献霞看着心里说不出的满足和高兴。

我这女儿和女婿都是能吃苦的孩子，组成家庭后，每天都在为了家，为了孩子奋斗，小宋出去打工，家里的活就落在春华身上，操持家务，下地干活，赡养老人，照顾孩子，忙忙碌碌，一天从早到晚也闲不着，把家里上上下下打理的井井有条，有的时候去镇上赶集碰到亲家，他对春华是赞不绝口，说他家能娶上这样的儿媳妇，是福气。其实，做父母的不奢求孩子回报给我们多少钱，拿回来多少东西，我们唯一的希望就是孩子们能够和和美美的过日子。

这个女儿的生活或许没有他们兄弟俩那么跌宕起伏，但是我很开心这个从小就没有得到太多关爱的女儿能过上宁静、安逸的生活，拥有属于她的那个小家的简简单单的幸福。人生一世，能够以平淡的态度对待生活中的繁华与诱惑，让自己的灵魂安然，感受犹如湖泊般的宁静，是很幸福的。无论孤独，无论喧闹，都如小河流水般自然。我想明白了简简单单，平平淡淡的道理就会减少许多烦恼，就会获得潇洒快乐，就能在平淡中充实自己的人生。我能从女儿的神情中体会到她的幸福，她的满足，作为父母，只愿心安，再无他求。

乐观勇敢的小儿子

许多人不到穷途末路的境地就不会发现自己的力量，磨难犹如锤子和凿子，虽然痛苦，却能够把生命雕刻出力量和希望来。小儿子景标一直以来都特别的要强，尽管都说家中的老小是最受宠的，但由于我们家的情况，景标并没有因为自己年纪小而被过多的宠爱。小时候，光标和春华对他都是百般谦让，疼爱有加，但这并没有给他灌输凡事都去求助的依赖心理。相反，他始终保持一颗进取心，他的坚强，他的勇敢，他的不服输让我和献霞很欣慰。

（一）无奈的辍学

景标是到了上学的年纪就去学校的，那时候他六七岁，我带着他到学校去登记。其实这孩子挺聪明，每次考试，数学都能排到前五名，就是语文不太好。他老师遇到我时说："这孩子脑袋反应快，数学算得明白，只要在语文上面多下功夫，将来没准能出息。"听了老师的话，我特别高兴，每天都督促景标好好学习。

但是那时候条件不好。我和献霞都忙着在地里干活，孩子的三顿饭很难保障，更别提抽时间陪孩子了。有的时候赶上农忙，景标经常放学回家都吃不上一口热饭，有几次我们俩赶到家要给他做饭，他说他到大姑家吃过了。他大姑就在村子里住，平时就一个人，所以对这几个孩子特别好，尤其是对最小的景标，那更是宠爱。那时虽然条件好一点了，但家家户户的粮食也不敢放开肚子吃，但只要景标一过去，他大姑都给他烙饼、做菜，家里好吃的都留给他。

家里三个孩子都在上学，都要花钱，我和献霞的压力不小，但他们都听话懂事，主动帮我们分担家务，景标每天放学回来都会主动喂牛，然后才去和小伙伴玩儿。从光标到春华再到景标，这三个孩子都放过牛，年纪小的就做些简单的农活，所以当光标长大点可以下地干活的时候，就把放牛的任务交给春华，等春华大了，也能去地里干活的时候，小景标就接下了姐姐的工作。这三个孩子放学回来后都先帮我和献霞做家务，接着才是自己出去玩儿。

那个时候条件不好，队里的活很重，也没有副业可以增加收入，加上一直以来富农的影响，我们家始终没有过很宽裕的生活。三个孩子上学都用钱，虽然苦点累点，但是我都愿意供他们，我一直坚信只有知识才能改变命运。但是老天似乎一直在跟我开玩笑，景标读书到三年级的时候，有一天突然告诉我说他也不想读书了，想回家帮忙挣钱。当时给我气坏了，让他必须坚持把书读完。可他的性格也倔，说不动。其实这也不怪他，因为景标读书的时候，不是一直待在学校里，经常让他回家帮忙做事，所以一年级他就留了

好久没有吃到孩子做的饭了，有空常回家看看。

有了孩子的陪伴，我们的北京之行格外的幸福与难忘。

三年。二年级的时候，因为平时农活做得多，他的成绩跟不上，又留了两年，读到三年级的时候，学校老师还要他留级。那个时候他已经14岁了，个子自然要比同班的同学高不少，跟大家在一个教室里上课，他心里不好意思。就这样，景标读到三年级也就不读了。

（二）让人心疼的"小瓦匠"

这么小的年纪，不上学能做什么呢。我和献霞都担心，可是没两天，他跑回来告诉我找到活干了，他跑到工地上去给人家提小桶，就是谁家干活，盖房子，需要搬东西的，他就给人家提桶，里面装的沙子或石灰。但毕竟他年纪小，力气不够，手里提不动，只能用肩膀背，一天下来，回家的时候肩膀都磨红了，这样一天可以挣到八毛钱。后来，实在提不动了，他就开始在工地里和黄泥。盖房子要用材料，就是把黄泥和石灰混在一起搅拌，那个时候没有现在的机器那么先进，都是靠人力的，景标就跳进黄泥里去用脚去搅拌，石灰有很强的腐蚀性，孩子晚上回来的时候脚都烧破了。我不让他再去干这样的活，但是他不听，还兴致勃勃的跟我说："爸，你不知道，他们都不愿意要小孩子，因为这活大家都不太愿意干，但是我肯出力气，这样大家就都主动找到我，我就不怕没有事情做了。"听到孩子这么说，真的是让我这个做父亲的心感觉像针扎一样的痛。

记得有一次，我们这边赶上连着几天的阴雨天，没有太阳，路上都是积压的雨水，非常泥泞，那天景标回来的时候，把裤腿挽得特别高，打着赤脚，拎着鞋回来的，回家的时候已经冷得不行了，肚子也进了凉气，疼了一个晚上。我问他为什么不穿鞋，他说："地里都是烂泥，我怕把鞋和裤子弄脏、弄烂了。"真是个让人心疼的傻孩子。那个时候家家户户孩子多，都是一件新衣，大的穿完留给小的穿，一件衣服可能缝缝补补穿好多年头，景标大部分的衣服都是捡哥哥姐姐剩的或是邻居有的家小孩子大了，穿不下，送给我们的，自然是旧一点，但他都非常珍惜。夏天的时候就穿个短裤，上半身经常是随便套一件衣服。到了冬天，虽说是棉衣棉裤，但棉花都露在外面了，也起不到多少保暖的作用，孩子很难受，但是家里确实穷，也就那么凑合着。

景标在人家工地上干了两三年的时间，虽然辛苦，但是我看他还很快乐，这期间，他也凭借自己乐于助人，踏实肯干的性格交了很多朋友。那个时候，村子里有条件稍微好一点的人家开始有人买拖拉机干活了，拉砖、瓦或是沙子，一天下来能赚不少钱。景标看到后也心动了，也想学人家开拖拉机，他就到一户人家去帮忙，同时在旁边"偷学"开拖拉机的技术，这孩子脑袋聪明，没过多久就回来跟我说自己已经能把车开走了，也想自己买一辆车单干。我知道他的想法是好的，但是当时家里没有多余的钱去买车，唯一值钱的就两头猪，还要等到过年的时候卖个好价钱，攒出来年的生活费。我不同意，这件事也就先放下了。但是我知道，景标心里一直想着怎么尽快攒够钱。接着，景标就跟着他大哥去电鱼了，一干就是一年多。

（三）为了理想，失了自由

后来，电鱼的事做不来了，景标就回家开始琢磨接下来干什么。有一天，景标突然跑回来跟我说，他从集市上赊来了一辆拖拉机，他找村里的长辈给他作担保，用自己家里的两头猪作为保金，跟人家以3600元的价格赊回来了一辆二手的拖拉机，承诺两年的时间还清。景标把车开回家，跟我说清事情原委的时候，把我和献霞气得不行，这孩子小小的年纪，就敢背着家长去做这么大的事，而且我心里有数，以当时的市场价钱，3600元都差不多可以买一辆新的拖拉机了，可这是二手的，明显就不划算了。他们看小孩子不懂事，就忽悠了一下。这样的车，我自然不同意留下，当即跟着他到那户卖车的人家去，要把车退了，可是那家人说什么都不同意，强调说卖出去就是卖出去，他们不接收送回来的，而且3600元还要按之前说好的两年还清，如果时间到了没有付清，我们还要支付利息。没办法，我只好认了，带着景标回家了。3600元要两年还清，哪有那么容易，没法子，我就把家里的两头猪卖了。后来家里又卖粮食，景标每天拼命的出车，跑运输，自己也攒了一点钱，可还是没凑到3600元，眼看着要到还款的期限，我又跟人家借了1000元，总算是还清了拖拉机的债，但同时又欠下了新一笔债，欠下的1000元钱，不催着我们还钱，但是要景标无偿给他们家用拖拉机两年作为利息，就是这两年，如果他们家要用拖拉机，景标必须随叫随到。

那是1991年的夏天，我永远也忘不了。那天中午景标在家里吃饭，跟我说要早点走，下午那家人要拉砖，同时村里还有一家求景标帮忙去打场。那家人非常穷，景标心地善良，说想着能帮就帮一下，就开拖拉机压几趟，也费不了多少时间，等这边干完了就去给那家人拉砖。

景标吃了饭就急冲冲的去了，可没过多久，就有人跑到我家跟我说景标出事了，从拉粮的车上摔下来，很严重。我马上跑过去，景标躺在地上很痛苦，我看拖拉机上面垒了很高的粮食，上面有一个断了的绳子垂下来，那一定就是景标在上面绑绳子，绳子不结实，他没拉住就从车上摔下来。我看那粮食堆得有二米多高，想想孩子从上面直接掉下来，那得多严重。后面来了几个帮忙的，大家把景标抬到拖拉机上，往乡里的医院送。快开到乡里的时候，我看景标的脸色已经变得不是颜色，我说不能再颠了，拖拉机不稳，他在里面一直颠着，加重病情的。他们四个小伙子就把景标抬起来，往医院赶。送到乡医院的时候，情况已经很危急了，医生说景标的肝脏是震碎了，马上用那种打针给景标抽水，他的胸腔里面都积满了水，抽出来，立刻又存满了水。乡医院不敢继续治疗了，通知我必须马上转到县医院去，而且要抢时间。正当我们不知道怎么办的时候，光标正好跑完那趟车回来了。马上把景标抬到他的面包车上，往泗洪县赶。去之前，我在这边就联系了在泗洪县医院的一个侄女，就是我们村的，算起来是景标的表姐，她在县医院是总护士长。我告诉她这边的情况，她在那边马上联系了手术室，等我们这边人一到，马上推进手术室。

（四）光标急中生智，救回了弟弟

景标送进手术室，我和光标在外面转来转去，不知道里面的情况，担心的不得了。不一会儿，医生出来说，医院血库里的血都用光了，景标肝摔得很严重，所以不凝血，因为一直没找到出血口，输进去点血马上又流走了，血又不能循环用，很快整个医院的血都被用光了。如果再找不到新鲜的血液补充，景标就危险了，医生都给我们下了病危通知，让我在上面签字。我当时手都在发抖，不知道怎么办，光标让我在医院守着，他出去想办法。没过多久，我看光标带着很多解放军官兵赶到医院，有几十人，他们很有纪律，到了医院就开始排队，先验血，血型匹配的就立刻安排到另一个房间去抽血。

就这样，没多久景标用的血就够了。再加上医生及时抢救，说实话，真的是捡回一条命。要好好感谢泗洪县部队，要不是解放军的无私奉献，景标可能就挨不过去了。后来，我和光标特意去做了面锦旗送过去，感谢泗洪县全体解放军战士的无私奉献，救了景标的性命。打那以后，他们兄弟俩和部队结下了缘分，只要有机会光标就会带着弟弟去泗洪县部队，感谢那里战士的救命之恩。

　　光标一直都有当兵的愿望，但由于家庭成分没能如愿以偿。人民解放军大公无私，舍己救人的事迹，光标从书本中经常看到，对他影响很大，也一直铭记在心，所以遇到那么急迫的情况，他第一时间想到寻求解放军的帮助。后来他跟我说，这件事对他的影响很大，感受到解放军真的是为人民服务的军队，如果有机会一定要走进军营，成为一名光荣的解放军战士。这也是光标成为社会公众人物后，一直以身作则，身心力行的倡导大家向雷锋学习的情愫。

　　光标求助解放军救弟弟的事儿在村里传开了，人们一见到我，就竖起大拇指。说光标这孩子，遇事沉着冷静，反应快，脑子机灵。事后我和他妈说起这事，也觉得不可思议。记得医生让我签病危通知书的时候，我都"麻爪"了，脑子一片空白。一听说医院没血了，心里就一直嘀咕，这可咋办啊，可咋办啊。没想到那么一会儿功夫，光标就想到了办法，而且是那么好的方法。我知道这孩子脑袋转得快，没想到转得这么快。这是玉米面糊糊长大的孩子啊，如果是赶上现在的好时候，这孩子指不定会有什么惊喜带给我们。

　　手术很成功，救回弟弟的一条命，手术后景标住在了医院里。我让光标继续去干活，也让献霞回家去了，毕竟家里还有那么多活，还有个女孩子在家，就留我一个人陪着景标，献霞过两天就会给我们送些吃的，尤其是给景标做点有营养的东西养身体。还好景标身体底子好，虽然摔得很严重，但毕竟人年轻，各项指标恢复的都快，就住了一个多月的院，就回家了。可回家养了几天发现，他的肚子又胀起来了，送到医院，发现胸腔里面还有积水，又赶快送进手术室抽水，这就又住了几天的院，最后主治大夫确认没事了，我就又把他领回家。景标出院的时候瘦的都不行了，身体不舒服，吃也吃不下，几乎每天都要抽水，把人都要搞垮了，回家的时候，献霞看到这孩子脸色惨白，真的是皮包骨头，全身一点肉都没有，心疼得不得了。

景标住院前前后后也有四十多天，做了几个手术，术后又用药，还好，有那个侄女在医院，她知道我们家的情况，肯定是能帮我们省的都省了，在用药的时候，也是跟医生商量，用哪种药既不影响效果，价格还稍微低点的，总之就是省省减减，帮我们省了不少钱，到最后一共是三千多块钱。这要是在现在，别说是住了这么多天院，可能就一个手术就可以让我们倾家荡产。虽说是三千元，但是对于当时的家里来说也是一笔巨大的开支，刚帮景标还上拖拉机的钱，确切的说是那个钱还没有还完，景标这又出事了。医药费要的急，没办法，只好去借，我很感激我的那些邻居、亲戚，他们知道我家的情况后，很多都是主动把钱送到我家，虽然都不多，但是那份心意让我们全家都很感动。景标帮忙拉麦子的那户人家也送来了一千块钱，以他家当时的情况，我知道这个钱已经是尽全力凑了。

（五）自强不息，在生活中做最棒的自己

这样，景标在家休养了一段时间，就又坐不住了，我和献霞都劝他再多休息一下，但是他不干，还要出去找活做。没办法，看着孩子自己东一趟西一趟的跑，我也就去帮他问问，正好景标帮着拉粮食那家的一个亲戚是在泗洪县开货车的，就是最早的那种解放141，用大货车给酒厂跑运输，运输还是挺赚钱的。我知道景标喜欢开车，就想问他愿不愿意去学，景标很开心的答应了。这样，他

开始给那家开大货车的当学徒，最开始就是最简单但还是很辛苦的活，洗车、保养车、装卸轮胎等等。在这个过程中，跟着学怎么开车，没有工钱，但是提供吃住。景标一是爱车，对这方面好钻研，再加上这孩子从小就肯吃苦，所以，用了一年的时间就学会了，并且把大货车的驾照考下来了。有了驾照，他就可以自己开了，这样那家人每个月给他400块钱工钱。学了门手艺，又有固定的工作，景标很开心，看他每天都特别有干劲。结果又干了不到一年，因为效益不好，工资发不出来，在泗洪生活不下去了，景标就回到天岗湖了。因为景标老实勤快，车开得也稳，所以没过多久，就又有一家找景标去泗洪县开车，也是那种加长的货车，拉粮食、黄豆、酒，跑运输，每个月给他800块钱。

虽然工资高了，与之而来的是比过去更忙更累的工作。那个时候跑运输不像现在，跑一趟给多少钱，是一个月给你固定的工资，你要随叫随到，只要有活做，就要马上装车走。老板哪有不想多赚钱的，所以自然也很辛苦，经常是不分白天黑夜的跑。有一次，景标是要从泗洪装一车黄豆，送到苏州的太仓，那天是开的夜车，晚上才出发，那个时候没有高速，还都是石子路，开起来很不容易，跑了一个晚上，早上才到。到了以后，押车的人会安排卸车，他就在车上睡觉，但时间也不长，就一个小时左右。这边车一卸完，就马上开车去浙江黄岩，去那边收橘子，黄岩产橘子，收的时候只要一分钱一斤，很便宜，拉回泗洪县卖。

景标说看到橘子太便宜了，自己也买了200斤，才两块钱，留着自己家里吃。那是我们家吃橘子最多的一年，着实高兴了一阵子。装好了橘子是下午，景标就又开车往回赶，又是开了一夜，第

小家伙，快来亮个相——景标抱着孩子。

三天早上才到了泗洪，这三天的时间，就在人家装车卸车的时候睡了一会儿，很辛苦。干了一段时间，他回家，我和献霞看着这孩子变得黑瘦黑瘦的，我问他是不是很累，他还安慰我和他妈说没有，他挺喜欢这份工作的。那可真是最困难的时候，景标这孩子心思重，他总感觉家里为他花了不少钱，就想拼命挣回来，所以也不管身体能不能吃得消，老板让他什么时候走就走，他总说能找到工作很不容易了，不想出什么问题。

后来，景标在泗洪县交了个女朋友，是个好孩子，家也是我们天岗湖的，知根知底。他俩在泗洪相处了一段时间，1997年，景标23岁的时候，我就让他俩回家来把亲事办了。虽然家里条件不能跟那些大户人家比，但是也摆了十几桌酒席，请来了亲戚好友，给女孩儿买了衣服首饰，虽说做不到多么的风光，但很体面。结婚那天，我就告诉景标要好好珍惜眼前的生活，踏实努力的工作，不要沾惹社会的不良风气，认真对待自己的家庭。景标这孩子老实，一直也很听我的话，从小到大没有给我惹过麻烦，结婚后也很让我们放心，从来没听谁跟我说过他去跟人家吃喝嫖赌。他喜欢开车，不仅技术好，还稳当，不管是什么情况都按规矩开，这么多年连刮刮碰碰的事儿都没发生过。

婚后，他俩又回到泗洪去找活干，在泗洪县租房子住。景标前几年给人家开车攒了几千块钱，他还是想跑运输，毕竟这是他最熟悉，也是最容易上手的。他买了一辆二手的长安微型车，想自己拉一些活，但是这个车没有手续，白天不敢开，只有到晚上的时候偷着开，晚上熬夜开车也真是辛苦，尤其是后半夜，人是最疲倦的时候，所以我一直说，景标这孩子真的是靠着自己的体力挣钱的，每一笔钱都付出了辛勤的汗水，很不容易。开了没多久，因为查得紧，经常被罚款，他就把车卖了。可是这孩子还是喜欢车，想自己干，他还是想买车自己开，但他手里没钱，就找他老婆的姐夫帮忙，他在银行工作，帮他办理的贷款。就这样凑了两万四千块钱，买了一辆新的华阳小微型车。

有了车后，景标很兴奋，干活更有劲头，每天起早贪黑的出去拉活，但即使手续齐全，也不允许他私人载客，是违法的，抓到一次要罚几千块钱，后来实在没办法，干不下去了，他就把这个车卖了。虽然最后赔了点钱，但是这股子敢闯敢拼的劲头，还是很让我感到欣慰。后来他就开始给人打工了，还是跑运输，开的是解放141带挂车，工资涨到每个月1200元，因为这个也是没有手续的，所以只有晚上跑，拉石子和沙子。这家的老板人特别好，心地很善良，知道景标家条件不好，小两口平时根本不舍得买肉吃，所以他让自己的老婆买菜的时候都给景标两口带一份，也从来不跟他们要钱，景标主动给，他俩从来没收过。那个老板叫冯建忠，现在还总能听景标提起他，很感激他当时的照顾，后来景标家条件好了，逢年过节的都会带着礼物去看他们，只要他家有事，景标也会尽全力帮忙的。滴水之恩，涌泉相报。从小，我就告诉这几个孩子要心怀感恩之心，他们也确实这么做的。

（六）不惧怕挫折，活出强者的气势

后来，泗洪县跑运输的越来越多，效益也自然没有过去好了，很快，工资就开不出来。景标在这家干了一年多后就想办法出去打工，他想着毕竟泗洪县还小，找来找去也就那几家，还是没什么发展，他决定走出去看看。但那时他俩兜里也没有多少钱，家里还有孩子要抚养，景标就拿了300块钱，还有一个姨娘给了他200块钱，揣着500块钱，就出去闯了。他很早以前就想去浙江那边了，因为之前开货车送货去过几次，发现那边经济要比这边发达很多，他想只要自己勤快，肯吃苦卖力，到那边一定会有活干。可谁想，事与愿违，景标到那边后三天没有找到事情做，因为是外地去的，人家都不放心，不肯用他，眼看着兜里的钱越来越少，他担心如果再找不到活做，可能连回来的路费都没有了。这时他给光标打电话问他大哥的意见，光标劝他还是回来，先跟他在南京闯一闯，总比一个人在外地强。

景标到了南京后，光标安排他住下，因为还是没有找到开车的活，所以光标带着他学会耳穴探测仪，也让他在新街口摆摊，哥俩一个在街这头，一个在街那头，做耳穴探测仪的生意，那也真是早

出晚归，甚至有的时候晚上太晚就都不回去住了，随便找个地方就凑合一晚。景标跟着大哥干了一段时间，也攒下点钱，想着一家的老小，就决定回家了。

景标回来后跟我和献霞讲了他的经历，他跟我说，经历了这些事，想明白了一些道理：人生难免会遇到坎坷、悲伤、无奈等等的不如意。但是哪怕一无所有，哪怕独身一人，只要我们从容面对，足够坚强，笑对人生，命运也会让我们在绝境中体会到柳暗花明的喜悦。

回来后，景标想着自己还是给人家开车比较适合自己，他就又在泗洪的凌怀镇找了个活，给人家开面包车，这次不是运货而是拉螃蟹。那个时候，随着改革开放，人们的生活越来越好了，尤其是城市里面，人们开始重视生活质量，对吃的品质要求越来越高，螃蟹这种新鲜玩意也就是在这个时候流行起来的。上海、杭州那边经济发达的地区每天都会订购成百上千的螃蟹，大家看到了其中的利润，纷纷把自家的田地改制成池塘，由种粮食改为养螃蟹。景标干活的这家就是专门跑螃蟹运输的，每天从泗洪县装车，拉倒上海、杭州那边去，生意很好。

景标每个月拿着1200元的工资，同时很用心的学着这种生意怎么做，一心想着将来自己攒够钱，也要单独干。很快，这家老板赚到钱，想换车，是一辆二手的金杯海狮面包车，景标趁这个机会想把车买下来，虽然旧点，但也是自己的，以后无论想干点什么都方便。当时他自己手里攒了有差不多两万块钱，又在银行办了18000块钱的贷款，还差的就跟他姐姐借了一些，凑了四万块钱，买了这辆二手车。买回家后，他把面包车的后座卸了下来，这样就有空地

孩子带我们出去北京，那段时光很快乐。

方装货了，那时候正赶上年底，景标想了一下，这正是拉螃蟹的好时候，过年了，大家都会准备些好东西，于是他又开始做拉螃蟹的生意。海狮车后座撤掉后可以装一两千斤的螃蟹，他拉满一车，出去跑一趟，就赚了两千块钱，这可比他过去一个月的工资还要高。但毕竟是自己做，不比过去给人家打工，只是体力累，现在是身体，心里都会感到负担和压力。但他肯吃苦，感受到只要肯吃苦，肯卖力气就能赚钱，他更有干劲了。

景标决定继续自己干，他八月份开始拉螃蟹，那正是吃螃蟹的好时候，出去一趟就能赚个一两千块钱。等到差不多年底的时候，他又把他的后车座安上，开始载客，那时候出去打工的人开始往家回，景标开车技术好、安全，而且他守时、守信，在那边已经传开了，所以大家都愿意坐他的车，很多都主动打电话要坐他的车，临近春节那几天生意就更好了，他一个人忙不过来，就雇了两个驾驶员，歇人不歇车。等过了年，打工的人又往外走，他就接着载客。

一直到差不多春天的时候，他又开始往上海那边跑，拉螃蟹苗回来养，一趟下来也能赚不少钱。

当时他们一家人在天岗湖住，在集市上租的房子，一年800块钱，有活的时候就出去跑运输，平时就在家里拉点小活。开车在路上，拉几个人到泗洪县去，一个人五块钱，也不贵，也够他的油钱，全家在泗洪县逛逛超市，晚上再拉一车人回来。景标做人很踏实，从来也不说去跟人家喝酒、唱歌、赌钱，对老婆孩子好，对我和献霞更是细心，平日里去泗洪买了好吃的都会给我们送回来。这几年的日子，他那个小家过得很舒坦，我们做父母的看着也开心。

这么干了两年，2004年，景标回来跟我商量想自己家养螃蟹，他这两年跑运输，也认识了不少人，学会了养螃蟹的技术，也知道进螃蟹苗的渠道，这样是很容易去做的。我很赞同他，把家里的一块地空出来，景标找几个朋友过来挖了个坑，就在里面养螃蟹，我和献霞在池塘旁边盖了间小瓦房，住在里面也方便看着。螃蟹苗是景标一家一家挑的，质量很好，所以我家养的螃蟹长得快，看起来很肥嫩。景标也是在这一年买房的，这几年辛辛苦苦攒的钱，让他可以在泗洪县买上一个一百平的房子，他付了全款，这在那时，他那个年纪是很不容易的。他周围的朋友都很羡慕他，但我知道这都是他靠自己的努力，自己的力气和胆识一点点存起来的，我为他感到骄傲。

（七）跟着哥哥做慈善

景标也跟他大哥一样，是个热心肠，光标有了一些名气后，就有很多社会上的人找到家里来要钱，今天来一个说是得了重病，没钱治的，明天又来一个说是家里没钱供读书的。理由真的是千奇百怪，但是目的只有一个，希望要到点钱。最开始的时候，无论是谁到家里来，我都和献霞把他们请进屋，为他们准备饭菜。我想人家大老远的跑过来也不容易，所以每次都热情招待，他们给我俩讲的家里的困难，我们也都相信，临走的时候多少都给带了钱。景标也是，只要赶上他在家，每次都是我给了之后，他再给拿一些，他总说，谁都有难的时候，能帮就帮一把。但他也有自己的原则，他说慈善也要量力而行，要在自己的能力范围，不能说自己做了好事，要影响到家里人的生活。他还说，有的时候，我们能帮得了他一时也帮不了一世，与其给他钱，不如帮他谋个事情做，不能养成惰性，只要一没钱，不想着怎么赚，而是怎么去要，那样会很危险。所以他每次给也就是几百块，看实在困难的会出个一两千块钱。毕竟，我们的钱也不是天上掉下来的，都是孩子们靠着自己的双手赚出来的。

我们村里有个人，也是开车的，跟景标也都认识。他是最早买车的那批人，当时把车开回来的时候，景标羡慕的不得了。他家条件也不是很好，上面有四位老人要照顾，下面还有两个孩子要养，家里就他一个人挣钱，所以他很急，总想加快挣钱的速度，想把摊子铺打。所以他那时又跟人家借了钱买了辆新车，要贩苹果，本想两辆车一起跑，雇个人，多赚点。但也赶上他运气不好，买回这车后就没有多少活了，养人养车都要钱，加之他借的是高利贷，高利息很难吃得消，所以把他拖得很辛苦。后来债主经常到家里讨债，老人孩子都过得不好，就这样，他心理压力大，心里总是窝着火，身体越来越不好，实在扛不住了，送到医院去，查出来癌症晚期。景标知道后，去家里看他，给了他两万块钱，让他放宽心好好养病。

那年过年，光标带着我们全家去厦门旅游，初二那天回来的，景标到家都没进屋就又到他家去了，买了油、米、一些营养品，还带去六千块钱，想让他家也过个舒坦年。从他家回来，我看景标心事重重的样子，我问他怎么回事，他跟我说："我看他家的房子特别旧，屋顶漏雨，地上都是烂泥，一家六口人挤在里面，日子过得太惨了，我想去帮帮他。"听儿子这么说，我当然是全力支持，我说你能帮就尽量帮一下，毕竟家里还有老人孩子，他看着家人跟他遭罪，心里肯定也过不去。后来景标又给他家送了五千块钱，找人去他家把房子修一下，还找人送了一车沙子去，把地给重新铺了。

没过两年，那个人就去世了，走的时候，景标去他家看他，他家里人特别感激景标在他最落魄的时候伸出援手，帮了他一把，还说那个人临终前还在嘟囔说，景标是个好人，要孩子将来好好报答他。现在逢年过节，景标还会到他家去，给他爸妈钱。景标也给他的两个孩子找了活干，留在自己身边，就像对自己的孩子一样，平时的时候很疼爱，但孩子身上有不好的地方，他也会说出来，只希望这两个孩子能成才。

（八）哥哥铺路，弟弟安灯

光标给我们乡修了路，路是比以前好走了。但是新的问题又出现了，就是每天晚上的时候，路上都特别黑。那个时候正是大家出来到马路上乘凉，到广场跳舞的时候，没有路灯很不方便。还有一点很重要的就是，晚上孩子们放学，如果没有路灯，很不安全。景标决定在给这条路安上路灯，为了减少用电，他特意到南京跑了好多家，选择了一款风力发电的路灯，虽然价格贵点，四千八百块钱一个，但是用起来方便，风力发电还节约能源。就这样，景标又花了十几万给天岗湖乡安了路灯，这样大家晚上出去方便了许多。

光标每年过年回天岗湖的时候都会到乡里的养老院去，送米面和油，问他们有没有什么困难需要帮助的，都会尽自己的最大能力帮助家乡的长辈，他总说："自己是在天岗湖生，天岗湖长的，没有这片土地也不会有自己的今天，没有那些长辈的关怀和照顾，或许自己也不会成才，所以，今天有能力了一定要回报家乡。"如果赶上光标有事没回来，景标就会去，经常是鸡鸭鱼肉，一车一车的拉，像八月节，国庆节这样的日子，他也总记着，都会去。看到两个孩子有这份心，我心里有种感动，在他们身上看到了我们陈家绵延几代的乐善好施、乐于助人的精神，我感受到了这种力量在传递，而且会一直延续下去。

第十六章　陈家冉冉升起的希望

毛主席曾经说过："世界是你们的，也是我们的，但归根结底是你们的。你们青年人朝气蓬勃，正在兴旺时期，好像早晨八九点钟的太阳。希望寄托在你们身上。"我已经过了古稀之年，什么钱财、名誉、地位对于我来说，都看淡了。我做了一辈子的农民，没干过什么缺德事，凭着良心，本本分分地做自己觉得对的事情。现在儿女都已成家立业，健健康康的，孙子孙女外孙也都齐了，看着孩子们一个个快乐成长，真心觉得老天爷对我这个老头子太厚爱了。

（一）相亲的隔代人

都说隔代人的感情深，确实是这样的。我这一代人对第二代，也就是光标他们三兄妹要求严格，甚至有些苛刻。但是对于第三代人，就是我们的孙子孙女辈，可能是这种隔代的血缘关系，感情却很深。因为，我们对已经成家立业的儿女不可能再像过去那样的教育和宠爱，就把强烈的情感更多的倾注到第三代人身上，我和献霞很幸运，孙子孙女都有，都很乖巧可爱，逢年过节都会回来看我们，每次都是大包小包的拎东西。

他们在小的时候也经历过苦日子，跟着父母在外面闯生活，也有吃不饱饭的时候。后来家里条件改善了，过得才舒服了些，但是他们没有沾染任何骄纵跋扈等不好的习性，依旧懂得勤俭节约，待人接物也很懂得规矩。现在他们都在上学，平时课业负担也重，很难经常回天岗湖，但是只要一回来，就好像"脱缰"的小马，放下了所有烦恼，房前屋后的跑闹，"爷爷奶奶"地叫着，特别热闹。我有时候在想，虽然他们在外面成长，但是他们的根在天岗湖，这里是他们父母成长的地方，给予了他们最初的营养。所以，他们回老家，就相当于寻到了最初的方向。

其实，人到了我这个年纪，什么权利啊、金钱啊、地位的都变得微不足道，唯一的愿望就是儿女平安、幸福，能常回家看看。光标他们总说我和献霞太溺爱孩子了，但我在他们身上看到的是希望和未来，他们的一举一动都传承着我们家的优良品质，我想对他们的疼爱，甚至是溺爱一点也无妨，因为这种老人给予孩子的呵护能给我们三代人带来这世间独一无二的快乐和感动，老人的这种细心和关怀对孩子幼小而稚嫩的心灵是一种滋养，他们可以从中学到爱，学会接受和去爱别人。儿时享受了疼爱，长大后才会懂得付出，懂得报答和感恩，我希望他们将来无论是否富有，是否有崇高的地位，但是要始终坚守住一颗善良的心，因为这是做人最基本的品质。一个人只有一颗善良的心才能走好脚下的路，善有善报，我一直坚信这一点。

我知道他们工作忙，孙儿们也要上学，不能常回家。为了不让他们担心，每次打电话，我都说自己和献霞的身体好，吃得好，住得好，不想让他们担心。只要他们放了寒暑假，就都会回天岗湖来，一大家子，特别热闹。看着孙子孙女一张张可爱的小脸，我感到知足。今天，我写回忆录，也要把这几个宝贝写进去，一来，等他们长大了再看自己小时候的样子，也好给他们留个纪念。二来，把他们的可爱模样放在这本书里，以后经常翻来看看，让我们老两口也能感受到陈家的希望。

（二）睿智内敛，沉着果敢的环境

小环境的出生，使我们家有了新一代、新希望，我和献霞也做上了爷爷奶奶，心里美滋滋的。环境出生那年，家里生活水平已经好多了，吃的、穿的比光标那个时候不知道好多少。小家伙继承了他爸妈的所有优点，虎头虎脑、乖巧懂事，特别可爱。环境三四岁的时候，光标他们工作忙，常把孩子送回老家让我们带，对我和献霞来说，这可真是件好差事。每天的饭菜，我和献霞都尽量拣着他爱吃的做，看着他操起勺子，狼吞虎咽的样子，我俩在一旁看着，心里别提多高兴了。别看他年纪小，但人小鬼大，特别机灵，小脑袋瓜对什么都好奇。有几次，他跟我和他奶奶一起去地里干活，从瓜果蔬菜到小麦谷子，"这个是什么？那个呢？"他都要问个明白。我记得有一次，我从地窖里拿出两块肉，碰巧被他看到了，他瞪着圆溜溜的大眼睛，好奇的问："爷爷，地窖里还能长肉吗？"把我逗得呀，呵呵乐了一天。看着满院子的家禽，他也是"十万个为什么"，经常问："爷爷，小狗和小猪是好朋友吗？老母鸡是怎么下蛋的？"我笑着，耐心地给他一点点解释。

看到他小小脑瓜里能有这么多奇思妙想，我真的很开心。这孩子继承了他爸的优点，对小动物特别有爱心，光标小时候为了保护青蛙和小伙伴打起来了。环境也很有爱心，他会带着小朋友们一起轮流给流浪猫喂食，围着小猫小狗打转，咿咿呀呀学着说话。他组织比赛，给小树捉虫，还一起救过一只掉下窝的小喜鹊。对了，家里的两只护院狗，都被他起了名字，一只叫旺旺，一只叫狮子。小环境慢慢长大，让我和献霞看到了希望，很幸福，很知足。

有一年，我买了几棵树苗，打算在园子里种些榆树。这一天，光标全家回来了，我赶忙放下手中的铁锹，边走边拍身上的泥土，去前院接我的小孙子们。环境看到我，特别高兴，向我奔过来，扑进我怀里，停不住地喊"爷爷、爷爷。"看着我身上遍布的泥土痕迹，小环境好奇地问道："爷爷，您在做什么呀？""爷爷在种树呢，榆钱树。你爸爸他们小时候可没你这么好的条件，吃不饱穿不暖的。没有粮食，就吃榆钱叶，充饥果腹。所以爷爷想趁自己胳膊腿还能动，给你们种点榆树，让你们不要忘了父辈们拼搏奋斗、艰苦创业的精神。"

小环境若有所思地点了点头说："爷爷，我想跟您一起种树。"这小大人的模样可把我逗乐了，"你干不来哦，种树很辛苦的。""没事，爷爷您等会儿看我的就好了。我前一阵还跟爸爸在东北的一个学校种过树呢。您看，我这手上还有上次用铁锹留下的茧子痕迹呢。"说完，环境就拉着我，去园子里种树。我拗不过，只好答应了。看着环境拿着铁锹，一板一眼，有模有样地铲着土，我的心踏实了很多，我知道这棵树已经"种"进了他们心里，扎根在他们心里。

环境跟他爸一样，是个犟脾气。他在上二三年级的时候，有一次放寒假回老家，都快年三十了，周围的小伙伴都开始东家串，西家跑，他却老老实实地在家里写作业。我和老伴看着都心疼了。我们劝他出去和小伙伴玩，等过完年再写作业。可是他偏不，说是跟他爸承诺了要半个月之内完成作业，男子汉要说话算数。看着他倔强的小脸，我们老俩口真是既高兴又心疼。

献霞看不下去了，找光标，让他劝劝环境。光标却说："没事，不用管，就让他写作业，这是他自己承诺的，就要遵守。从小就培养他按计划做事，今日事今日毕的好习惯。"后来光标跟我们讲了事情的原委："我也不是不心疼他，但是要让他记住自己说过的事，无论如何，都要做到。上个假期，他跟我信誓旦旦地保证说半个月内一定做完作业。开始的几天，他写的特别起劲，每天都安排的很好。可没几天，就开始懈怠了。这一次我要让他兑现自己的承诺，说到的就要做到。"听光标这么说，我认为他做得对，孩子小，不懂事，所以该鼓励的时候鼓励，该教育的时候也不能放松，否则就是溺爱，不利于他成长。环境是家里的长孙，也是弟弟妹妹的榜样，光标会有意无意的给他加砝码，催他进步。这个孙子也真争气，从小到大都没让我们操心。

光标特别有心，知道我和他妈舍不得家里的老房子，就出钱把它加固了，四周用铁板围起来，他说这是我们陈家共同奋斗的成果，要保留下来。现在我和献霞经常会回去看看，等孩子大点了，也会带孙子们回去看看。他们总是嚷着让我讲过去的故事，他们很难想象在这样简陋的屋子里是怎么住人的。环境跟我回老房子的次数最多，每次回来，他都有很大的感触。在接下来的日子里，他学习更认真，也更珍惜粮食，珍惜生活了。听光标说，环境经常将自己的旧书、旧用

孩子，无论你们将来走到哪，都不要忘了天岗湖，不要忘了我们的老家。

品，挂到二手网或是社区网上出售。有一次他们去南京的郊区玩，回来时采摘了不少新鲜野果，环境也赶忙挂到网上，不一会儿就有人来买了。平时，环境也经常在这些网上买一些自己需要的东西，既便宜又实惠，像他的滑板和溜冰鞋就是从二手网上淘来的。电脑、互联网什么的，我这老脑筋是不懂的了，但是知道环境能够将二手的东西重复利用，没有虚荣心，不攀比，心里真是开心。

环境如今已是19岁的大小伙子了，跟他爸年轻的时候一模一样，高高壮壮的，沉稳内敛，特别有男子气。他现在独自一人在美国留学打拼。临走前，征求他爸的意见，学什么专业。光标跟他讲就学环境类的专业吧，学成后回国，用自己所学为国家做贡献。环境听取了他爸爸的意见，选择环境工程专业，学习很用功，我期盼着早点学成归国，报效祖国。

很幸运，在这个年代，他没有吃过他爸爸的苦，也没有遭过那么多的罪，但是他爸爸身上的优良品质都被他继承下来。现在在美国，他也过着节俭朴素的生活，没有所谓的"富二代"的架子，和同学们相处的非常融洽。记得，前两年，媒体针对光标"裸捐"的事儿进行了报道，有赞赏，有质疑，认为他这么做是对家人的不负责。

在这个风口浪尖上，环境作为长子，第一时间站出来，写了一封信。这封信，我看了，说心里话，很感动。请大家跟我一同读读环境写的这封信，看看我们陈家这颗冉冉升起的新星：

我是一个普通中学生，叫陈启正，也叫陈环境。因为有个不寻常的父亲，我受到社会广泛关注。我的父亲就是中国首善陈光标。

当父亲这些年累计捐款13.8亿元时，许多人向我投出羡慕、钦佩的目光。他们羡慕我有个亿万富翁父亲，钦佩我的父亲是中国首善。然而，当今年9月5日父亲宣布将"裸捐"后，许多人又向我投出疑问、同情目光。因为他们想知道：父亲这么做，我这个儿子是怎么想的？他们同情我这个"富二代"今后可能一无所有。

作为中国首善之子，我是如何看待父亲？如何看待父亲裸捐？如何看待自己的未来呢？我今天写这封给未来的信，诉说自己内心真实想法。

首先，我感激上苍让我有这么一个伟大的父亲，因为一个人是没有办法选择自己父母的。如果说，父亲事业的成功让我自豪，那么，父亲那颗大爱之心，更是我一生最大的骄傲，最大的财富。

一般人了解父亲主要是做慈善，第一个到汶川地震灾区救人。而作为儿子，我知道父亲最主要是做4件事：一是做慈善，哪里有灾难，哪里就有父亲的身影；二是做企业，父亲说：如果没有财富，就没有做慈善基础了；三是做环保，父亲到任何地方都倡导环保低碳。他还给我和弟弟改了名：一个叫陈环保，一个叫陈环境。弟弟觉得陈环保叫起来更好听，就把这个名字"抢"了过去。四是关心家人和邻里乡亲，父亲非常爱妈妈和我们，非常爱爷爷奶奶和他们老家。我经常听父亲在家议论：怎样帮老家村子里多做一些事？我听爷爷奶奶说，老家过去那条泥泞的小路，就是爸爸在外面赚了第一笔钱后修的。

父亲常年劳累奔波，无论多么辛苦，一回到家总是把欢笑带给我们。有时他太累了，陪我们说话时，说着说着一扭头就在沙发上睡着了，此时此刻我和妈妈是多么心痛呀。每次离家时间长一点，父亲都会给妈妈和我们带一些礼物，一件衣服，一件文具或一本书。有时特别忙来不及买，父亲会内疚半天，解释半天。

一个人如果只为自己活着，是平庸而渺小的，一个人能够为国家为社会为他人而活着，无疑是高尚而伟大的。我非常自豪的是，父亲做到了这一点，他是社会上许多人心目中光辉路标，更是儿子人生路上的光辉路标。

我经常遇到有人问：你对父亲"裸捐"是什么态度？你支持他这么做吗？当父亲与妈妈和我们孩子商量裸捐这件事时，我几乎想都没想就投出支持的一票。其实，父亲是非常爱我们的，他一开始想捐95%财产，给我和弟弟留5%。最后是我们家人的态度，特别是我和弟弟的良好表现让父亲下定决心：捐出全部财产。

妈妈一直在背后无声地支持着父亲，她自己很少买昂贵衣服，有时到北京还去秀水街买许多便宜货，但她从来没有因为捐款和父亲红过一次脸。我记得，许多次当父亲给妈妈讲自己在地震和灾区经历时，妈妈都哭了。

当父亲宣布"裸捐"后，我将告别"富二代"身份了。对此，我没有一点悲伤和遗憾，相反还有一些轻松和自豪，因为父亲也没有从爷爷手里继承什么物质财富。听爷爷奶奶说，父亲9岁起就自己挑水到集市卖，不仅给自己交了学费，还为邻居上不起学的孩子交了学费。他放学后就到村庄捡破烂到供销社卖，10岁后家里的烟火油烟酱醋，弟弟妹妹书学费及全家人穿衣布料，都靠父亲卖水和捡破烂承担了。再后来，父亲靠自己打拼，成为亿万富翁。与父亲相比，我是幸运的，受到这么好的教育，又从父亲那里继承了这么多精神财富，我相信靠自己打拼，也一样能成为对社会有用，有所成就的人，所以我不愿躺在父亲留下的财富上做寄生虫。

事实上，作为首善之子，注定了我这一生都会追随父亲做慈善了。3岁时，父亲带我到家乡贫苦地区。那时农村的贫苦落后深深印在我的脑海中，我不理解为什么那里的路尽是泥泞？为什么老家的孩子会因为弄丢一只小雏鸡受到严厉训斥？后来我逐渐明白了，因为贫困，因为不是每一个家庭都像我一样丰衣足食。在父亲引导下，我在5岁时第一次捐出了自己的零用钱，帮助其他孩子。此后，每当过年、考试成绩突出得到压岁钱和零花钱，我都小心翼翼地收着，期待着下一次捐款。

随着年龄增长，父亲带我参加慈善活动越来越多。2009年春节期间，我随父亲到新疆阿勒泰地区进行慈善慰问，当时气温达零下近四十度，有的地方积雪达2米之高，那么寒冷那么高的雪是我从未遇见过的，冻得我心里想哭，然而想想长年在这里生活的贫困人们，想想父亲这么多年来为了慈善晕倒过很多次，我咬牙坚持到最后。今年9月30日，在万众瞩目下，父亲带我参加了"巴比"晚宴，巴菲特在回答了我关于年轻人如何做慈善问题后，握着我的手说"你表现得很好，我十分看好你！"我知道这句赞扬是对父亲多年努力的肯定，是对我未来的期望。

仰望天空，也许未来我会和父亲一样成为千万富翁、亿万富翁，也许我会成为一个普通人。但是，父亲已经在我面前树立了做人做事的光辉路标。如果我成为一个富翁，我会和父亲一样从事慈善事业，做一个"善二代"；如果我成为一个自食其力的普通人，我也会做力所能及的善事，让自己生活过得充实而富有爱心，让自己的人生之路阳光灿烂。

（三）为光标、环境这对"保钓"父子骄傲

2012年，钓鱼岛争议问题日渐升温，我的儿子陈光标再一次站出来发声。他在8月31日的美国《纽约时报》上登出半版英中双语广告，向世界声明："日本右翼分子正在侵犯中国钓鱼岛"，"钓鱼岛自古以来就是中国的领土。"

对于光标决定在站这个风口浪尖站出来，做这件事，我真的是既骄傲又担心。打心里对孩子敢于担当的精神佩服，但又害怕他会受到人们的非议。至于他决定做这件事的原因，我是后来看媒体采访才了解的，他说："一是，各国政要都非常关注《纽约时报》，在上面刊广告是向世界郑重表达钓鱼岛是中国领土的坚定立场。二是，二战以来，美国和日本一直有着特殊的关系，我希望美国政要和民众进一步了解这一基本事实，尊重中国主权，给日本右翼分子

压力，发挥美国作为世界超级大国在维护西太平洋地区稳定和安全方面的作用。三是，作为一个热心公益慈善的企业家，花钱做这个广告，是想表达中国企业家对祖国领土和主权的坚决捍卫，要尽自己作为爱国企业家的一份责任。没有一个强大的祖国，就没有我们企业家的今天。这些天我一直关注日本在钓鱼岛事件的挑衅行为，心里非常气愤，总想通过适当的方式表达中国企业家的想法。所以就在《纽约时报》登广告，声明钓鱼岛是中国领土。"

后来记者又问他对"爱国"的看法，他说："没有国，就没有家。没有祖国的改革开放，也就没有我们的今天。作为企业家，我们该如何爱国？一方面，中国要加快发展，科学发展，可持续发展，企业家的责任非常重大，我们必须承担责任、勇于担当，用我们的创新、创业、创造，来带动中国的科学发展。另一方面，中国要构建和谐社会，要人与人、人与自然和谐相处。我们的企业主要做高科技环保拆除和资源的二次利用，我把自己很多精力放在慈善

钓鱼岛是我们的。

和环保上，都是为了我们国家和社会的和谐发展，做自己的一份努力。再者，当祖国受到外来挑衅时，企业家就必须有钱出钱，有力出力，坚定地维护祖国的领土、主权和尊严，履行一个中国人的责任。"

2013年，环境又一次在《纽约时报》以《日本良知学者井上清：钓鱼岛是中国的》为名刊登广告，在光标之后，又一次在世界范围发出"保钓"的声音。环境在这篇文字中引述日本著名学者井上清的有关著作，称"钓鱼岛自古以来就是中国的领土，历史是不容抹煞的；不仅所有中国人这么认为，绝大多数美国人也这么认为"。

环境还说："井上清教授并不因自己的日本国籍，而颠倒历史事实，去附和日本军国主义者的一派胡言，而是抱着尊重历史的道德良知，旗帜鲜明地说出钓鱼列岛属于中国而不属于日本。"他引用了井上清有关钓鱼岛的不少历史研究结果，例如引用明朝嘉靖年间胡宗宪为抗倭斗争编制的《筹海图编》的图录，显示钓鱼岛被算在福建沿海的中国所领诸岛内。光标、环境父子俩相继在钓鱼岛时间上表明自己的观点，我很赞赏，很骄傲，为我们陈家能有这样敢作敢当，有责任感的后人自豪。光标、环境，你们做得好！

（四）多才多艺，鬼马精灵的环保

环保生下来时，圆嘟嘟、胖乎乎的，所以父母给他取小名叫嘟嘟。那个时候光标的事业已经做得很大了，有一定知名度，也小有积蓄，照说嘟嘟算是含着金钥匙出生的。打小就在相对优越的环境下成长，一般我们都认为，这些在城里长大的孩子会有些娇生惯养，会嫌弃农村过得简陋。可我们这个小家伙却不是那样的，每每和父母回老家，一到大院，就像一匹撒了欢的"小野马"，第一件事就是去给他的好朋友，猪、鸡、鸭、狗喂食，不只是撒了满园的高粱稻谷，就连自己带来的小食品也愿意与它们"分享"。只要嘟嘟一来，我们家的各种动物就跟过年似的，看到这小孙子这么有爱心，我和献霞心里暖洋洋的。

环保每次放假回来，我和献霞都担心他疯玩儿，磕着碰着，或者是吃不惯家里的饭菜，造成水土不服，所以对他格外看护。这孩子也争气，不但没有一点的娇气，反而很明事理，遇到家里来客人了，他都会很有礼貌地跟人家打招呼。我和老伴带他上街，遇到熟人，他都会主动低头行礼，说："爷爷好，奶奶好。"献霞也很自豪地跟人家说，这是我的小孙子。有一次，嘟嘟发烧了，我俩赶忙把他送去镇卫生所打针，一看到针头，孩子就号啕大哭起来，好不容易安抚下来，小环保咬着嘴唇，强忍着疼，把针打上。结束后，我们要抱他回去，临走前，他还不忘回头跟医生说："谢谢阿姨。"这些都是环保的可爱之处，带给我和献霞无限的欢乐。

等大一点了，再回老家，开始用他的所学，给我们老两口"拨乱反正"。一会儿指出来，家电放得不科学，容易引起火灾。一会儿跑过来跟我说电视电源没切断，这样也会浪费电。知道我肠胃不好，他每餐都会"嘱咐"他奶奶把稀饭煮得烂一点，还让我多吃青菜。当时我和献霞都欣喜，这孩子小小的年纪，讲起道理来，还真是头头是道呢。每次，我俩也都配合他，很认真地跟他说："遵命，我的小指挥官。"

环保也是我们家的开心果，尤其献霞，特别喜欢他。他那小嘴甜的噢，能融化所有的冰冷，让每个人的心都开了花。他奶奶有一次要缝衣服，眼睛花，看不清针孔，就戴起了老花镜。她一边穿针一边抱怨说："哎，人老了，真是不中用，眼睛也花，手也笨，不像年轻人那么好使了，穿个线都看不到针眼。"在一旁玩耍的环保听见了，马上跑过来，拉着奶奶说："奶奶，没关系，您眼睛不好使了，正好可以带老花镜啊，您戴这眼镜可漂亮了！"话音刚落，我们全家都被

孩子是未来，是希望。你们要快快乐乐，健健康康成长，长大后继续慈善这份事业。

他逗乐了，献霞更是把他揽进怀里，喜欢的不得了。

　　小环保对我们老两口也非常关心、体贴。因为我之前做过三次大手术，身体不是很好了，术后的一段时间都是在三个孩子家养病。环保听他爸爸说了之后，我每次到他们家，他都会很认真地问我："爷爷，您现在身体怎么样了，还疼不疼，可一定要多注意身体。您要拿什么就喊我，我去帮您取，您要觉得无聊，我就给您念故事听，我给您捶捶背吧……"每天听着小环保在我耳边"爷爷这，爷爷那"的喊，我感觉刀口真的一点都不痛了。在家里，每每看见我站着时，他都跑过去搬个椅子让我坐。一坐下，就给我端茶倒水，还问我吃什么水果，他去洗，一幅小大人的模样，看着我心里暖洋洋的。

刚到他们家时，我和献霞都有些不适应。每每这时，小环保又会站出来为我们——打理好，住哪个房间，盖哪床被子，都安排的有条不紊。那份责任和担当令我们惊讶，也对他这种超出同龄人的成熟感到纳闷。后来听光标说，因为担心优越家庭条件会对孩子的成长产生负面影响，更担心不切实的教育会培养出个"玻璃娃娃"。所以夫妻俩对这个小家伙要求也特别严格，凡事都让他自己动手做，不让他有一点优越感。我非常认同光标夫妇教育孩子的方式，没见他们打骂过孩子，但两个孙子都被他们调教得格外成熟、懂事。

环保还非常懂事，喜欢干活。在家的时候，手帕、袜子之类的小物件都是他自己洗的。他说："我已经是大孩子了，自己的事情要自己做。"别说，这小家伙还真有点小大人的架势，啥事都要"操心"。如果我们一家出门，临走时，环保总是要问"电关了没有？窗户关好没有？"而我们也总是配合地向他汇报。他有时也会自己跑过去查看，等一切都确认没问题后，这小家伙才会安心地和我们出门。

环保跟他哥一样，也是个爱动脑筋的孩子。有一次，他从网上看到了一个用旧牛仔裤改装成电脑包的视频，感到特别新奇。视频里还介绍说，这样可以二次利用，节省资源，非常环保。他一听，便缠着奶奶也给他做一个。献霞哪里经得起他的"软磨硬泡"，只好硬着头皮跟着学，他把那段视频翻来翻去，看了几十遍，终于给环保做出了一个改良版时尚环保包。献霞还和环保一起，发挥想象力，又换着花样，做了好几个环保袋，每一个他都喜欢的不得了，走到哪儿，都要拎一个，到处跟小伙伴"炫耀"自己的小口袋。

　　环保很聪明，学什么都快。我记得那时候光标让他学钢琴，没过多久就入门了。我那次去，就有模有样地给我和献霞弹奏了一曲。看着他那一招一式，真有点小明星的架势。这个孩子不仅悟性强，学得快，还肯吃苦。每天都保障练琴时间，没完成任务，不会跑出去玩儿，特别听话。付出就有回报，小家伙钢琴弹的确实棒，多次在比赛中获奖。我记得光标一年过生日，我们全家吃饭，这个小家伙就给他爸爸弹奏了一曲，祝他生日快乐。给光标感动的，偷偷抹了眼泪。还有一次，光标在贵州毕节市举办个人慈善演唱会，小环保还作为特邀嘉宾，现场为他爸爸钢琴伴奏歌曲《但愿人长久》。我后来看那段视频，别提多自豪了。环境十岁生日那天，光标为他举办了十周岁钢琴演奏会。小小年纪，就一个人撑起来一整台晚会，我和献霞都觉得很不可思议，也很骄傲。今年年初，著名钢琴家朗朗在南京举办新年音乐会，环保也受邀参加，在现场，郎朗为他现场指导，并与他齐奏了一曲。光标就坐在台下，看着环保这么争气，这么小就能跟钢琴大师同台，做父母的哪能不高兴。

　　环保是我们家的鬼马小精灵，不知道他的小脑袋是怎么运转的，

小小钢琴手，希望听你演奏更加动人，更加激励人心的乐曲。

他说的话总是出乎意料。"我爸爸开的是黄埔捐钱公司"，我想很多人对这句话都不陌生，小家伙三岁的时候，就被光标带着出席一些捐赠仪式。可能是这个原因，他从小对慈善就有一些他的理解。虽然他"调侃"着自己的老爸，但一颗慈善心早已在他心中种下，并生根发芽。

就这两天，光标打电话跟我说，环保和其他8名少年钢琴手，在南京艺术学院举办了一场名为"爱@梦想"的慈善钢琴演奏会。他跟我说，这场演奏会特邀了南京盲人学校的师生们参加。演出现场，小琴手们将本场演出的收入全部捐出，用以启动一项旨在帮助当地盲童未来拓展就业途径的公益项目。光标跟我说，环保这么做，让他很开心，他希望环保将来也能沿着他的慈善长征路走下去，并且能够带动更多的人投身到中国公益慈善事业中来。

环境和环保两个孩子感情非常好，环保小的时候，环境就经常抱着他，哄他玩儿。长大了后，环境还经常带着弟弟下围棋、象棋，教他滑旱冰。小哥俩玩儿的特别开心，也彼此想着对方，有什么好吃的都要嚷着"给哥哥、给弟弟"。他俩还有个共同的爱好，那就是做保护环境的事儿，也真对得起他爸爸给他们起的名字"环境、环保"。

（五）严于律己、奋发图强的小小孙儿

春华、景标家的孩子，虽然没有父母光环的照耀，但都能严格要求自己，不气不馁，学习上当仁不让。每当节假日，孩子们聚地一起时，都会交流一些心得。看到他们亲密无间的样子，做大人的由衷高兴。光标对弟、妹要求严格，但对他们的孩子关爱有加，拿钱让他们去好的学校，并承诺要能考上大学，考上博士，一帮到底。

春华家的孩子很懂事，遗传了爸妈身上的优点，帮着父母干活，自己也上进。让我们老两口省心。景标家的丫头今年上高中了，景标说，那孩子学习特用功，像她姑姑，成绩也好，说将来想去北京读政法大学，我听着高兴，也给她鼓劲，让她好好学习。我经常告诉他们，只有学习才能改变命运，父母已经努力给你们最好的生活，尽力提供给你们优越的学习生活环境。脚下的路就要靠你们自己走了，勤奋努力，踏实上进，将来收获属于自己的美好。

（六）向着太阳、苗壮成长

看着孙儿们的降临，伴随着他们一个个健康快乐成长，我感到格外欣慰。相比当年我"棍棒底下出孝子"的做法，光标他们三兄妹以身作则、言传身教的育儿方法，让我看到了我们陈家的未来和希望。同时，我再次对当年我对孩子简单粗暴的教育方式感到愧

疚，也想在这里再次跟我的三个孩子说声对不起。

三年自然灾害的时候，都吃树叶、野草，一年到头烙饼的油都没有。那个时候我父母亲饿得脸和眼睛都肿了。有榆钱树叶子吃，那都是算好的了。我现在栽的这个榆钱树，别看它小，已经十年了。栽这棵树的时候，我们家的日子已经不错了，越是在这个时候就越需要记住以前的穷苦日子，所以这棵树对于我们家的人来说有着"忆苦思甜"的含义。这是一种意义的代表，我这棵这榆钱树，就是留给我们家后人的，让他们铭记我们这一代人的艰苦奋斗的岁月，让他们珍惜生活。

对于陈家的未来，我希望他们能开开心心，健健康康地成长，愿他们可以继承我们陈家善良、勤俭、艰苦奋斗的精神，再经由他们，一代代传递下去。无论他们以后是社会名人，还是普通老百姓，我都希望他们能够凭着良心做人，凭着本分做事。最后，爷爷在这里对你们说："我看你们，就像一颗颗充满希望的种子，要勇敢地冲破泥沙，将嫩绿的幼芽伸出地面，向着太阳，茁壮成长。孩子们，你们要记住，天道酬勤，人世间没有不经过艰苦奋斗而成才的。愿你们快快脱去稚嫩，日夜勤奋，扬起理想的风范，驶向成熟，驶向金色的海岸。爷爷等着你们传回来的好消息。"

第十七章 我的儿子是中国首善

（一）朝花再识，寻善之源

随着光标知名度的逐渐增大，我们全家人都很高兴，我和献霞更因为有这样优秀的儿子感到欣慰。可是随着他知名度的提升，媒体对他的关注度越来越高，这其中有正面的，也有负面的。对他消极的报道主要是针对他所谓"强捐"的质疑，甚至是曲解。自己的孩子，自己最清楚，他取得今天这样的成绩，与他肯吃苦，肯动脑的特质是分不开的。而他选择在有了一些存款后"高调慈善"也是他打小就乐于助人的品质息息相关。所以说，这个孩子愿意把自己挣的钱切切实实的拿出来，拿出真金白银做善事，我们全家一点儿都不觉得奇怪，纵观他成长的足迹，我想就会发现答案。

1、小脑袋，大智慧，博爱心

光标10岁就想到拎着水桶到集市去卖钱，挣自己的学费。不仅如此，他还主动帮助邻居家的小孩子交学费，让他能重返校园。他12岁就拖着板车到农民家收粮，然后拿到镇上去卖，这不仅让他在15岁就积攒了14700元，还帮着整个村子的农民解决了家里多余的粮食，换了钱。当他攒了一些钱后，没有放纵自己去玩乐，而是选择给全村买一部电影放映机，免费为全村放电影，第一部电影就是他的榜样《雷锋》。1998年做企业，第一年赚了二十万元，就拿出三万元帮助安徽一个九岁得了白血病的女孩。1999年又拿出28万元为家乡修了4.8公里的乡村路，政府想以他的名字立碑，也被他拒绝了，取名是"爱心路"。

2、爱心没有底限的小家伙

光标从小就爱心"泛滥"，为了保护青蛙，遭到同龄小伙伴的胖揍，看到将要被宰杀的牛流着眼泪，他趁人不注意，偷偷把牛放走了，遭到了我的一顿毒打。其实光标每次挨打，都是因为爱心没有底限。就说那次放走大黄牛吧，你说他当时的胆子有多大吧。那个年代一头牛，相当一个家庭一年的收入啊，我和他妈是又气又喜。没办法，他就是那样一个孩子，从小就是有爱心，敢想，敢做，敢担当。再有就是受到委屈，从不争辩，都是捻吧捻吧咽到肚里。他妈说的最多的一句话就是，这个孩子心真大，能容事儿。对于光标小时候，超出他年龄的举动，我没法一一列举。每次我和他妈都是又惊又喜。惊的是，他的头脑那么灵活，那么小就能做出大人都想不到的事情，喜的是陈家大仁大义乐善好施的家风已经影响到了他，而且他做得更多，更好。

3、打小就把荣誉视为生命

光标用辛苦卖水赚来的钱，帮邻居小女孩交了学费，为此老师奖励了他一颗小红心。当晚，他是贴着小红心睡的觉。为了得到更多的小红心，光标天天第一个到学校打扫教室和厕所，后来在他的带动下，全班同学都争着到校打扫教室和厕所。

4、世人给他痛苦，他还世人以快乐

光标拿贩粮赚的钱去温州做生意，结果让人骗得一塌糊涂，他

进的一批皮鞋，外表看着非常漂亮，可一遇到雨水，就开胶掉底。面对自己的失误，他没有逃避，而是一双双给人家赔了钱。就这样自己辛苦赚的钱全赔进去了。当时怕我和他妈跟着上火，就安慰我们说：得之我幸，失之我命。

人们常说，受伤害能磨炼人的心智，受欺骗能增长人的见识。光标这两样都经历过了。这就是我的儿子，小时候的陈光标。俗话说，三岁看小，七岁看老，光标长大后，一如既往的做慈善事业，其实这些都是出于他的本性，心甘情愿的。

少年不识愁滋味，光标小时候，因为做好事，有时候会给人家带来一些麻烦，这时我和他妈都给人家道歉，送点儿东西。谁让我们从小就教育孩子与人为善，能忍就忍了呢。但对光标，我们一旦了解了事情的真相后，就鼓励他把好事情做下去。孩子真的是天真无邪，没有错。可随着光标做好事的手笔一次次加大，我们做父母的真是无能为力，除了默默支持，更多的心酸无奈。

5、感谢曾经的贫穷

记得那是1998年的春节，孩子们都回老家团聚来了，饭桌上光标告诉我们，今年企业赢利约60万，他想把家乡这条坑哇不平的马路进行整修，当时我们全家人都支持，他的弟弟妹妹都答应，修路时一定首当其冲，我也用我拙劣的毛笔字送给光标两个坚持——坚持守法经营，坚持诚信做企业。同时告诉他要低调做人，高调行善。过完年，天气渐暖，我们全家人准备着手修路了，这时候闲言碎语都来了，什么光标的钱来路不正，不知道这小子在外面做白粉还是什么生意。修路时那更别提了，我们都知道吧，水泥和沙子要用水，可老百姓池塘里的水就是不让用，更别说帮忙了。我们只好花钱雇人干活。老百姓不配合也就罢了，也许他们出于嫉妒或是其他原因，可以说那条路攒足了我们一家人的眼泪。

事后我们全家人都劝光标，以后我们别再做这吃力不讨好的事儿了，他可好，反过来安慰我们，有得必有失，受点委屈没啥。自己做出的选择，无论遇到什么困难，都要坚持。我们陈家历来都是心胸宽广的人，不会把暂时的得失放在心上，人情的冷暖，是是非非，不过是点头一笑间。看到光标看淡这件事情，我们全家也就释然了。要做一块好钢，肯定要经过千锤百炼。一旦锤炼成功，那必定是稀世珍宝。

我曾听说过，苦难是所最好的大学，人在苦难的时候，更能增长智慧，在磨难中更能成就学问。想当年，我们家真的可以说是家徒四壁，还带着富农的帽子。但孩子们都没有气馁，没有抱怨，而是顽强地与命运抗争，使我们家逐渐摆脱贫穷。正是因为我们能够善良，乐观，开朗，因此家仍然是我们的天堂。

因此，贫穷让我相信，当时那么苦，孩子们没有抱怨，而是想着如何抗争，怎么帮助他人，弘扬雷锋精神。直到今天，陈家还是陈家，孩子还是孩子，只是条件好了，我们帮助人的手笔大了，方法不同了，那又有什么错呢。我们全家支持你，光标。看到从苦难中走出的孩子那么坚强豁达，做事那么大度，有爱心，我真心感谢曾经的贫穷。

（二）为人父的骄傲

1968年，我的儿子陈光标出生。这一年，他是一个婴儿，是一个农民的儿子。2003年，我的儿子陈光标在南京创立了一个再生资源利用的环保公司。这一年，他成为一个提倡环保的企业家。2008年汶川大地震，我的儿子陈光标带领公司职员和器械在第一时间赶赴地震灾区。这一年，他被誉为"中国首善"。2010年，我的儿子陈光标在给两个外国富翁的信中提出自己裸捐的决定。这一年，他成为中国"裸捐第一人"。2011年，我的儿子陈光标走进日本、中国台湾、哈萨克斯坦……施援，救助，这一年，他是一个"善良的中国人"。2013年，甘肃地震，我的儿子陈光标得知灾情后，又第一时间组织人手奔赴灾区。这一年，我感受到，他不仅是我的孩子，更是祖国人民的儿子。

从1968年到2013年，走过了45年的时光匆匆，我的农民儿子成长为一个有良知，有感情的慈善家。从一个农民成为身价亿万的绿

做正直的人，做善良的事，保持纯洁的心。

色企业家，从一个吃不饱饭的孩子成长为一个资助上万人的慈善大使，他走了太多路，吃了太多苦。

1968年，初生的那个婴儿甚至连饭都吃不饱，十岁之前，他没有吃过一点肉，他被同学欺负却不敢还手，他被嘲笑却没有勇气辩解……1981年，他提井水赚取学费还帮邻居家孩子领回书本，1987年，他拉着板车走在乡村小路买粮卖粮担负起全家的重担，1991年，他为救弟弟生命欠债上万，1992年，他露宿南京街头独自打拼，1995年，他花尽积蓄摸索资源再生……

走过四十五年的时光，迈过四十五年的辛酸荣辱，看过四十五年的世间冷暖，我看着他走过这段漫长的路，成为一个善名远扬的慈善家，成为一个亲践环保绿色的爱心家，成为一个富有善名的中国好人，我骄傲，我自豪。我为有这样一个儿子骄傲，我为有这样一个儿子自豪，生子当如光标！

人的一生几十年一转眼就过去了，若要看你活得有没有意义，就看你是做好事还是坏事，做好事芳名远扬，做坏事恶名昭著，人人心中自有一杆公道的秤，孰是孰非自有一番公道。对得起良心，对得起自己就好。我的父亲，因为比人家多几亩土地，被划为富农，属于远离人民的四类分子。但去世以后，人家还都念及他的好。而且在我们家最困难、一家老小快要饿死的时候，还是有人偷偷地给我们送面、送钱。我想那就是因为我们上一辈存善心、做善事，积攒下来的吧。

前世你把希望种下，今世一定生根发芽。我的父亲是一个农民，我是一个农民，我们汲取了大地的养分，把农民的淳朴与善良传递给我们的后代，我想这会是他们一生的财富。

（三）为人父的支持

在李康的《运命论》中有句话："木秀于林，风必摧之；堆出于岸，流必湍之；行高于人，众必非之。"这句话告诉了我们那些才能出众的人容易受到指责与嫉妒，我的儿子光标或许并非才能出众，但却获得一个与才能出众者相同的待遇。

2008年，汶川大地震中，光标最先率120人工程队赴前线，救回128条生命，共捐了785万元现金、2300顶帐篷、2.3万台收音机、1000台电视机、1500台电风扇、8000个书报……这一个个数字，我是在各个媒体上看到的。看到这些，我发自内心地为我儿子感到骄傲。我们国家总理温家宝了解到光标在地震中抢险救灾的表现后于地震现场向其表示致敬。我在电视里看到总理握住光标的手，亲切地说："你是有良知、有感情、心系灾区的企业家，我要向你表示致敬。企业家要有经营的理念，还要有爱心，有灵魂。谢谢你们。"一时间，光标成为舆论媒体追逐的焦点。

随着光标慈善行为的扩散，越来越多地被社会关注，对于他的评价，也有褒有贬，"暴力慈善"、"裸捐"、"诈捐门"……一系列评论与非议纷纷见诸报端，我和家里人都成为了媒体关注的焦点。天岗湖老家一天内来了十多家媒体企业，其中支持者过半，但仍有一些媒体侧重要发掘反对意见。我看到，光标也在一段时间内陷于迷茫与混乱。外人不理解儿子，误会儿子，他感到委屈，我的心里也难受。

我也曾劝他"低调"一些，但是他说服了我，我们国家穷困的地方还有很多，吃不饱饭的人也有很多，依靠一个人的慈善远远不能解决这些问题，只有高调，只有大大方方，只有剑走偏锋才能唤醒更多的富人做慈善，才能去帮助更多的人，更多的家庭，更多的地区。最开始我也不支持高调，怕别人背地里说他，但现在知道原因了，也就支持了。每次国家各地发生灾难，他都会第一时间带人、带钱去，汶川地震、玉树地震、雅安地震……他都到了现场，他怕我和他妈妈担心，就瞒着不告诉我们，我和他妈妈在电视上看到灾难现场，余震不断，楼房垮塌，看到他救援的身影，心里既有欣慰又有挂念。这是每一个亲人都会有的，而他做的事情也是每一个人都看在眼里的，不容置疑。我和他妈妈虽然在担心，在牵挂，可是我们支持他，赞成他。

现在外面说三道四的人都有，说他在外面捐钱，为什么不在家捐钱。俗话说："救急不救穷"。我们家乡这个地方没有灾难，温饱也都可以解决，光标给他们钱，就是纵容他们不劳而获。他应该到国家最危急，最困难的地方去。玉树的孩子没办法上学，他们上课连桌椅都没有，他去帮他们建校舍，帮助他们上学，我看着欣慰，高兴，难道这样做有错吗？把羊和猪送到灾区老百姓手中，老百姓都是真真切切拿在手里的，那有假的吗？

我支持言论自由，我也不可能堵住悠悠之口，但是，我也支持我的儿子，支持他的所作所为，支持他的慈善与救助，支持他的环保与节俭。我对我的儿子有信心，有期望。我相信他是对的，相信他可以做到更好，也一定会做的更好。我不想着全社会都能说我儿子好，但我知道他做的问心无愧，做实事，献爱心，任世人众说纷纭吧！

儿子，你要记住，如果你在慈善的路上觉得力量不够，我和你妈愿折上千万只纸鹤，让他们的双臂为你做翅膀，增添力量。如果你觉得迷茫，让他们的双眼帮你看清方向，奔向远方。我们俩希望你能把慈善做成一道美丽的风景线，继续如醉如痴地将慈善事业做下去，唤醒更多人加入这个团队，用慈善唱响美丽的神话，融化人们心中的冷漠，到那时，路上再有摔倒的老人，人们不会怕担责任而不去施救。当社会需要有见义勇为的时候，人们也不会视而不见……

（四）为人父的心疼

光标有了一定知名度后，越来越多的人认识他，知道他愿意做好事，纷纷找上门来。听公司的工作人员说，公司每天收到来自全国各地的各式各样的求助信超过1000封。还有人直接找到公司来，每天到光标公司求助的人不少于二、三十个。有一次光标跟我聊天，打趣地说道："现在连南京当地的出租车司机几乎都知道公司的地址，只要人家一说陈光标的名字，出租车司机就会直接把他带到公司的楼下。"

更有甚者，看到光标后，就抱着腿不让他走，讲各种理由，目的只有一个，就是要钱。如果有时钱给少了，甚至会出言不逊地加以指责，骂他伪善，骂他名不副实。还听说有一对夫妻为了给孩子看病，在公司门口长跪不起。光标知道他们的情况后，让工作人员给他们送去了7000块钱，可这对夫妻还称钱不够救孩子的命，希望能一次性拿出五十万元，要把手术费解决。五十万可不是一笔

用生命导航，深入险情为救援车辆引路。

遵守交通，人人有责——光标在南京街头指挥交通。

小数目，如果今天来一个要五十万，明天来一个要一百万，公司不要被拖垮了，所以光标就让工作人员再给多拿了一些。可能有些人片面的看待光标助人为乐的品德，只要跟他说自己有困难，他都愿意帮，就都找上门来要帮助。光标也知道这其中有真是困难的，也有是恶意编造故事骗钱的。但终究是无从考证，也就只有尽力而为

玉树，带给我的是感动，还是感动。

吧。

随着光标做好事的名声传开，找他要钱的人越来越多，在南京找不到光标，就找到老家来，求助的理由也是千奇百怪，五花八门，但最终的目的只有一个：要钱。光标知道这些后，怕我们跟着着急上火，每年都会给我们二、三十万元应对类似情况。我和献霞的原则是，只要是冲着光标到家里来的，我们一般都给解决路费，安排在家里吃住。如果说真是遇到什么难处，未来也会给一千两千的，算是一份心意。

面对质疑，有指责，甚至还有辱骂，光标都不愿意把这些说出来，包括对家里人，他也只是蜻蜓点水地带过，我知道他怕我们担心，也怕如果其他人知道了做慈善会遇到这么大的烦恼，就会放弃慈善的念头，真是苦了这孩子，在这个时候还能想的那么多。

但毕竟一个人的力量是有限的，我能感受到他的力不从心和外人不理解的失落。但只要他想起了自己帮助过那么多的人，做了那么多对社会和国家有益的事，就立刻忘记烦恼，开心起来。

（五）为人父的"无奈"

这几年，随着光标名气的提升，每天我们家都要来好几拨媒体，具体是哪些我也记不清了。总之，只要是媒体到家来，他们就会针对光标最近参加的一些活动进行采访，在采访过程中，他们会把事情的前因后果详细地描述给我们听，我和他妈把这些事都记在了心上。说实话，我很感谢媒体对我儿子的褒奖和宣扬。最初，只要媒体到家里来，我和献霞都会积极配合采访，他们问什么，我俩都如实说出来。但时间长了，也会发生一些不愉快的事，我们发现个别媒体不知道是出于什么目的，在报道时断章取义，恶意给我们说的东西添油加醋，完全扭曲了事实真相。不仅如此，虽然我和献霞都是农民，但是最起码做人的道理，我俩都懂。来的都是客，人家不远万里到家里来，我和老伴怎么能不热情接待，或许家里吃住的排场比不上大城市，但我俩都是用心对待到家里的每一个人。可就算这样，还会有媒体在背地里指责说我们没好好接待，这让我和老伴很无奈，也非常困惑，甚至现在都不敢再接受采访了。

不仅采访的变多了，家里每天还会来许多的求助者，最多的时候一天来过三四十个。有直接上门要钱的，也有要工作的，还有要媳妇的，五花八门的什么理由都有。我记得，在2009年2月的时候，有一个河北来的跛子，他拄着拐杖，右脚还有点瘸走起路来一拐一拐的，到我家门口就问陈光标在哪儿，让陈光标给找工作。我告诉他光标不在家。没曾想他就赖在我家门前不走了，在门前一躺一个星期，我每天还给他买了些吃的喝的。后来光标回来知道了这个事情就让公司里的人给他在手工艺厂找了个工作，一个月两千块钱还包吃住。我想这下没事了吧，没想到刚干了两天他就不干了。这回不说找工作了改口要钱，要光标给他六万块钱做生意，光标公司里的人当时就拒绝了。没想到这人又回到我家大门口住下了，我看他要无赖也就没再搭理他。那个时候是冬天天气冷，光标还让人给了他两条被子，过了几天这人嫌被子少又要了两条我们也给了。后来警察来调解这个事情，还请来了江苏电视台。经过警方调解光标公司拿了两万块钱给他。他还嫌少，不要。这回连电视台记者都没辙了，后来警方和记者就回去了。这人又住下了，又呆了两天，我对他说："这回你可出名了，都上电视台了。"当时他很惊讶，似乎有些不好意思，支支吾吾的也没说出什么。又过了两天他接受了光标给的两万块钱。或许是还知道些羞耻，他拿了两万块钱很快就走了。离开之前，他去隔壁超市买水，还一脸"得意"地对超市老板说："陈光标够意思，给了我两万块钱。"

我和献霞遇到这些问题，都没敢跟光标说，怕他担心，也怕他说是自己拖累了我们而自责。有一次，一家媒体拍了我一张照片，我原本的意思是告诉他路怎么走，结果他们在配图时，曲解为完全风马牛不相及的意思，是完全没道理的诋毁，给光标造成了很差的影响。后来，我看到了报道，真是把我气得头昏脑涨，一股气上来，直接病倒了。我一辈子都是农民，大部分时间都在跟黄土地打交道，没做过缺德事，也没得罪什么人，到老了唯一的心愿就是孩子们都幸福，快乐。我没有什么能耐，没办法给他们多大帮助，但至少也不能给孩子造成困扰。光标知道这件事后，马上回家来开导我们，我和献霞原本还担心这孩子会扛不住压力，想着怎么安慰他。没想到，光标确实是长大了，成熟了，再也不是小时候那个受点委屈就哭着跑回来，嚷着要"评评理"的小孩子。遇到问题，他会及时调整心态，换个角度考虑，这一次他又扮演着安慰我们的角色，他说："没关系，你们不用担心，仁者见仁，智者见智，你儿子行得正，做得正，不怕别人怎么说。"

（六）为人父的心声

"中国首善"，祖国和人民给了光标一个多么大的名号啊。作为父亲，我会为有这样优秀的儿子感到自豪。同时，我也会告诉光标，千万不要骄傲，不要被一些名利冲昏头脑，要脚踏实地、好好干，对得起国家，对得起人民。这几年，有来自全国各地的媒体记者都到我家采访，有写光标的、也有写家里的。这其中的评价有正面的，也有负面的，可不管是夸还是骂，我们都会调整好心态，坦然面对。遇到难过去的坎儿，我会告诉光标"人在做，天在看。不求人人满意，但求无愧于心。认为对的事，就坚持做下去，其中的是与非，我们就留待后人去评说，我和你妈一定会支持你。"

我知道，这么多年来，光标在帮助人方面不单纯是捐钱捐物，而是一直奉行着"授人以鱼，不如授人以渔。"的理念。如果你真的有困难，光标一定会帮你想出办法，但你不能有不劳而获的想法，谁的钱都不是天上掉下来的，都是要付出万般辛苦，甚至要从牙缝中挤出来。当你无端诽谤，心存恶意敲诈时，拍拍自己的良心，光标可以捐献爱心，但不要再让他捐出泪水了。

第十八章　幸福晚年

（一）结婚50年，温暖依旧

有这么一种说法：人跟人相处久了，自然而然会产生默契。尤其是相伴一生的夫妻，更是在生活的磨砺中让彼此更加珍惜。我了解献霞的脾气，她也会包容我的种种缺点。有的时候，只要一个眼神，一个小动作，就知道对方心里在想什么，彼此融洽和谐。

我经常和孩子们说，他们的妈妈是我用六尺金丝蓝"骗"来的，嫁到陈家，跟了我就开始吃苦受罪。因为年轻时读过几年书，愿意写诗填词，把自己看作知识分子，难免有些自命清高。过去，家里家外是她操持，老老小小由她照顾，我一点也帮不上忙，现在想想，不是不会做，就是打心里排斥，不想干。最初下来干农活时，还有种种不情愿，不习惯。献霞是个最普通不过的农家妇女，生活的苦难让她不得不挑起家里沉重的担子。她不会讲什么冠冕堂皇的道理，亦不会吟诗作对，附庸风雅。甚至，我觉得是艰苦的生活过早地磨平了她的棱角，让她缺少了几分女性的温柔与灵动，在她身上更多的体现是一份倔强与坚强。但是，正因为有她，有她的陪伴，她的付出，使得我们家克服了一个又一个难关。

生活到今天，我和献霞相濡以沫，相互扶持，携手走过了几十

个春秋。结婚五十年，青春不再，但情未灭，心未老。我们相互理
解，相互包容，有问题都是有商有量，谁都不会红脸。生活中，我
们夫妻俩也是"分工有序"，我主外，她主内。对这个家，献霞付
出了很多，我一辈子也没下过厨房，我有时候也会觉得有点愧疚，
但她总是说："我会做，做得也可口，只要你和孩子都愿意吃，我
就给你们做一辈子。"过去，家里条件不好，她带着三个孩子，要
劳动还要管家，身体很瘦弱，我看着心疼。现在条件好了，想买点
营养品给她补补，她也总是找各种理由推脱。

　　我记得，有一次在南京住院一个月，回来的时候，跟她话家
常，问她一个人在家吃的好不好。她看看菜园子说："都吃的那里
的，就在集市上买过一块儿豆腐。"她这么说，真是把我吓到了，
一个月的时间就花了一块钱买块儿豆腐，真是不知道该怎么说她。

　　给爱情一颗淡定的心，在岁月的流逝中细细地体会心中
的爱情，只需淡淡地面对，静静地森如彼此的生命。

有些爱情虽然不绚烂，可是平淡中不免感动。一句相守
是对这段感情最好的诠释。

现在，我在家就会多劝她多吃鱼、肉，孩子们回来了也劝她，她的
身体没有什么大问题，就是些小毛病，我心里踏实多了。

孩子们孝顺，总是想着抽空带我们老两口去旅游，看看外面的
世界。什么北京、武汉、上海、台湾、香港呀这些地方的都去了，
无论走到哪儿，孩子们都安排得妥妥帖帖，他们总是想尽办法让我
们老两口开心。有一年春节，光标安排我们全家到厦门玩儿，在轮
船上，一家老老小小，十几口，吃了一顿特殊的团圆饭。其实我们
也很明白孩子们的心意，想让我们多出去走走。但是现在老了，而
且我又做了三次大手术，身体大不如从前，所以也不太想往外面跑
了。外面的世界虽好，但是我和老伴还是喜欢在园子里种种地，浇
浇花，喂喂鸡鸭，每天喝点玉米粥，再配上老伴自己腌制的蒜头，
加上自家园子里的青菜。这样的生活很简单，很自在，很惬意。我
们都满足现在的生活，珍惜现在的生活，感恩现在的生活。

我和献霞结婚50年，经历了太多的风风雨雨，岁月划过，苍老了我们的容颜，但也浓厚了我们之间的感情。我想，这份情早已不是单纯的爱情，更因为几十年的朝夕相处升华为浓浓的亲情。婚姻不是空中楼阁，却像大地般的实在，柴米油盐是婚姻，实实在在就是婚姻。

（二）三个孩子是我今生最大的财富

改革开放后的这三十年，我们的时代、社会、甚至是我们每个人的人生都得到了更为广阔的拓展，这是光标他们那代人初步踏上社会追求梦想的年代。尤其是迈入新世纪，我们每个人的人生观都发生了前所未有的变化，他们那一代人走过了心灵最动荡，事物最新奇的时候。可以说，与改革开放前相比，社会各方面的发展变化已是恍若隔世，是真正的翻天覆地的变化。在我眼中，改革开放的三十年里，发生的太多的事情是无法用语言描绘出来的，一些记忆和感动在今天看来略显单薄，但它实实在在改变了世界，改变了历史，改变了国家，也改变了曾经年轻的孩子们。

现在三个孩子都已长大成人，也都组成了自己幸福的小家，看着他们从无知懵懂的孩童到意气风发的少年，直至今日成长为有责任、有担当的中流砥柱，我十分欣慰。回首过去的岁月，或许对于他们而言，由于家庭背景、成长环境等原因会让他们往昔的理想、憧憬随着时间的冲刷慢慢褪去颜色。我知道，他们有过迷茫，有过挫折，甚至是退缩。但是我相信他们没有就此放弃，依旧微笑地迎接生活的挑战，充满希望。尽管前方的道路坎坷，苦难重重，但他们一次次战胜了自己的内心，重新发现了心灵深处在儿时就已筑好的精神家园，这个家园的宝盒内藏着许多温暖的体验、记忆和情节，学习雷锋，助人为，孝顺父母，报效祖国……他们会在饱受风雨洗礼后，小心翼翼地拂去格子上面的尘土，细细地把玩起来，重新再来。我相信，这一次，他们定会有新的收获和惊喜，也从中得到极大的安慰。

人到了这个年纪，对于金钱、名利、地位都看淡了，安安静静的享受生活，有人陪，有人惦念就是最大的幸福。这辈子，我过得很平凡，没有太多大起大落的波澜，只是实事求是地走好脚下的路，诚恳待人，踏实做事。虽然我没有多么光辉的业绩，但三个勤劳善良，积极乐观的孩子是我和老伴最大的财富。现在他们都大了，日子过得也都和美幸福，我们很欣慰。

2006年，光标回来跟我说想给我和献霞盖一间大点的房子，让我俩在里面安度晚年，光标请东南大学建筑系的教授做的设计，然后专门从各地运来了石材，景标在家里找人来干，他监工，这哥俩

父母需要发自内心的关怀，"常回家看看"就是我们表达爱最好的方式，这无疑是一种人生的修养，一种敬老的美德。常回家看看，让父母感受到你的赤子情怀……

配合得很好，一个负责指挥，一个落地执行。几个月的时间，就建好了。房子落成那天，家里请了好多人来，光标摆了几十桌酒席，邀乡里乡亲到家里来做客、吃饭，他说条件好了，有机会要报答乡亲们当时对自己的帮助。他还告诉我和献霞不要再像以前那么辛苦的干活了，他有能力照顾我们俩。但是，干了一辈子，哪能说停下来就停下来，待不住啊，尤其是献霞，更是闲不下来，每天还是早早起来下地干活。

2008年的时候，光标又安排景标回来修房子后面的院子，他说如果我俩实在待不住，就在自己家院子里养养花，种种菜，够自己吃就好了，不要太累了。还修了一个幼儿园，他说，他每次回来都看到街上有很多四五岁的小孩子跑来跑去，家里大人没空管，就随便放出去，在外面疯玩儿，也学不到什么东西，每天在外面还危险，如果能像城里那样有个幼儿园，学龄前的孩子就可以有地方去了，大人也就放心。对于他的想法，我非常支持，更佩服儿子的这份爱心，我和景标一起，很快就把幼儿园建起来了，景标还特意在里面修了孩子们愿意玩儿的滑梯、秋千、蹦床等，让孩子在院子里玩，总比在大街上跑安全。

孩子进幼儿园的问题解决了，光标又开始琢磨在其他方面为家里的父老乡亲做些事。农村平时是没有固定的菜市场的，都是稀稀两两的沿街摆着要卖的东西或者推个车一个村子一个村子的叫卖。光标跟我说想给乡里建一个农贸市场，用铁皮做棚顶，隔出来一个个摊位，大家可以有固定的地方卖东西了，这样既方便了买菜的乡亲，每天都可以买到新鲜的菜，不用等到集市，也不会发生在家里刚听到叫卖声，跑出来就看到卖菜人推车离开的背影，同时，也可以让卖菜的得到实惠，有稳定的摊位，可以送更多的货，不用搬来搬去，节省了不少的时间和人力。光标真的是从方方面面为大家着想，我自然也很支持他，帮他去找工人施工，平时也和景标轮流在那里看着，没多久，天岗湖就有了自己的农贸市场，肉、蛋、菜都可以买到，后来又有卖水果、点心的，越来越全面，每天早上都是农贸市场最热闹的时候。

光标平时工作忙，但只要有空，就会回天岗湖，回老家，帮着我们下地干活。

平时，光标工作忙，所以平时见到春华、景标的机会多些。这两个孩子对我和献霞也是上心，他们住在泗洪县，平时回家也方便。我记得有一年，我过生日，那天少有在家的景标回泗洪了，然后把我们老俩口接到了他在泗洪的家里。开始我们都不知道他们准备给我过生日，只当是景标难得回来一趟，见见我们老两口，然后一起去他家吃个饭。而我也早把生日这回事给忘了。

一到景标家，却发现家里热闹得不行了。闺女、女婿、闺女家的小孩子，小儿子家的孩子，满满一屋子的熟悉的面孔。"爸，生日快乐！""爷爷生日快乐！""外公生日快乐！"一声声祝福，此起彼伏，把我这老脸都感动得热泪盈眶。

吃过饭后，孩子们还准备了一个大蛋糕，景标很抱歉地对我说："大哥工作忙，不能亲自回家给您祝寿，所以特意嘱咐我带大家好好给您过这个生日。这蛋糕也是大哥特意嘱咐定做的。"话音刚落，我的手机就响了，是大儿子的。"爷爷生日快乐，祝爷爷健康长寿哦！"电话里传来小环保清脆的声音。

其实对于大儿子不能陪我过生日，我很能理解，光标要做的事很多，他不能仅仅自私地为我们这个小家，还要为祖国这个"大家"。我很骄傲我有这样一个儿子。而且，我的儿子，在这样繁忙的时候，还能这么细心地记得这个老父亲的生日，我真的很知足了。看着孩子们童真的笑容，嘻嘻闹闹的小身影，打心眼里高兴，却也担心着大儿子，怕他太忙了累坏身子。

那天中午的蛋糕，我吃了很多很多，七十年了，头一次过生日，头一次吃蛋糕，怎么吃都感觉吃不够。平日里，逢年过节的，不是他们带着小孩回老家，就是把我们接到他们泗洪家里团聚。闺女和小儿子文化不是很高，所以工作在外人看起来不是很体面。但是，他们能够自食其力，闺女和小儿子家都在泗洪，所以寒暑假的时候，闺女家的小孩子和景标家的小孩子就能经常见着。用自己的双手踏踏实实过日子，我们老两口就很开心了。

虽然，他们大哥光标也试图创造机会让弟弟妹妹到他公司工作，但是受文化水平限制，他们不能适应光标公司的发展要求。光标也曾经和我困惑道，是继续让弟弟妹妹留在公司养着他们，还是让他们到社会上寻找适合自己的工作。我说，只要他们能够凭着自己的双手踏踏实实过日子，他们就是咱陈家的骄傲。最后，闺女和景标就没有在光标的公司工作了，闺女找了份洗碗工的工作，景标做的是保安。

我觉得光标在教育这方面做得很好。对于他弟弟妹妹和他们的小孩子，他说："'授之以鱼不如授之以渔'。因为再多的鱼也有吃完的时候，而钓鱼捕鱼的本领可以让他们和孩子受益终身。所以，我没有给弟弟妹妹很多钱，而是帮他们培养教育好孩子。"光标每个月都会给他们

光标被评为中国十大孝子，当之无愧。（来自网络视频截图）

孩子2000元教育费，这个费用只给孩子的。而在他们家庭遇到困难的时候，光标也是该出钱的时候出钱，该出力的时候出力，所谓救急不救穷。看着儿女们都那么团结，互相理解，作为父亲，真的很开心。

2011年光标获得首届中国十大孝子称号，我打心里高兴。光标领奖后，第一时间给我打电话报喜，他激动地说："爸，我之前得了那么多奖，但在我心中这个奖的分量最重，他是对我孝心的肯定。我高调所做的一切，都是要唤醒更多人的良知和爱心，希望更多富人把口袋里的钱拿出来，我会继续努力的。"后来，看报纸，我知道这次推选活动是由山东电视台联合中国伦理学会等单位共同主办，是首届中国十大孝子评选。此次评选历时６０天，遍及全国百座城市，得到了全社会的积极参与和高度认同。全国有数万人被推荐为孝子，上百万人参与投票和评论，近两亿网友参与，最终百位感人孝子入围。光标能在全国那么多优秀的人中脱颖而出，我确实为自己的儿子骄傲，也为自己有这个好儿子高兴。

这帮孩子真的应该感谢历史老人，他好像对他们这一代人格外眷顾。他在给了上一辈人酸涩的青果、辣椒、甚至是黄连的同时，却往童年的他们嘴里塞进了一枚甜蜜的糖果，这枚糖果的甜味注定要让他们的心灵回味一辈子，陶醉一辈子。

（三）为了家乡的天使

光标打小就有爱心，赶上谁家有困难，只要他有能力，绝对是义不容辞的帮忙。现在更是如此，只要他知道了谁家出了事，他肯定会想尽办法去解决。过去条件不好，他都是帮忙跑前跑后的出力，现在他通过努力挣了些钱，出钱、出力，他毫无怨言。他经常说："财富如水，如果你有一杯水，你可以自己享用；如果你有一桶水，你可以存放家中；但如果你有一条河，你就要学会与人分享。"孩子是祖国的未来，是民族的希望，身为长辈的我们，对于孩子的成长是有责任的，我们要努力让他们幼小的心灵感受到生活的美好。

我们村里有个孩子，天生是兔唇。孩子出生后，他爸妈为了这个残疾孩子几乎天天吵架，本来家里条件就不富裕，仅靠着几亩地维持，也就算个温饱，根本没有钱再给孩子治病，这个孩子的降临没有给他们带来应有的快乐，相反，整个家几乎都塌下来了。没

孩子现在长大了，虎头虎脑的，很聪明，也很孝顺。

过多久，孩子的妈妈承受不了压力，离家出走，再也没回来。孩子爸爸没办法，只好把不到一岁的孩子扔给自己的老母亲，独自到城里打工，想尽可能的凑医疗费。爸爸走之前特意带孩子到照相馆拍了张"全家福"。

手术后，小家伙恢复得很好。

光标知道这件事后，心里很难受，马上赶回天岗湖老家，到孩子家去问问情况，看到一个小男孩儿活泼可爱，除了嘴上有点问题，其他地方跟正常孩子毫无区别。听到孩子的遭遇后，他心疼得不行，连夜联系南京的医院，要为孩子做修复手术。随即把孩子接到南京，经过一系列的检查，手术顺利进行。孩子恢复得很好，没多久，医院就说可以出院了，孩子的奶奶和爸爸开开心心的把孩子抱回家。后来光标每次回家都要到他们家去看看，给孩子买营养品，也都留钱给他们让孩子好好养病。

这个孩子马上八岁了，即将上小学，特别懂事听话，爸爸在外面打工，他不吵不闹，在家跟着奶奶生活。他奶奶告诉我，孩子偶尔也会问自己的嘴是怎么回事，奶奶都会说个善意的谎言："你还小的时候，站不稳，不小心摔的。"就是不希望给孩子留下阴影。她现在经常带孩子来家里串门，小家伙虎头虎脑特别可爱，奶奶说他现在特别懂事，为了不让我太辛苦，自己的衣服都是自己洗，还告诉我要好好学习，将来考大学，孝敬奶奶和爸爸。

光标做的这件事，让我和献霞特别高兴。光标的助人为乐可能不是要轰轰烈烈的，但是很暖人心的。他会切实地站在别人的角度去解忧，他从来没有想让他帮助过的人对他感恩戴德。相反，还是他提醒的孩子奶奶不要告诉孩子真相，撒一个善意的谎言，保护孩子弱小的心灵。

（四）病难更见子女情

1、第一次手术——那遥远的守望

随着年龄的增长，身体的各个方面都大不如前，寻医问药成了老来的常事。2000年，我就发觉身体不对了，开始我怀疑是痔疮，因为我想自己从来不抽烟，就偶尔喝点酒，应该不会有什么大毛病，就没往心里去，在乡里的医院开了些中药，就没再查。前前后后吃了两年多的中药，感觉有点效果，以为就没事了。

直到2004年，我发现自己吃饭没胃口，献霞变着样的做，可就是吃不下。不仅如此，我发现自己上厕所开始便血，还经常拉肚子。献霞有点害怕了，要把孩子们叫回来接我去医院检查。我不同意，怕耽误孩子工作，也不想让他们来回折腾，一再嘱咐她不要跟孩子说，让她扶着我去乡里医院开点药就回家了。这次一病，我把酒也戒了。我那时总在想，本来我们做父母的就没给孩子创造好的生活条件，没有给他们好的奋斗基础，心里感觉已经挺对不住他们了，现在我能做的就是保重好身体，尽量不要给他们添麻烦。可这次还是没挺过去，2005年夏天，我感觉身体特别不舒服，吃不下东西，人没精气神，甚至连走路都走不稳。献霞一看，坐不住了，这一次说什么也不听我的，给小儿子打了电话。景标回家后，看到我瘫软在床上，脸上一点血色都没有，急得不行，马上给他姐姐打电话，然后联系车，把我送到了泗洪县医院。因为我一直吃不下东西，医生怀疑是胃有问题，先做了个胃镜，发现可能是浅表性胃炎，说是由于我长年干活，不注意饮食，吃饭不规律，积劳成疾造成的，问题不严重。胃里检查没什么问题，开始担心是肠道，就进行了第二次检查，这次查完后，我看到医生把两个孩子叫到办公室去嘀嘀咕咕，不知道在说什么。我问他们，女儿跟我说就是肠炎，不用担心，但我从他们焦灼的神情中预感到了问题的严重性，我怀疑可能是癌，但不知道在哪个地方。

当天下午，光标也回来了，告诉我要接我去南京进一步确诊看是这么回事。他这么一说，我心里就明白了，肯定是很严重，否则就普通的肠炎在我们大队的医院都能做手术，没必要往南京跑。但我当时告诉自己一定不能慌张，免得献霞跟我担惊受怕，就配合着孩子，装作什么都不知道，被他们"转移"到南京的鼓楼医院。

住进鼓楼医院，医生又给我做了个全面的检查，结束后，我趁献霞和几个孩子都不在，偷偷问医生自己究竟得了什么病。医生犹豫了一下，告诉我是直肠癌，而且已经到了中期，比较严重，需要马上手术。同时，他也告诉我，医院已经组织专家进行了会诊，手术不会有问题，让我放心，好好养身体。听到这个消息，我一点都没有震惊或是害怕，很坦然地接受，我认为生老病死是人间常情，你烦也好，苦也好，都要一天天的过，还不如乐呵呵的享受当下。就这样，我踏踏实实的住下了。两个星期后，我记得很清楚，是05年的7月28号，正式做的手术。

我记得那天早上，儿子、儿媳、女儿、女婿都来了，献霞握着我的手，给我的手腕拴上了一根红绳，说是老天爷能保佑我度过这一关，让我不要有心理压力。被推进手术室那一刻，我感到自己很幸福，很知足，有这样一个和我搀扶一生的妻子，这样一群孝顺懂事的儿女，夫复何求啊。

手术很成功，从住进鼓楼医院到办理出院前前后后一共四五十天。虽然住院期间，感觉身体不舒服，但我却体味到了浓浓的亲情。献霞为了照顾我，三天两头往医院跑，看到她进进出出地忙碌，一夜之间，她的头发白了不少，看的我心里很难受。因为她不识字，所以从老家出来一趟特别不方便。一般都是孩子去家里接她，后来她怕耽误孩子上班，就自己一个人坐第一班客车到南京，让孩子们到车站去接她，然后就往医院赶。每次她来都要拎好多东西，我跟她说好几次不要拿了，一个人坐车不方便，拎着还沉，这里什么都有，也都能买到，可她在这件事上就是不听我的。她总说自家鸡下的蛋有营养，能给我补身体。不仅如此，她只要从家里来，那天她就会早早起来自家熬一锅汤带给我。我记得，第一班车是早上五点半，她要赶在五点半前把汤熬好，不知道她几点就得起床。我和孩子都劝她不要再熬汤了，可她就是执拗的不听，而我每次也都会喝的一干二净，她看到空空的保温杯，笑的特别开心。那段时间我每天都很期待献霞给我送来的鸡汤，虽然孩子们也给我买，但都没有家里的好喝。我知道，那个味儿，只有献霞做得出。

那段时间，孩子们也很辛苦，跑前跑后的帮我打理一切。送到医院检查，请专家会诊，商讨治疗方案……我知道他们在每个环节都很细心，什么都想给我找最好的。我知道他们一定花了不少钱，但不

爱情是两个人的互补与磨合，在平淡与困境中相守，才会走到幸福的终点。

管我怎么问费用，他们都不肯说，告诉我只要好好养病，其他的都不用我操心。我看着孩子们一边围着我照顾我的饮食起居，一边积极的找医生商讨我的病情，我感到既欣慰又心痛。住院的那段日子，家里的亲戚朋友陆续来医院看我，亲友的关心，儿女的照顾让我感到了家的温暖。即使是在冰冷的医院，我也不会感到寂寞和恐慌。献霞把家里的一切都安排的很妥当，洗洗涮涮的都由孩子们弄，我跟献霞说："有这么三个孩子，是我俩这辈子最成功的事。"

出院后，还需要定期去医院化疗。光标不想让我来回折腾，就把我接到家里住。到日子，他就安排车送我去医院，平时就在家养着。张婷很孝顺，每天换着花样给我做吃的，水果、营养品一盘盘给我送。让我最开心的是小环保一直在家里陪着我，每天跟他一起玩儿，看着他活泼可爱的小脸蛋，刀口的疼痛早已抛到九霄云外去了。这次生病住院，我的心态一直保持得很好，那时候我就想，现在也活到这么一把年纪了，孩子也都长大了，他们各自成家、生子、立业，所有为人父母该做的事我都做了，也算是把该尽的责任都尽到了。

2、第二次手术——风雨见真情

第一次手术很成功，化疗结束后，我就回老家调养去了，虽然在光标那儿吃得好，住得好，但还是想家，就和献霞回天岗湖了。尽管我感觉身体已经没什么问题了，可光标还是要我定期去医院检查，防止癌细胞转移。术后第二年，也就是2006年，我去医院检查，医生说发现癌细胞转移到肝部了。

一听到这个消息，又给三个孩子吓到了，他们连忙把我接回鼓楼医院。再一次全部检查，然后找专家去商量我的治疗方案。有了上一次的经验，这次我心态调整得非常好，没有任何心理压力。2006年12月20号，在南京鼓楼医院，我做了第二次手术，这次是肝息肉手术，医生说是由于之前的直肠癌引起的。手术后还是需要化疗，这次化疗比第一次要痛苦，根本吃不下东西，吃了就吐，头发也都掉了，身体特别难受。献霞看着我难受，她心里更不是滋味，我吐的那几次；我看到她躲在门口偷偷流眼泪。但每次进来她都会把泪水擦干，用笑容来给我鼓励。

这两年，真的苦了献霞和孩子们，他们每天都是家里医院两头跑。春华和景标隔三岔五从泗洪来南京看我，每次都在家做好可口的饭菜给我带来，我看他们每次跑来跑去，心里真不是滋味。我知道他们实在太忙了，要上班还要照顾孩子，我劝他们不要折腾了，他们不放心，还是往医院跑。最累的还是光标和张婷他们一家，每次手术都是在南京，他只要忙完手头上的事儿就来医院看我，那段时间他也不出门了，我知道肯定会影响他的生意。

不想拖累孩子，两次手术化疗后我就和献霞回老家了。虽然孩子们都让我在南京或泗洪住，免得我往返折腾也方便他们照顾我，但我住的还是少。我知道自己上了年纪，身体也不如从前，干什么都不方便，在他们身边肯定会影响到他们休息。每天上班那么累，我可不能再让他们跟我操心受累了。

至于献霞，这两次手术，我和孩子都没有告诉她我得的是什么病，怕她担心。她要是执意问，不肯罢休，我就骗她说都是些小毛病。还开玩笑地说："你看我能吃能喝的，还不抽烟不喝酒，能有什么病。"虽然这两年病痛把我折磨得够呛，但我心里还是挺满足的，谁说"久病床前无孝子"，我家的三个孩子给了我很大的安慰。

3、第三次手术——自古忠孝难两全

2007年，我过了一个太平年，但是到08年4月又检查出我肺上有问题。因为不想又麻烦孩子们，我就说平时能吃能喝，没有什么感觉，应该没什么大问题。但是孩子们还是不放心，5月份的时候，光标就跟他妈把我带到北京去检查。检查之后，结果还没下来，光标却走了，把我跟他妈丢在医院，也联系不上，我们都很奇怪，这孩子平时不这样的。后来他公司的人含糊其辞的说，汶川地震了，光标赶着去救灾，没来得及跟我和他妈说。我知道他哪是来不及啊，而是担心说出来，我和献霞会惦记。光标这一走就是四十多天，回来的时候我们已经在老家了。这四十多天，我和献霞一直蒙在鼓里，2007年，院去检查。我不想让光标太操心，就故意赌气地说这才检查完怎么又去检查。但是光标还是执意让我在鼓楼医院

做了检查，还找人把北京那边检查的结果调出来。结果，在南京鼓楼医院的第一次检查、第三次检查和北京那次检查，三次检查吻合，都是早期胃癌。在南京观察了有十几天，最后，专家拿出一个综合意见——做手术。医生本来是将手术定在7月28号，由于第一次做手术是7月28做的手术，同一个日子做两次手术，我思想上不能接受，于是跟医生提议这一次就要么提前，要么退后一下，最终决定提前两天，于是在7月26号我做了人生的第三次手术。

其实我一直都知道，光标从汶川回来后，一直对他一声不响地丢我们老俩口在北京这件事很愧疚。但是父母理解你，正所谓"国家有难，匹夫有责"，有国才有家，你有你的人生准则，有你热爱和坚守的慈善事业，当国家有难时，你首当其冲，做父母的怎么会怪你呢，自古忠孝难两全，我和你妈只想对你说，好好保重自己，我们为有你这样的儿子感到骄傲。

虽然这几年下来，我生了许多病，做了三次大手术，但自我感觉腿脚还很灵活，头脑也很清楚，心情舒畅，甚至没有特别明显衰老的感觉。很多老邻居，老哥们儿来家里看我都说我和过去一样，没太大变化。一些陌生人和我聊天，都不相信我是做过三次大手术的人。鼓楼医院的医生在术后问诊和检查时都说我恢复得特别好，还问起我是不是又什么养生之道。其实，我对养肾功能没有刻意的追求，献霞会注意一些饮食搭配。但七十年来，保持好的心态，让自己心情舒畅，情绪平和是我认为最重要的保养之道。再加上，献霞为我安排规律的生活，健康的饮食，远离烟酒，坚持锻炼，我想这些都是我能挨过这三次大手术的原因。

当我和老朋友聊起生死问题时，我经常脱口而出："尽人事，

守候在你的身后，做你永远的港湾，这就是平淡爱情中最幸福的依靠。

听天命。人有多大寿命都是老天安排好的，我不怕死。"听起来似乎是玩笑话，但确实是我的生死观。我这一辈子，苦也苦过了，累也累过了，但很幸运让我遇到一个善良贤惠的妻子，有三个孝顺懂事的孩子，我很知足。但毕竟到了古稀之年，平时也要多注意点调养，不仅仅是为了自己，也为了爱你，关心你的妻子，孩子。

第十九章　光标说过的那些让我倍感骄傲的话

1、我认为作为一个企业家，首先要怀有强烈的感恩之心。感恩党，感恩政府，感恩国家好的政策。我作为一个贫苦农民的孩子有了今天，我就要回报社会。

2、我从创业的第一年起，一直坚持做环保产业和慈善事业，十多年来我到过祖国数百个贫困地区，我知道，在我国一些贫困地区，有的家庭年收入只有几百元。我们对自己的祖国应该多一些热爱，多一些崇敬，而不是开口闭口就是对国家不满。在伟大祖国面前，我们做一件事，发一句牢骚时，都需要问一声：我是谁，为了谁，依靠谁？只有经常这样问一问自己，我们才能保持头脑清醒，而不会忘乎所以，忘记了自己到底是谁。

3、常怀感恩之心，没有党、国家、亲友和他人的关心帮助，我们在社会上就不会有发展和成就。常怀谦卑之心，我们每人都是一滴水珠，只有紧紧的凝聚在一起，才能成为汪洋大海。

4、在这样多元化的社会里，观点思想不同是很正常的，我会一如既往的将慈善事业坚持到底的。常怀慈悲之心，感受到别人的感受，为他们的幸福安康献上一点力量，这是我毕生的愿望。常怀进取之心，拼搏和奋斗使我们强大，有能力帮助更多的人。

5、越是帮助别人，越是让人感觉到生命的光彩和意义。我希望自己是一根火柴，能够为别人带来一点光亮，我希望自己是一条马路，无数的人在我身上走过。

家里有什么困难跟我讲，我一定尽全力去帮忙。

6、人的力量有大有小，做好事的心却是一样的。让我们一起约定，每天做一件可以帮助别人的力所能及的小事。我打赌，你会和我一样收获一个美好的人生，我们会共同拥有一个更幸福美好的社会。

7、慈善不是一时一地的"阵地战"，慈善是长征，而且永远没有终点。但慈善不是快乐的长征。慈善不分民族，不分国界，不分信仰。捐赠者快乐，受捐赠者也快乐。在慈善的路上，一路都是欢声笑语。

8、不想停下来，一停下来就觉得愧对灾民，就想哭。我愿意带100个孤儿回江苏，发动江苏的民营企业家来共同认养，重新给他们一个温暖的家庭。我就要高调做善事，如果你不服，你来做，你来和我争"中国首善"这个称号。慈善不分国界、不分民族、不分信仰。投身慈善乐在其中。财富如水，应该学会分享。捐赠的地方不投资，投资的地方不搞捐赠。富而有德，德富财茂人要成功，做到"两吃两放"，即放下架子，放下面子；能吃苦，能吃亏。一个人活着如果能影响更多的人，并能使更多的人活得更好，这样的生命是有价值、有意义的生命，是值得骄傲和自豪的生命。像

老人家，别客气，这是我应该做的。

我的名字一样，立志做中国慈善事业的光荣榜样和道德标杆。慈善不仅仅是"手的给予"，而更应该是"心的给予"。既要生产利润，又要生产道德。企业家的最高境界是"从无做到有，从有做到无"。

9、这么多年来，我走过了那么多的贫困地区，我看过那么多老百姓需要帮助，我心里面着急。有很多企业家口袋里的钱太多太多，为什么我们不能把这个钱分配的更好呢？社会说我作秀也好，不理解也好，他们不能真正理解我陈光标的心。我真的就是怀有一颗感恩的心，想回报社会。

10、我们要尽其所能帮助那些处于困难和灾难之中的人们，更应该责无旁贷地去帮助资源一天天减少、环境一天天恶化下去的地球。

第二十章　写在最后

回忆了我父母的往事，讲述了我和献霞的奋斗，分享了孩子们的成就……我们的回忆录就要搁笔了。我只是个普普通通的农民，虽然喜欢读书，但念到初中毕业就退下来了。我知道自己的文化水平有限，还有许多不足和不当之处，恳请各位亲友、读者批评指正。

在这里，我们要对西南交通大学这几个孩子利用自己的假期时间陪伴我们老俩口，为我们编撰回忆录的行为，表示衷心的感谢。与孩子们相处了一段时间，他们带给我们老两口很多快乐和感动，都说90后身上有这样那样的问题，但我在他们身上完全没有看到骄纵、自私的影子，而是体会到了尊老敬老的美好品质，看到了一种希望。他们会想着为我和献霞做饭，督促我俩吃水果、喝牛奶。还细心地为我们准备了手电、雨衣等生活必需品。他们离开后，还会经常往家里打电话，询问我们身体情况，提醒我们天气变化，注意身体。现在，我和献霞已经把他们看成自己的孩子，一段时间听不到他们的声音，心里也想。哈哈，这也是种缘分吧。我听孩子们说，西南交通大学的相关领导、老师对他们完成这本回忆录给予了很大支持和帮助。在这里，我也一道表示深深的谢意，感谢西南交通大学培养出有责任感、有担当，有孝心的学生，感谢学校各部门

近半个月的朝夕相处，已经把两位老人当作自己的爷爷奶奶，那份情谊足够温暖我一生。

对我们这本书的帮扶。

　　回首过往岁月，虽然也历经几多风雨，但我依旧感受到生活给予我更多的是艳阳高照的好日子。记得在60年代，在最困难的时候，人家给我们送两块钱、送一碗面粉，一次次把我们救回来，那份恩情，让我永恒难忘。现在日子好了，我也告诫孩子们，滴水之恩，涌泉相报。每天他们回老家，都会主动提着东西看望那些对我们有恩的人，也都会给他们拿些钱。如果家里遇到个难事，我们知道了，一定会尽全力帮忙。互帮互助，携手前行，我觉得这样的生活更充实，更有意义。

　　在这里，我还要再次感谢党的好政策，国家实施改革开放后，家里的三个孩子能沐浴在新世纪的春风中，健康茁壮成长。更让我感到欣慰的是，孩子们都继承了我们陈家勤劳善良、乐善好施的品质，他们是我的骄傲。一直以来，我都认为，善良是做人的基础，没有道德约束的人是很难成事的。家里的三个孩子是在我们身边一点一点长大的，多多少少受到我们潜移默化的影响。虽然过去家里穷，没有办法给他们物质生活的富足，但是我们极其重视对他们人格的塑造。我们常常教育孩子，无论做什么事情，要实事求是，正直善良。遇到有困难的人，也要尽自己的最大可能去帮助人家。看到他们现在的举动，我知道，那些话，他们听进去了，也牢牢记住了。我一直告诉孩子们，没有国就没有家，要为国家做贡献，要懂得付出。财富都是身外之物，生不带来，死不带去，我们要真真切切地去报效祖国，报效社会。人过留名，雁过留声，你做了对得起祖国，对得起人民的事，自己也心安。我经常告诉他们，不求人人说好，但求无愧于心。看到日渐长大、成熟的孙子辈，我相信他们会将我们陈家的爱心，善心代代传下去。

我想告诉孩子们，无论什么时候，不管你走到哪儿，都要有一颗淡然的心，悠然享受生活的美好。淡定是优雅为人的处世态度，是难能可贵的生活智慧，是一种能为自己带来心安、宁静的至高境界。最后，要感谢我们的子女、孙辈和亲友对我和老伴的关心和照顾。特别是在我俩遇到困难的时候，你们总是陪伴在我们的身边，与我们同甘苦、共患难，给我们以信心和力量去战胜疾病与危难，这是我俩永远不会忘记的。

这本回忆录，不只是属于我和献霞的故事，更是记录了我们陈家几代人的过往。我非常想把这本书留给我的后代，希望他们铭记陈家的优秀品格并传承下去。人的一生十分短暂，一辈子寻一个梦，追求一个真实的自己。希望他们能够把握好自己的心态，无论身处什么样的环境，都能安静的守护自己的内心，执着地寻找光明的方向。在漫漫的人生岁月中，专注于自己认为对的事，做无愧于祖国和人民的事，这就是我的愿望。

附录：金陵泗洪，热情温情，情暖心间

（一）成都——南京，见到不一样的陈总（2013/7/9）

跨越了近2000公里，从花重锦官城的古蜀国来到烟雨楼台的六朝古都，平凡得不能再平凡的大学生与被誉为"中国首善"之称的陈光标先生，中间犹如隔着千万级阶梯，高不可攀、不可触摸。然而，就在2013年7月9日这一天，这千万级阶梯在我们眼前瞬间降落，我们四个学生迈着轻松的步子，怀揣着一颗好奇、欣喜、景仰的心，奔向金陵城。

早上9点，陈总公司的工作人员准时到酒店接我们，一身笔挺帅气的西装，脸上带着阳光的笑容，看到我们从酒店走出来，立刻走上前帮我们提行李，说："你就是胡溪吧，欢迎你们来南京，我姓王，你们可以叫我小王。"一路上，王哥热情地为我们介绍南京的风土人情，还特意叮嘱我们南京这几天天气特别闷热，出去玩要做好准备……这是我们几个学生第一次跟陈总公司打交道，他们的平易与热情让我们之前忐忑的心踏实下来。

一路说说笑笑，一路欣赏窗外美景，不一会儿我们就到了"南京黄埔防灾减灾培训中心"。怀揣着一颗兴奋的心，我们走进陈总的公司，工作人员很热情地接待我们。放下了行李，公司宣传部的蔡部长安排人带我们参观了陈总的荣誉室。走进去，看着一面面写着"救灾英雄，当代典范"、"教育无疆界，大爱显真情"……的锦旗，一排排授予陈总"荣誉市民"、奖励他"低碳环保"……的证书，一张张记录陈总为地震灾区、为贫困山区送去帮助和温暖的照片，真的触动到了我们的内心。过去我们对陈总的了解实在是太少了。但今天，我们看到了一个更加全面的陈总，一个尽自己的全部努力要为祖国的每个角落都传递爱心的陈总。工作人员告诉我们说："这些证书和锦旗只是陈总荣誉的一部分，这么多年来，陈总一共得到荣誉证书3000多本，奖杯400多座，锦旗10000多面。数万项荣誉的见证对陈总而言是最大的认可和鼓舞，也让他在慈善的道路上坚定前行。"

当我们看到面前摆放着的上千条洁白的哈达，心中有些疑问时，工作人员告诉我们说："这些哈达都是陈总亲自带过的，每一次藏区人民为陈总献哈达，他都会鞠躬带上。而每一次他都要把哈达带回南京，他说那是一份祝福，一份情意，所以这不仅仅是简单的哈达，更是代表着陈总一次次走到藏区人民中，把爱心送到他们手上的那份情分。"接着我们又看到一副鞋垫和一副手套，上面分别用红线绣出了"抗震英雄，四川铭记""救命之恩，永世不忘"的红字。工作人员介绍说："那是汶川地震的时候，陈总带着我们黄埔民兵连的战士深入到重灾区，全力抢救每一个生命。有的时候机器不能用，他们就用手一点点刨，几天下来手都磨出血了。灾区一位上了年纪的奶奶看到后，非常心疼，亲手为我们的战士缝了手套和鞋垫。她说这么做是想让他们的手少一点疼痛，再有，这也是当地的一种风俗，垫上亲手缝制的鞋垫可以保平安。"陈总和黄埔民兵连的战士看到后非常感动，那是老奶奶戴着老花镜，连夜赶出来的，他们都不忍心更不舍得用。就这样，从四川背回了南京，一直留着，那是我们与灾区人民的一份情意，我们会永远珍惜。

午饭后，工作人员安排我们在公司住下。走进房间，再一次让我们震惊，里面真的是温馨舒适，洗漱用品一应俱全，让人觉得像在家里一样。听客房部的员工说，公司的房间是陈总特地留下来给家里人或招待比较重要的客人住的，有时候老家来人了都会住在公司里。陈总今天早上特地打电话回公司，交待说今天会有几个大学生到公司，让我们务必要热情接待，还告诉我把你们安排在公司里住。他今天在武汉，晚上争取赶回来。没想到陈总工作那么忙，还能想到我们，把所有的事儿都安排得那么仔细。经历了这些，我们几个学生真的不知道说什么好。但从陈总公司上下接人待物中，我们感到了一种贴心的温暖，彻底打消了我们来之前的疑虑和不安，也更加坚定了我们要全力以赴，用心把这本回忆录做好的信念。

当天晚上9点多，有人通知我们说陈总从武汉回来了，要见我们。听到这儿，我们急忙打理好自己，随着工作人员到六楼会议室。"噔，噔，噔"脚步声越来越近，我们的心提到了嗓子眼，紧张得不得了。正在我们无限遐想之时，陈总身穿一件红色T恤健步走进会议室，脸上带着他那标志性的笑容"你们好啊，欢迎欢迎，快坐。"

一坐下，陈总便拿起盘子里的咸鸭蛋，给我们一人扔过来一个，憨憨地笑着说："你们吃这个，这是我妈妈亲手腌的咸鸭蛋，今天赶回来得太急了，还没来得及吃晚饭。可一回来就看到她让人捎来的鸭蛋，我从小就爱吃这个，这么多年，她一直记得我儿时喜欢的味道。只要有机会，她就托人带过来。说实话，我在外面什么都能吃到，不想她再辛苦了。可她就是不听，她总说自己家鸭下的蛋，纯绿色，无污染，有自家的味道。你们也尝尝，真的比外面卖的好吃。"陈总这一番家常话，让我们真切地感受到他不是顶着种种头衔，高高在上的名人、商人、慈善家……而是一个实实在在、真真切切的拥有人世间最朴实情感的长辈。

紧接着，陈总很妥帖地安排了我们在老家的衣食住行，真的是细致入微，还嘱咐我们如果遇到问题，生活的不习惯可以去找家里的亲戚帮忙。还特地跟我们强调说："他们老两口一辈子节俭惯了，即使现在生活条件好了，他们也不愿意浪费，吃饭的时候可能简单一点，你们不习惯就拿钱出去吃。你们还是孩子，长身体的时候，一定要吃饱、吃好。"听着陈总这么说，我们打心底里感动，试想一个过去只能在电视里看到的名人，现在这么近距离的和你聊天，说话还没有丝毫的架子，完全是一个长辈对于晚辈的关爱，我们感到很温暖。

在提到这本回忆录的时候，陈总一再叮嘱我们："务必要客观、真实地来还原爷爷奶奶，要多用心地打开爷爷奶奶的心结，多和他们交流。他们之前已经被一些媒体折腾得心力交瘁了，对外人的采访有了抵触。头几年媒体经常跑去老家找爷爷奶奶采访，两位老人都是地地道道的农民，一辈子都没走出天岗湖。接人待物特别直白，不会有什么遮掩。有的媒体为了吸引眼球，就故意歪曲事实，明明老两口说的是这个意思，偏给曲解写成另外的意思，报道出来让爷爷奶奶很生气。我爸已经做了三次大手术，加上他俩现在都是70多岁的人了，经不起这样的瞎折腾。"说到这儿，我们明显感受到一个儿子对父母的亏欠和愧疚，也再一次看到了一个实实在在，有感情，有孝心的陈光标。

（二）南京，那里是陈总梦起航的地方（2013/7/10）

一早，陈总安排餐饮部和我们一起吃早餐。扫去了昨日的疲惫，今天的他看起来更加有精神，神采奕奕。依旧是那熟悉的笑容，依旧是那随和的举动，没有半点架子。"你们不要拘束，多吃点"，我们看到的是一位长辈对晚辈最本能的照顾，在这个美好的清晨让我们感到分外的温暖。

早餐时，央视新闻又传来四川连日暴雨山洪等险情，陈总禁不住难过地说："哎，四川又出事了，这都多少天了，怎么还下暴雨。每当看到全国各地有灾情、看到当地老百姓跟着受苦受难时，我心里就特别难受，打心里想为他们做点什么。但毕竟人的精力有限，灾难发生时，我不能保证次次到场，很难了解他们具体需要什么，所以我就给他们钱，这是最直接的办法，让他们根据自己的情况去买东西，去改善自己的生活，我想这也是最快速、最直接帮助他们的方法。我捐钱，他们说我是在炒作，我捐东西，他们说我是在作秀，真的很无奈。我也一度怀疑过，自己这么做到底对不对。后来我说服自己，只要我内心是阳光的，我捐的钱是实实在在的，我就不怕他们质疑我，因为我的种种款项都可以查到，我的每一笔钱都是真实的放在老百姓手里的，所以我心安，我也满足。"

接着，陈总又跟我们聊起了大学生创业，"你们这些年轻人，有创业的想法是很好的。现在政府都在鼓励青年人创业，出台了好多政策对你们都非常有利。但你们要有好点子，有创意，还要有热情，最关键的是要肯脚踏实地地干，遇到困难时要咬牙坚持住。这个社会需要你们这些有活力的年轻人参与，需要你们的创业创新，只有这样，我们的社会才能更好地向前发展。就我个人而言，我很愿意支持你们年轻人创业，你们大胆地去做，后面有我做靠山。"说完这些话，陈总又给我们一个坚定而温暖的微笑，而听到这样一席话的我们，心里也是暖融融的。

吃过早饭，陈总又马不停蹄地去处理其他事情了。临走，他特地交待公司安排我们在南京玩一天，让我们学生可以开阔眼界，也好好感受一下六朝古都的魅力。我们首先去了紫金山，那里空气清新、风景秀美，具有丰厚的自然、历史文化底蕴。来到紫金山，我们看到一个牌匾上写着"紫金山博爱光标路"，随行的工作人员为我们解释说："这是条登山路，过去市民登山时走的都是崎岖不平、乱石遍布的野道。这样既没有安全保障，也会践踏、破坏周边的植被。后来南京中山陵园管理局决定在这里新建登山道。陈总知道这件事后，很赞同，认为修建登山道不仅可以解决人们在通往天文台的登山道上人车混行的问题，还能更好的保护生态环境，所以，陈总决定捐资百万元用于登山路的修建。这条路建成后，政府为以陈总的名字命名这条路。"我们一路走上去，感受着陈总的每一份爱心和用心。

后来，工作人员又带着我们去十三陵、总统府、南京大屠杀遗址、夫子庙、秦淮河等等。每到一个景点，工作人员都会给我们认真地介绍其历史。当我们来到南京繁华的商业街"新街口"时，工作人员告诉我们说："这就是陈总当年起步的地方，最早他就是在这里练摊的。那个时候为了省钱，他从早干到晚，收摊后就露天铺个席子，睡在马路上，那真是不容易。他也经历过失败和挫折，也承受过误解和质疑，但他没有放弃，而是淡忘失意，从头再来。付出终究是有回报的，他在这里将梦想付诸实践，脚踏实地，坚持不懈，终于创造了一个奇迹。陈总对南京有很深的感情，这些景点都是他特地嘱咐一定要带你们来参观的。南京是陈总起航、追梦、圆梦的地方。他如此用心的安排就是想鼓励你们好好加油，坚持自己的梦想，坚定地走下去。"

这一路，听工作人员为我们介绍陈总一路走过来的奋斗史，我们真的被他那种坚韧不拔，勇往直前的精神感动。我们也领悟到，在人生的旅途中，没有谁可以是一帆风顺的，坎坷总是伴随着收获从始而终。人生中不会缺少磨难，不会没有艰辛。但是，我们要用心记住，人生没有跨不过的坎，没有走不过的路，抛弃痛苦，忘却烦恼，坦然地生活，生活自然会展现给你一片豁朗的天空。我很清楚地记得，那天晚上我和陈总聊天，我问他是什么让他可以从容地面对生活的苦难，他告诉我一句话："当生活喂给我们一颗苦果时，我们应该去品味苦难之后回归的甘甜，去咀嚼生活中的每一丝滋味。"后来，我们跟爷爷奶奶聊天，从他们的回忆中，我感受到，陈总确实是这么做的。

（三）初到泗洪老家，热情好客的老两口（2013/7/11）

今天一早，公司就安排车送我们到泗洪老家，我们一路上都很兴奋，手里攥着早早就准备好的礼物，心里想，爷爷奶奶会是什么样的人？他们会喜欢我们吗？老家到底是什么样子的？一个个问号出现在脑海里，让我们对在老家与爷爷奶奶朝夕相处的生活更加期待。

我们出发后没多久，随车的安部长就往老家打了电话，告诉爷爷，我们四个大学生中午就到家了，还千万嘱咐爷爷天气热，不要再跑出去特意准备饭菜，中午我们一起出去吃。但从安部长的话语中，我们隐约听明白爷爷坚持要我们在家里吃，要给我们准备饭菜。挂了电话，安部长笑着跟我们说："这老爷子听说你们几个学生去，乐得不得了，都着急了，让你们早点去。还说早上起来就和你们奶奶去集市上买菜，特地给你们准备了家里的饭菜。"听到这些，我们心里美滋滋的，那情景仿佛是每次要回自己的爷爷奶奶家，一大早他们老两口就打电话问我们像吃什么，还有多久能到一样。近两个小时的车程，我们抵达了美丽的天岗湖。我们兴冲冲的向外看，寻着爷爷奶奶的身影。车子向老家开去，我看到一位慈祥的老人坐在大门口，目光有些焦急又满怀期待的向车子进来的方向看去。看着这么有爱的画面，那些流转的童年时光仿佛又重新回到了我们身边。就像我们每次回家，父母都会提前准备好热气腾腾的饭菜，站在家门口，静静地驻足等候。

下了车，我们马上跑过去跟爷爷打招呼："爷爷好，我们就是四川来的学生，接下来要跟你和奶奶一起生活一段时间，我们不懂事，如果有做得不对的地方，希望爷爷不要嫌弃我们，能喜欢我们。"爷爷听我们这么说，噗嗤笑了，赶紧拉着我们的手往屋里走。边走边说："哪的话，欢迎，欢迎，快进屋。我听光标说了，你们这些学生都很有爱心，是来陪我们的，我们喜欢还来不及呢。

你们就在家里住下，别见外，就把这里当自己家。"我们随着爷爷进了屋，老家是典型的徽式建筑，共三层，讲究中国传统的中庸对称设计，大气又不失内敛。房间里打扫的很干净，物品摆放整齐有序。爷爷跟我们说："平时家里就我和老伴住，听说你们要来，我和你们奶奶两天前就开始替你们收拾房间，楼上的两间房，一间是环境的，一间是环保的，我都给你们打扫干净了，你们就安心住下来。"听着爷爷的细心周到的安排，我们感受到他真的已经把我们当做自己的孙子、孙女看待，没有寒暄和客套，就好像守在家中的长辈终于盼回了远方的孩子。

午饭时间，我们见到了在厨房忙碌的奶奶。奶奶身体也很硬朗，在厨房里生火、煮饭，动作很麻利。她看到我们几个懵懵懂懂地走进了厨房，很开心地迎过来，关切地问我们是不是饿了，还说："我早起去买的菜，也不知道你们喜欢吃什么，就随便了。让叔叔给你们炒菜，我手艺不好，只会用灶台，怕你们吃不惯大锅饭，让叔叔用大勺多给你们做几个菜，都多吃点。"在另一个屋，我们看到了宋叔叔，也就是爷爷奶奶的女婿，他人很友善，看到我们也特别热情，我们要去帮忙，他不让，说厨房热，让我们出去等着吃就好。

终于，饭菜准备好，一家人都坐下来开始吃饭，爷爷奶奶一个劲的给我们夹菜，"多吃，多吃点。"面对这一切，我们不知道该说什么，该如何说。这是两位多么和蔼、善良的老人啊。虽然他们头上有着"中国首善"父母的头衔，但是对于我们，完全感受不到他们的高高在上，相反，他们给我们一种很亲近的感觉，那是一种家的感觉。

下午，爷爷奶奶又开始劳动了，爷爷去喂鸭子、喂鱼。奶奶和几个帮忙的叔叔晒谷子。我们看到后，也连忙跑到他们身边要帮忙。当我们刚跨进院门时，奶奶急忙催促我们，让我们进屋。我以为是奶奶嫌弃我们不会干活，没想到，奶奶跑过来跟我们说："天太热了，太阳晒，你们干不了这活，不一会儿的功夫你们就会晒伤了。我们没关系，都习惯了，晒也不怕，你们不行。听话，快进屋。"当我们明白了原因后，更不肯进去了，硬是要去帮忙，奶奶实在拗不过我们，赶忙把自己头上遮太阳的帽子摘下来，扣在我头上，又给其他同学找来了帽子，她笑着跟我说："女孩子，最怕晒了，遮上点，免得回家后，爸爸妈妈都不认识你了。"听到奶奶这么说，我心里说不出的温暖。

晚上太阳下山，我们跟爷爷奶奶在街上散步，看到路头有一块碑上面写着"阳光路"三个大字，我问爷爷为什么叫"阳光路"，他告诉我们说："过去，我们天岗湖乡的路特别不好走，都是坑坑洼洼的泥土路，遇到阴天下雨，就更加泥泞，年轻人还能克服，但老人和孩子就特别不方便，容易绊倒。是2003年春节，光标回家过年，他看到家门口的路实在是太难走了，就和我商量要出钱给乡里修条路。我很支持他的想法，就开始张罗起来。终于，这条3.3公里的路修好了，可以连通江苏和安徽两个省，是两省很重要的交通线。现在从这条路经过，开车走路都方便许多。因为是光标出资的，政府建议说在路头给光标立碑纪念。光标知道后谢绝了，他说自己这么做就是单纯的想给乡亲们办点实事，没想过邀功领赏。最终，就以政府的名义立碑，取名'阳光路'。"我们从爷爷的话中感受到他为自己儿子有这颗善良的心感到非常自豪，再看看旁边的奶奶，听爷爷提起这件事，脸上绽放出欣慰的笑容。都说儿女的进步是父母最欣慰的事，我想陈总在自己事业刚起步，收入还不是很多的时候就选择出资给家乡修路。二老看到儿子对家乡的这份情愫，心里自然是美滋滋的。

（四）在泗洪老家的第五天，留住老房子，懂得珍惜，学会感恩（2013/7/15）

天岗湖位于泗洪县西南岗，地处全国四大淡水湖之一——洪泽湖西岸，这里景色秀丽、瓜果飘香、人文荟萃，是远近闻名的果品之乡、银鱼之乡。在老家生活的日子，我们体会到简简单单的快乐。每天早上起来陪爷爷提水，给院子里的花和小树苗浇水，听爷爷给我们讲那些年的故事，七点钟左右，就能听到奶奶远远的唤我们进去吃饭。白天，我们会跟爷爷奶奶一起去地里干活。最初，来自城市的我们，对于农活真的是一窍不通。拿锄头刨野草，感觉已经用了全身的劲，刨了几十下，可草根依然是"岿然不动"，而此时的我已经是满头大汗，奶奶看着手法拙计的我，乐的哈哈笑，她说一看我就不是干活的料。她怕我用锄头伤了自己，让我不要干了，可我执意要帮忙。奶奶拗不过我，就让我去把粪箕拿过来，装刨下来的草。这又把我弄迷糊了，"粪箕？粪箕是哪个？"我绕了一圈，跟奶奶说没看见，奶奶说："这孩子，就在你眼前，那个筐就是啊。"哎，这一次又给我上了一堂农业常识课。在嘻嘻哈哈中，时间很快就过去了，我们在与爷爷奶奶聊天的过程中，也品读着他们的人生，老两口的那份与人为善的处世原则，那份在逆境中顽强拼搏的精神一次次的震撼到我们。

今天下午，爷爷带我们到下面的村子里去走走。我们首先到了家里的那个土坯房。经过岁月的打磨，远远看过去，那个土坯房真的是有些残破不堪。如果不是在房子的外围修了保护用的板子，我想估计"中雨"以上级别的降水对于它来说就算是灾害了。走进屋里，那一幕更是触动我们内心。二十平米的地方，一盏煤油灯，一张床，两口灶和犁。不仅如此，我还看到了一条很粗的绳子，爷爷告诉我们："那时候不比现在，大型牲畜是家里的宝贝，所以下雨天要把它牵进屋，那是拴牛用的绳子。当时光标就住在这旁边，那天晚上老牛撒尿全都弄到他脸上去了。哎，真对不起那孩子啊，那时他得多委屈。"离开老房子，我们的心情很沉重，真的没想到陈总居然是在这样艰苦的环境中成长的.想想现在的我们，生活殷实，衣食无忧，居然还不满意，还会经常的抱怨生活的不公，把自己遇到的不顺利一股脑的归于"命运的作弄"，大言不惭的说着"时运不济"，给自己找这样那样的理由。看到眼前的景象，我真的可以体会：每个人的生活都不是一帆风顺的，会遇到许许多多我们难以想象的挫折，如果一味抱怨而不去改变，自暴自弃，那生活也会抛弃你。人只有接受困境中的自己，才能释放心灵的能力，一旦我们接受最恶劣的状况，我们就没有什么可以损失了，你会感激老天赐予你的一切"得"，不再是"失"。坦然面对最艰苦的状况，让自己的心灵安静。

爷爷说："没有把老房子拆除是我和三个孩子共同的意思，虽然在这里生活的时候很苦、有很多不如意，但这里承载了我们一家人太多太多的记忆。三个孩子在这里长大，我和献霞在这里相守走过最困难的岁月，这是我们一家人共同奋斗的开始。现在我和老伴还时常回来走走，还能从老房子中看到过去生活的点点滴滴，让我们对现在的日子更加感恩。不拆房子还有一点是我希望孙子孙女们回来后都来老房子看看，让他们知道自己的爷爷妈妈、爸爸妈妈是怎么从苦日子里走过来的，让他们懂得珍惜，学会感恩。生活不会平白无故的给我们幸福，要靠自己去奋斗、去争取，即使遇到再难的坎，只要你有信心，有毅力就一定能克服，最后会迎来属于你的美好。"

从爷爷的话语中我们可以真切体会到他这一生真的很辛苦，但也很充实，他们没有向生活屈服，没有妥协，而是勇敢的跟命运抗争，终于守得云开见月明。最重要的是他这种坚毅、顽强的品质也深深的影响到了自己的孩子、后代。渐渐的我也越来越能领会到陈总怎么能够从一个最平凡的贫苦农民家走到今天，缘何取得如此的成绩，也越来越理解他每一次震撼人心壮举背后的原动力。其实如果说起成功者与失败者之间最大的区别在哪，我想那就是成功者身上有一种不服输心性，这种特质在他人或外在环境因素的刺激下，会焕发屡败屡战，一往无前，直至成功的斗志。

从老房子出来，爷爷带我们在田地里走，他给我们讲述了好多过去的故事。看到地里有野菜，爷爷拔起来一把问我们知道是什么吗，看到我们茫然的表情，爷爷说："这是当时救命的野菜，我母亲得浮肿病，献霞生孩子后没有粮食，都是靠地里这野菜救活的。那时候这菜都是要抢的，谁家人多，劳力多，就能多抢点。现在条件好了，谁家都不吃了，但你们奶奶还是一股倔脾气，她还时不时的摘一下来拌着吃，她说要忆苦思甜，不能说日子富裕了，就忘了过去的难处。好几次孩子回来，她也要给他们做点尝尝。不过奶奶根本不忍心用当时的做法。她改良了一些，放很多油，还配上调料，这样吃起来就完全变了个味儿，孙子们不明原因都乐呵呵地说好吃，还说让他们天天吃都愿意。我那个笑啊，真要让他们像那个年代一样吃，不到一天，肯定要哭要闹了。"

说笑着，跟随爷爷的脚步，我们来到一片玉米地。爷爷说这是家里的地，平时都是他和奶奶打理，在农忙的时候女婿会回来帮忙。我看地里的玉米长得很好，没有什么杂草，一看就注重日常的清理。我问爷爷："家里条件都这么好了，你们俩也吃不多少，还这么侍弄庄稼，多累啊！再说就算是想种些自己家吃也可以雇人啊，干嘛亲自去做，夏天那么热，太辛苦了。"爷爷说："干了一辈子，习惯了，突然间不让我干活，我待不住。你奶奶更是的，她血压高，大夫都说天气热的时候不让她干活，她就是听不进去，一天不干活就浑身不自在。我俩就合计趁着身体还硬朗，能干就干点，也不指望卖钱，多收少收的够家里人吃。自己家种的都是纯绿色食品，吃着也放心。等哪天身体不行了，站都站不稳，到时候有的是时间歇，只怕那个时候更难受，哈哈。"

我边跟爷爷话家常，边在地里走着玩儿，看到玉米地一侧种了一排树，我问爷爷这是家里的吗，爷爷叹了口气说："那不是我家的，是隔壁那家的。2000年的时候，村里进行土地的重新分配，我家的地和村子里一户人家一路之隔，就是旁边那家。路是乡间小路，也就不到一米宽。刚分为土地没多久，那家人连个招呼都没跟我们打，就跨国路在我家这边栽了一排树。其实大家心知肚明，在农村，一棵树意味着不少钱。最关键的是，在农村有个不成文的习俗，有树就意味着占了这块地，如果涉及到土地，那越往后就越说不清了。当时献霞就要找他家去理论，要找乡政府去'主持公道'。光标知道这事后就劝住了他妈，跟我们说不要为了小事和乡里乡亲的闹不愉快，自己家吃点亏也就罢了。他小的时候，是我们做父母的告诉他'吃亏是福'，现在孩子大了，懂得反过来安慰父母学会宽容和大度。我和献霞都很欣慰，也感到很幸福。"经过十几天的接触，我们发现虽然爷爷不习惯当面称赞自己的孩子，那是怕他们骄傲，失去方向。然而在他老人家内心深处，三个优秀、懂事的孩子是他最引以为豪的事，是一辈子的荣光。

（五）在泗洪老家的第八天，开启感恩之旅（2013/7/18）

今天天气很好，爷爷忙完农活后，决定再带我们几个去村里走走，他说要带我们见几位对陈家有恩的人。这一路走下来，我将此行取名为"感恩之旅"。因为，一路上爷爷一直都在说："谢谢，真的是太感谢你了，当年如果没有你……"

我们边走着，边和爷爷一起回顾那段艰难的岁月，我们首先去的陈连贵爷爷家，不巧他刚出去了，只有老伴在家。她看爷爷来，没有惊讶，很随意地和爷爷话家常，说："你大哥下地去了，估计也快回了。到家里坐会儿，今年地里的花生收的可好了，又大又红，走的时候带点回去……"没有生疏亦无客套，可以看出两家平日里走得很近。爷爷把我们介绍给奶奶，还特地跟我们说："这就是我跟你们讲过的，在新年前给家里送来两块钱的陈连贵爷爷家。"看到旁边的奶奶一脸困惑，继续解释说："大嫂，你忘了吗，就光标出生那一年过年，我家因为成分不好，粮总是不够吃。赶上过年前，我大哥去看孩子，一看家里冷锅冷灶的，献霞抱着孩子坐在床上，一点办法都没有，孩子饿得哇哇哭，他就把自己身上揣着的要去集市上买肉的两块钱给我了，让我去给大人孩子买点吃的，过个年。你不知道，那可真是太及时了，要不我真不知道怎么过那个年。我打心里谢谢你和我大哥。这几个孩子是大学生，暑假到家里来陪我们聊天，听我讲过去的老故事，要帮我们记录、留住那段历史。所以我一定要把他们带到你这儿来，告诉他们当时的情况，好好谢谢你们。"

知道我们的来意后，奶奶有些不好意思了，一时不知道说什么，双手紧张地揉搓着，迎我们坐下，边倒水边说："别听他说的夸张，不就是两块钱么，那时候他家过得确实不容易，粮食不够吃，一家老小挨饿，我们能看着不管吗。没多大个事儿，他总是放不下。现在日子都过的好了，逢年过节的，他总是带着光标他们几个孩子到家里送东西。每次都大包小裹的，营养品，保健品样样有，都跟他们说多少次不让买了，可就是不听。光标是个好孩子，都这么出息了，也不忘本，每次回来一点架子都没有，仔细询问我们家里的情况，问我们有什么难处。碰上有个大事小情跟他说，他肯定帮。"

爱心不是无源之水，无本之木。一个人在自己得到的爱足够多的时候自然地也会主动关爱他人。我想爷爷在自己最困难的时候，乡亲们不但没有刻意疏远，怕被牵连而保持距离，还几次伸出援手，帮助这个风雨飘摇的家渡过一个个难关。那份情谊，那份感动让爷爷一家人感受到了浓浓的爱意，他们被爱包裹着，才会在条件改善后主动接住这支爱心棒，将它传递下去。

离开陈连贵爷爷家，我们又跟随爷爷来到另一户雪中送炭的爷爷家，他叫陈先业，那是在爷爷奶奶第二个孩子出生后，大人孩子一天都没有吃上饭的危急时刻，偷偷给家里送去一碗救命面的人。

走进院门，一幢干净整洁的二层小楼出现在我们眼前。陈爷爷正扇着扇子，在大厅里乘凉。看到爷爷来，他特别开心，连忙拄着放在一旁的拐杖，颤颤巍巍地站起来去拉爷爷手。我们坐下后，两位老人共同回忆了那段艰苦的日子。爷爷说："老哥，你还记得不，那时候咱两家都被打成富农，日子过的是真苦啊。你家还好，兄弟多，至少不会受太多的欺负，粮食分的也勉强够吃。我家就不行了，日子过的苦，大人孩子都跟着受罪。我家老二出生那天，是早上四点多落地的，但是家里没粮，到下午三点，大人孩子除了喝点水，一点吃的都没进。你听人家说我家孩子从早到晚没进食，给我们送来一碗面，我给他们煮了面糊糊，才算是挺过去。那时候，我俩家成分都不好，大家躲都躲不过来，怕受牵连。你居然能从自家面缸里舀出一碗面给我们送来，我和献霞真的很感动，特别感激你。"说着说着，我看爷爷的眼泪在打转，只是自己强撑着，没让它留下来。

陈爷爷听到这些后也开始慢慢回忆起过去的日子，同样是顶着"富农"的帽子，他经历的辛酸自然也少不了。随后，陈爷爷也慢慢翻开了尘封已久的记忆，打开话匣子，跟我们讲起那些年、那些事。"那时候，划分了个人成分，日子一落千丈，原本属于你的全部要交出去。不仅如此，我们四类分子走到哪儿都要受歧视，在队里干活，我们是最累的，但到年底分粮时，我们分到的却是最少的。这些也就罢了，关键是没有盼头啊，你们都是大学生，将来肯定又出息。我们那个年代四类分子子弟是很难坚持上学的，因为即便你读完初中甚至是高中，你依旧难寻一份像样的工作。还不如早点下地干活，填补家用。"

提到陈爷爷当年"冒死"送面的壮举，他叹了口气说："哎，那时候我们这群人的日子都不好过，但要数立胜家最惨，哪能说孩子生下了，从早到晚吃不上东西的，那还不活活饿死。我那时候也没办法，知道后心里着急，但也不敢明目张胆的给他送东西。我偷偷地把一碗面藏在篮子里，假装去买盐，顺路转进他家给送过去。当时不敢多拿，怕被发现，当我一进家门，发现真的是冷锅冷灶，一点能吃的都没有，不仅孩子没吃，大人也饿了几天。我当时那个急啊，要马上再回去拿。可立胜不让，他怕连累我，还劝我赶快走，告诉我不要再送东西过来……"

回溯了过去的苦难，两位爷爷开始聊起了现在的好日子。陈

忠厚传家远，这是陈氏家族的处世之道，更是对后代子孙的殷切希望。

爷爷现在也是子孙满堂，一家三代住在一栋小楼里，其乐融融，日子过得很幸福。说起现在，爷爷很开心地拉着陈爷爷的手说："老哥，真的感谢改革开放，终于把苦日子熬出头了，你看咱现在的日子过得不都很好吗。我们靠着自己的努力，靠双手打拼，都过上好日子。事实证明，只要我们肯卖力气，就一定会改变不好的境遇。"临走时，爷爷还要再发自内心的说一句"谢谢"，可刚张口，就一把被陈爷爷拦住，他说："我们老哥俩不要再说客气话了，这么多年过去了，我过去做的都不算啥，要谢还得我谢你呢。现在，不管家里有什么事，只要我张口，就没有你不帮的。你那三个孩子也都是好孩子，每次来看我都拿东西，这些我心里都记得。我俩现在的任务就是好好保重身体，不让孩子为我们操心，就是帮他们减轻负担了。"

看到两位饱经风霜的老人，彼此紧紧握着刻着历史烙印，布满老茧的双手，我们心中升起崇高的敬意，只有经历过苦难的人才会体会到彼此眼中生命的重量。从陈爷爷家回来，我们的心久久不能平静。其实，我们的生命中会有许多感动，这些感动往往被人们积压在内心深处，也许我们会单纯地认为她随着时间流逝而慢慢淡化了。但是，我们惊喜地发现，只要有一方提出就如潮水般汹涌而出。

（六）在泗洪老家的第十天，无私细腻的父母之爱
（2013/7/20）

前一天是陈总45岁生日，公司专门派人来老家接爷爷奶奶到南

京去。走的时候，老两口很开心，花生、鸭蛋……一包包装好，要带到南京去。平时很随意穿衣的奶奶，这一天，选了一件衣柜里最喜庆的衣服。她说："45年了，儿子总算是给自己过了个生日，我高兴。"听到奶奶这么说，我们想起来，以前爷爷说过，在老家，他们都没有过生日的习惯。过去，连吃饭都成问题，更没有多余的钱为生日做准备了。虽然后来条件好起来，但也没有心思再过生日了。这一次，是陈总45年来的第一个生日，在这个特殊的日子里，他第一时间想到要把父母接到身边，和自己一块儿纪念。儿的生日，娘的苦日，在我们成长的道路上，有欢笑也有泪水，有收获也有失望。

第二天，我们在网上看到了有关陈总过生日时捐款捐物的报道，在这个特殊的日子，他决定用一种更有意义的方法来纪念，他宣布：在自己生日之际，向母校南京中医药大学、江苏省慈善总会、南京中山陵园陵管理局等单位捐款共计450万元，并向少数民族捐赠1000台电脑。他在这一天写的一篇文章：《为什么45年来我第一次过生日？》让我们印象深刻，对他的举动，更加佩服。

为什么45年来我第一次过生日？

7月19日是我45岁生日。尽管这么多年来我从来没有过过生日，当天还是有不少朋友知道后，给我送来了最真诚的问候和最美好的祝福，让我非常感动。生日这天，我也将自己的父母、家人和几个好朋友请到一起，正式过了我45年来的第一个生日。

在这个特殊时刻，我很高兴有父母在身边，让我能够尽孝；我很高兴有一直关心和支持我的朋友在身边，让我倍感温暖；我很高兴儿子陈环境的同学金琪也从武汉赶过来，代表年轻一代为我写了一幅毛笔字：富而有德、德富财茂、乐在其中。因为他们年轻人，代表着祖国的未来和希望。

在这个特殊时刻，我决定向我的母校南京中医药大学捐赠50万元，感谢母校对我的教育培养；向江苏陆军预备役高射炮兵第一师捐赠50万元，支持国防建设；向江苏省慈善总会捐赠50万元；向南京中山陵园林管理局捐赠100万元；向上海盛声音乐文化创业基金捐200万元。

此时此刻，我首先想到了感恩。感恩我的父母，是你们在极其艰苦的环境下，生养了我，教育了我，教我善良的做人品质。1968年7月19日，我出生在贫穷的安徽五河县。父母勤恳劳作，却没能在那个饥饿的年代把自己的儿女全都养活。说起来，我本该在兄妹中排行老三，却因为上面的姐姐、哥哥饿死，成为了老大。

就是在那种困难境遇下，父母依然处处显示了他们做人的善良品质。我记得小时候，遇到乞丐要饭，父母非但不嫌弃，还会请他到自家餐桌上，与我们一家共同吃饭。别人家孩子没奶吃，妈妈就放下自己的孩子，给别人家孩子喂奶。有一次，我看到弟弟因为缺奶吃饿得直哭，就问妈妈为什么还要那样做？妈妈回答：弟弟饿了只是哭几声，而别人家一点奶水都没有，小孩子会饿死的。父母虽然贫困，不可能给我留下什么物质财富，但他们教会我如何做人。

我特别要感恩我的祖国和我生活的好时代。我非常庆幸自己赶上了改革开放好时代。如果没有改革开放政策，没有稳定的社会环境，我也许只是个靠工资养家糊口的普通人。所以我经常说：在中国，每一个企业家的发展都离不开国家政策的支持，离不开稳定的社会环境，更离不开广大普通员工的辛勤劳动。因此我从内心感激社会，感激改革开放，也有责任为国家为社会多分忧，多做一些事。其次，我想解释一下为什么这是我45年来第一次正式过生日？因为我出生的那个年代，国和家都很贫穷，刚生下来的我严重营养不良，又瘦又小，经常挨饿。但父母对我格外珍惜，不仅想尽办法将我喂活，父亲还为我起名光标，希望我光宗耀祖，成为众人的榜样。所以，每到生日时，我就想起那个痛苦的时代，想起妈妈受过的苦，不由得眼泪在眼中打转，心里非常难过，所以此前我一直都不过生日。

今年我45岁了，我觉得自己人生过半，想过一次生日，对自己前45年做个总结。应该说，我前45年主要做了这么几件事：

一是做企业。我做学生的时候卖过水，卖过冰棒，在村里捡过垃圾到供销社去卖，倒卖过粮食，放过电影，农村能干的活我都干过；参加工作后摆过地摊，跑过客运，开过无线电维修铺、烟酒批发店，开过小吃店，做过医疗器械，最后进入绿色环保拆除领域；做企业，使我有了财富，有了做慈善的基础。

二是做慈善。这些年来，一旦国家有大的灾难，我不仅捐钱，而且亲自到现场参与救灾，比如汶川地震、玉树地震、舟曲泥石流、西南抗旱、雅安地震等等，这些年我累计捐赠款物超过18亿元。

三是做环保。我的江苏黄埔公司是我国第一家从事高科技绿色环保拆除的公司。我本人特别注意倡导低碳环保，我给自己取了个名字叫陈低碳，给我两个孩子取名叫陈环境和陈环保。今后，我会沿着慈善和环保的道路继续走下去，为我们的国家、我们的社会、我们的人民做更多更大的贡献。

所以，陈光标这个45岁生日，是为我的母亲而过，为我的祖国母亲而过，也为人类共同的地球母亲而过。

我这次过45岁生日，还想提醒我的亲人朋友、关心我的广大网友，一个人过45岁以后，要更加强身健体格外重视健康，要树立一种信念：我还年轻，还可以再健康工作45年！我经常听朋友议论，人过45岁后，什么都要看开了，什么都无所谓了。这其中包含了达观和豁达，然而也有许多人感觉到最美好的青春已经过去，有一种无奈。其实，我想告诉我的朋友，人到45岁依然属于中青年，你和我一样依然很年轻，依然很有激情。只要我们有了这种人生态度，有了这种心态，45岁以后，我们的生活、事业可以更加阳光灿烂。

最后，有朋友问过我，给自己这些年的表现打多少分？应该说，我对自己过去45年的表现总体还是比较满意的。这不仅是因为我自己做了许多公益慈善和环保事业；更重要的是，我通过高调做慈善，带动了更多的人一起投身慈善和环保中。我觉得，这比我个人做的价值更大，影响更远。所以，我给自己过去的45年表现打90分。

为什么有10分差距？因为我的有些做法也受到人们的批评，有许多人对我还不理解。今后45年，我要继续带着爱心、带着激情，投身慈善和公益环保事业中，让我们人与人之间更加友爱，让我们的祖国更加美好。我自己也争取在90岁生日时告诉我的亲朋好友，告诉全国人民：我终于拿到了人生的100分了。

——陈光标

2013年7月20日

爷爷奶奶走的两天，他们担心我们吃不饱肚子，特地让家里的亲戚来家里帮忙做饭。虽然反复跟他俩说，我们已经是成年人了，可以自己照顾好自己，可是，他们仍然千万个不放心。相处只有短短的十几天时间，但淳朴善良的两位老人早已把我们当成自己的孙子孙女。一天要打几个电话回来，问我们吃饭没，嘱咐我们白天不要出去，小心中暑。每每听到他们这么说，我感到自己是个特别幸运的人，心里很温暖。他们对我们的关心不是表面的客套，而是发自内心的爱。

上午10点，爷爷奶奶从南京回来了，陈总也带着他的朋友回老家做客，同行的还有一群年轻人，一看就是学生模样。后来知道他们是北京大学的学生实践团队，利用暑假时间出来做社会调研，南京是他们调研的最后一站。到了南京后，专门去陈总的公司拜访，陈总热情地邀请他们一起回老家参观。

今天回来的人多，来了好多亲戚、朋友到家里帮忙，景标也特地在今天赶回来帮忙，一大家子人准备了一桌桌丰盛的午餐。尽管已经有许多人帮忙了，可爷爷奶奶还是闲不下来，厨房、餐厅、走廊……都有他们忙碌的身影。我们劝爷爷奶奶歇一会儿，有那么多人在，他们只要安心坐下来吃饭就好了。他们笑着说："都是光标的朋友，好不容易回趟老家，我们可不能给他丢脸，说我们招待不周。"话音刚落，他们又卷起袖子，到地里摘菜去了。我们看着"倔强"的老两口，感受到的是天下最伟大，最无私的父母之爱。

吃过饭，陈总带客人们到四处参观，还去了过去的茅草房。回来的时候，我听到最多的一句话就是："太不可思议了，陈总是在那样的环境下成长的……"下午，他们要回去了。临走前，爷爷又开始给儿子准备吃的了，他拿个篮子到地里，辣椒、黄瓜、西红柿……恨不得把家里的院子摘光，要把无污染的蔬菜给孩子拿回去吃。过去，我们从媒体上看到的，是爷爷对陈总要求特别严格，以至于陈总长久以来对父亲都是畏惧的。但是，跟爷爷十几天的相处，我感受到他是十分疼爱自己儿子的，只不过父爱不像母爱一样有绵长的温柔，也没有体贴温馨的话语。但是，我们能感受到，父爱一直以特有的沉静的方式影响着我们。父爱就是这样，羞于表达，疏于张扬，却巍峨持重。但是从爷爷的一个个举动中，我们可以感到，父爱，不需要刻意说什么，却包含了世间最美好的语言。

后来，奶奶又从屋里拿出一罐自己腌制的咸菜，也要给儿子带走。以前她就跟我们说过，陈总小时候最喜欢用这个菜拌着米饭吃，所以她两个月就要腌一罐，等儿子回家的时候带走。奶奶捧着咸菜罐子问："这咸菜，我又给你腌了，你还爱吃不？还带点不？"陈总笑呵呵地说："爱吃，你做的啥，我都爱吃，都拿走。"这句话把奶奶哄得特别开心。

看到这些，我感到，无私而细腻的父母之爱，看似平凡却非常伟大。他们甘愿安守在这生命的栅栏里，看尽岁月交替，任凭我们天高海阔地飞翔。当我们长时间飘零在外，感到身心疲惫，寂寞彷徨时。回头看看，父母依然会张开双臂，给予我们前进的力量。此时的我真的想大声喊出了："用真心去爱爸妈吧，就像爸妈爱我们一样，从每个细微处出发，一天天幸福地延续下去。"

（七）在泗洪老家的第十二天，此爱绵绵无绝期

（2013/7/22）

爷爷在湖中桥，把悬挂在湖面上的食槽拉起，奶奶站在不远处的门口，喊着："吃饭了。"爷爷没有理会，往里面添加鹅的食料。奶奶似乎已经习惯了这样无声的"回应"，不声响地倚在门口，静静地看着爷爷。爷爷不紧不慢地继续添加着食料，差不多完了的时候，奶奶走近了，很默契地和爷爷一起将食槽抬起，缓缓地放入湖里。两个人都没有说话，但配合得很默契，我想这就是时间赐予他们最好的礼物吧："到老了，有个伴儿。"等一切收拾好了，爷爷奶奶相伴而去，留给我们的是缓慢而略有弯曲的背影，还有心中涌起的那一份感动。其实，爱情和情歌一样，最高境界是余音袅袅。最美丽的爱，不必呼天抢地，只是相顾无言。

我们私底下偷偷问过奶奶，跟爷爷一辈子，吃了那么多苦，遭了那么多罪，后悔不。奶奶笑了笑，拉着我的手说："真的是孩子呢，你现在还小，不懂。等你结婚了，尤其是有了自己的孩子，你会发现那个时候的你就不是为自己活，而是为了家庭活，为了爱你和你爱的人活。爱一个人就会心疼一个人，而心疼一个人，你就会甘愿为他的幸福和快乐而付出，并且无怨无悔。这就是为什么有的女人在成家后日复一日操持着繁重而单调的家务，却怡然自得的道理。这也是为什么有的男人承受着压力年复一年为家庭奔波，却乐呵呵的原因。因为他们心疼自己的爱人。所以甘愿苦了自己。"

听着奶奶这些话，我们很感动，相扶数十载，虽然也有过抱怨，有过争吵，但不变的是那份执着的相守，我想这就是最简单、

最淳朴、最真实却又最让人羡慕的婚姻。婚姻是两个人的生活，只有两个人都用心经营，才能把生活变得更好。爱情就像一双鞋子，有华丽的，有质朴的。但我认为，幸福的爱情鞋，它不一定是华丽的，也不一定是光鲜亮丽的，但一定要是最适合的。

每天晚饭后，爷爷都等着奶奶收拾好碗筷，然后把不能吃的剩菜倒进桶里，提出去喂鸡鸭。今天上午大儿子、小儿子都回来了，虽然在家待的时间不长，但爷爷奶奶脸上依然是抑制不住的喜悦。吃过晚饭，收拾好厨房，我们陪着爷爷往屋里走。一路说说笑笑，可是，走两步，爷爷就会停一下，回一下头。爷爷跟我们回忆起以前的日子，许久，爷爷发现还没看见奶奶的身影，便停下来说，关灯那么久还没过来？说完，只见奶奶提着喂狗的桶子朝我们慢慢走来，我看爷爷安了心往屋里走……

爷爷在我们面前提到奶奶说的最多的就是勤俭善良。爷爷说："在家里干活，你们奶奶是队长，我是队员，凡事我都听奶奶的话。"我记得一次吃饭，最后还剩了一碗稀饭，我们都吃不下了，奶奶便"简单粗暴"地一股脑倒给爷爷。我问爷爷还吃得下吗？爷爷"无奈"地端起碗，乐呵呵地说："你奶奶说我吃不下，我就能吃不下。她说我吃能下，我就吃干净了。"听爷爷这么打趣地说，奶奶也噗嗤一下乐出来。

来之前，在一个采访陈总的电视节目中，第一次见到了爷爷奶奶。爷爷不擅长和孩子沟通，就写了一幅字给大儿子，"望儿常回家看看，与父母进行思想交流"。当时，就觉得爷爷绝对不是一个普普通通的农民那么简单。果然，这么多天的相处，发现爷爷简直可以称得上是"满腹经纶"，时不时跟我们说出"温故而知新"、

"人过留名，雁过留声"这些文言文。在爷爷写毛笔字的书房里还陈列着一个大书柜，里面放满了书——《庄子》《老子》《三国志》《资治通鉴》等等中国国学经典。

今天下午，我们嚷着要爷爷写毛笔字送给我们做纪念，爷爷很愉快的答应了，并分别给我们写了"天道酬勤"、"吃亏是福"等。爷爷说："我愿意写毛笔字，上学的时候就喜欢，后来没办法，条件不允许，就放下毛笔拿起锄头了。没想到，这一拿就是一辈子。现在条件好了，孩子们让我拾起以前的爱好，给我买了好的笔墨纸砚。我虽然是喜欢，但没有系统的学习过，写的不专业，如果有机会，我特别希望能有老师来教教我，我相信我一定会写得更好。"

在为我们每个人写了一幅字后，我们让爷爷写一句话送给奶奶，爷爷想了想，在纸上苍劲有力地写下两个大字"相守"。我想，千言万语都蕴含在这两个看似简单，却寓意深刻的字当中，平平淡淡的爱情，相知相伴的守候。我们拿给奶奶看，告诉她，爷爷送给她一句话，是相守。爷爷好像不好意思了，在后面拦着我们说："不用给她看，她不识字，她不懂。"我们知道爷爷这是有些害羞了，他总说我们这把年纪，哪能跟你们年轻人比，不懂什么是浪漫。但我想，这一声"相守"就是世间最浪漫的情话。奶奶听到爷爷这么说，也有些不好意思，拿起锄头，转身往地里走。但在奶奶转过去那一刹那，我看见她嘴角露出了甜蜜的微笑，这个笑脸，很美，很幸福。

现代人的爱情已经充满了浮躁和刻意，或许已经不再只是两颗心之间淡淡的吸引和深深的眷恋，而掺杂了太多的物质和功利的东西，这样的爱情似乎已不再纯粹，如昙花一现便迅速枯萎。看到了爷爷奶奶之间的爱情，我们体会到，真正的爱情有着一种细致的美，长久的爱情需要两个人都拥有一颗温婉、淡定的心。给爱情一颗淡定的心，在岁月的流逝中细细体会心中的爱情，只需淡淡地面对，静静地渗入彼此的生命，那份温暖才会是永恒的。

爷爷奶奶相濡以沫，生活了一辈子，他们都不善于表达爱。我们在给他们拍照时，我们劝爷爷去牵奶奶的手，爷爷特别不好意思。被我们嚷的没办法，他才低着头去牵奶奶，没想到奶奶一点都"不配合"，爷爷手一伸过去，奶奶就一把打回来。我们被逗得哈哈笑，爷爷也不气馁，又一次去握奶奶的手，结果还是以失败告终。虽然，最后爷爷奶奶的手也没牵在一起，但我知道，他们两个人的心是紧紧相连的。

爷爷私下里跟我们说，当年六尺金丝蓝布就把奶奶"骗"过来了，之后就一直跟我遭罪，所以凡事都谦让着奶奶，听她的话。看着爷爷幸福的表情，我们真的能感受到相扶一生的两位老人摇着摇椅一起慢慢变老，爷爷一直把奶奶当做手心里的宝。有时候，我们总是把爱情想得过于浪漫，总是觉得花前月下，山盟海誓才是爱情，殊不知，这一日三餐的平凡爱情，才是最有香、有色、有味的啊。这就是我们所感受到的爷爷奶奶，日出而作，日落而息，日复一日，简单的劳动，满满的幸福，相依相守走过一生。

十几天，我们和爷爷奶奶一起吃，一起住，一起劳动，我们真切地感受到了两位普普通通庄稼人的勤俭、善良、朴实、热情……还有他们简单而满满的幸福。

死生契阔，与子相悦。执子之手，与子偕老。

相爱的人，携手走过生命的长途。回眸时，
眼中流露出的是格外美好的淡定与从容。

后　记

2013年5月，上海，《梦想直达》节目组，我有幸认识了中国首善，全国道德模范陈光标先生。更幸运的是，在那个为青年人搭建梦想的舞台上，我得到了这个机会，为陈总的父母撰写回忆录。就这样，我开启了一段难忘的寻根之旅，也开始了与陈立胜爷爷，高献霞奶奶的缘分。

2013年7月，从花重锦官城的古蜀国来到烟雨楼台的六朝古都，我又一次见到了陈总，他对我们学生的关心与帮扶至今让我们感到暖暖的幸福。初到泗洪老家，见到陈立胜爷爷和高献霞奶奶，原本忐忑的情绪很快被两位朴实庄稼人无微不至的照顾所消融。近半个月的朝夕相处，我们与爷爷奶奶一起下地干活，晒谷子，除杂草，晚上散步聊天。简单淳朴的乡村生活让我们彼此间建立了深厚的情谊，我们已经打心底里把二老当做自己的爷爷奶奶看待。

我们深知，二老漫长曲折的一生，如果仅通过几个学生的记录整理，便已穷尽，这显然是不够的。对于我们来说，整理回忆中最难的工作便是对历史基础知识的夯实掌握，需要查阅大量资料，做好准备工作。

在这方面，我要特别感谢朱铃教授对我们的耐心指导，尤其是对一些史实性文字的指正。还要感谢陈光教授一直以来对我们团队的帮助和支持。在写作过程中，学校的董艳云老师，刘凤老师，唐志红老师给我提了很多宝贵的意见。感谢中央文献出版社的彭勇老师在最后定稿中对我的帮助。

感谢我的银幸团队，团队里的每个人都给予我很大的帮助，也是前行的动力。在最美好的青春岁月，很幸运有你们一路相伴。

感谢我的父母，感谢你们对我无私的疼爱与宽容，让我可以在对的时间做自己认为对的事，更感谢你们对一个孩子自主选择未来的支持。

最后，我要感谢培养我的学校——西南交通大学。您深厚的文化底蕴与包容的创业氛围是给学生最宝贵的精神财富。

图书在版编目（CIP）数据

首善家风：陈光标父母的回忆/胡溪执笔. —北京：中央文献
出版社，2014.12

ISBN　978-7-5073-4220-8

Ⅰ.①首…　Ⅱ.①胡…　Ⅲ.回忆录—中国—当代
Ⅳ.①I251

中国版本图书馆CIP数据核字（2014）第292002号

首善家风：陈光标父母的回忆

执　　笔：胡　溪
责任编辑：彭　勇
责任印制：寇　炫　郑　刚

出　　版：中央文献出版社
地　　址：北京西四北大街前毛家湾1号
邮　　编：100017
网　　址：www.zywxpress.com

发　　行：中央文献出版社
销售热线：中央文献　010-63097018、66183303
电子邮箱：中央文献　zywx5073@126.com
排　　版：北京中献唐人数字技术有限公司
印　　刷：北京汇林印务有限公司

787×1092mm　　16开　　23.25印张　　253千字
2015年1月第1版　　2015年1月第1次印刷

ISBN 978-7-5073-4220-8　　定价：45.00元